神州轶闻录

故都文化趣闻

周简段 著
冯大彪 主编

新星出版社　NEW STAR PRESS

总序一

让我为《神州轶闻录》这部很有分量的丛书作序,使我惶恐!虽然在我九十年的岁月中,七十年是住在北京的:我住过"天棚鱼缸石榴树"的四合院,从西直门骑驴到过卧佛寺,吃过赛梨的萝卜和糖葫芦……但是看起《神州轶闻录》,那几卷里的掌故、风土、艺文、名胜、人情等,大都是我所不知道的。首次到北京的外国朋友和国外华侨,往往问我:"你是老北京,请你告诉我逛北京要如何逛法?"我居然大言不惭地说:"你首先要去的是天坛公园,那座祈年殿,是我觉得在欧、美、业、非的任何建筑,都不能与她相比的;再就是去登卜景山之巅,俯看北京城全景,故宫的设计也全看到了。此外去吃顿全聚德的烤鸭、东来顺的涮羊肉。其他就是我认为可去可不去的地方,你再听听别人的意见吧。"

我自1980年伤腿之后,不良于行,新北京的建筑,我都没有看见过,但这不是古迹,也不在我们谈话之列了。

我所能写的,就是这些。

冰　心

1991年2月26日

总序二

我顶怵写序，怕没话找话，空空洞洞，所以我轻易不答应给人写序。唯独对周简段先生（我没见过这位，所以不便加个"老"字儿）的《神州轶闻录》，我不能推辞。一则是我翻阅了曾在香港出的五辑选本，简直叫人拿起来放不下，实在有看头儿，二则一沾北京的边儿，我就不好意思溜掉。在下到底是在这儿土生土长的呀。

我出生在东直门羊倌胡同，中小学都是在安定门大三条上的。最后，又在海淀戴了下学士帽儿——就是那种挂着穗子的黑绸方帽。刨去跟学校春游到过一趟南口，十八岁前我就没出过城圈儿。可后来当上了记者，就跑起江湖来啦。不但国内，连大半个地球都跑遍了。可是不论漂到哪儿，我怎么也忘不了我的老北京。

这着实是块宝地。不但历史悠久，掌故丰富，城里城外满是名胜古迹，而且叫人怀念的，是在这里活动过的非凡人物。北京城要是座五光十色的舞台，那么更叫座的当然是在这里驰骋过的显赫角色。那真是三教九流，行行出状元。这里有纵横捭阖的政客，也有学贯中西的学者，有书画名家，也有名噪一时的曲艺泰斗，以至身怀绝技的武术大师。《名人辞典》只能告诉你这些人物的官职履历，这本《神州轶闻录》却能通过遗闻轶事,活灵活现地描绘出他们的精神面貌。

不论是对像我这样怀念老北京,一心希望重温一下故都旧梦的老年人,还是对那些急于了解昨天的青年人来说,这都是一套可心的书,可以放在枕边或揣在旅行包里随身携带的好书。篇幅都不长,既能解闷儿又长知识,必然会越看越有滋味儿。

萧 乾
1990年7月10日

总序三

"文化"是一个很大的词儿,而本书中所选的文章却是短而又短,几乎都是身边琐事,细碎平淡,小到不能再小了。这与"文化"不是有很大的矛盾吗?

我认为,关键在于如何看待文化。

我们语言中有许多最常见的词儿,一看便明白,一问便糊涂。"文化"就属于这一类。一提到"文化",谁不明白呢?然而,为什么据说世界各国学者对"文化"下的定义竟有五六百种之多,而且谁也说服不了谁呢?个中消息,耐人寻味。这就充分说明,"文化"是根本没有法子下定义的。

然而,我们用不着为此伤心失望。我们生活,我们读书,绝不是遵守某一个定义的。尽管学者用心良苦,下定义煞费精神,我们可以置之不理而心安理得地按照自己的常识去理解文化。

如果你同意我这个看法的话,那么你就会在本书所有的文章中发现文化。本书共分五个部分,哪一部分里没有文化呢?各文中所讲的故事,都看似烦琐细碎,平淡无奇;如果你愿意当作"闲书"来看,仅供茶余酒后消遣之用，从中寻求那么一点点儿小小的乐趣，你有这个权利，我也表示赞同。因为，不管这点乐趣多么渺小，它也能让你去除精神和体力的疲惫，重新抖擞精神，投入人生的或大或小的事业的搏斗中去。贤于博弈多矣。

然而，哲学家们常说：于一滴水中见大海，于一粒沙中见宇宙。难道在我们这些小的文章中不能见到大的文化吗？所有这一些戏曲、文玩、学府逸事等，又哪一个与文化无关呢？只不过在这里谈文化，不是峨冠博带，威仪俨然，不是高头讲章，而是涉笔成趣，理路天成，于琐细中见精神，于微末处见全面，让你读了以后，如食橄榄，回味无穷，陶冶性灵，增长见识。这种精神的享受，是别的文章无法代替的。难道不是这样子吗？

我就是本着这一点小小的想法，写了这一篇小序。

季羡林
1991年6月23日

目 录

科技撷英

詹天佑修滦河铁路大桥 / 3

茅以升筑钱江大桥 / 6

"北京人"的发现者裴文中 / 10

马寅初和他的"新人口论" / 13

胡明复博士墓在杭州 / 16

"科文两栖"丁西林 / 19

不愿"楚材晋用"的张钰哲 / 22

著名化学家杨石先 / 25

物理学家黄昆 / 27

怀念孔伯华先生 / 29

"万家生佛"萧龙友 / 33

施今墨中西汇通 / 35

忆著名医学家朱宪彝 / 37

外科名医张纪正 / 39

肺病专家"TB 郭" / 41

痛悼营养学专家俞锡璇 / 43

"疯人"章太炎 / 47
报界先驱彭诒孙 / 51
成舍我办《世界日报》/ 54
怀念王芸生 / 58
邵飘萍和《京报》/ 60
曹聚仁与书 / 64
传奇文人聂绀弩 / 67
《大公报》创办人英敛之 / 70
女报人汤修慧 / 73
一代报人林白水 / 76
忆凌霄汉阁主 / 80
王柱宇仗义执言 / 83
满族报人成扶平 / 85
刘浚卿主宰《益世报》/ 88
《王先生》诞生记 / 91
邵力子典袍出报 / 93
冯玉祥船上办《民联日报》/ 96
北京报界忆"笑社" / 99
新闻界张氏四昆仲 / 102
李叔同创办《音乐小杂志》/ 104
京华报馆忆宣南 / 107

《啼笑因缘》双包案 / 113

惜哉，海源阁藏书 / 116

四库全书与天一阁 / 120

北京最早的私人图书馆 / 122

图书馆专家袁同礼 / 125

"傻公子"创办藏书楼 / 127

最老的"天津图书馆" / 130

全国最大的农村图书馆 / 132

藏书家孙广庭 / 134

张之洞与《书目答问》/ 137

郑振铎藏书献国家 / 140

商务北京分馆创业史 / 144

佛教大典清《龙藏》/ 146

佛教经典《赵城金藏》/ 148

有关"北京掌故"之书 / 150

震钧著《天咫偶闻》/ 154

蔡元培的《新年梦》/ 156

顾颉刚撰写《妙峰山的香会》/ 159

《聊斋志异》手稿发现始末 / 162

朱星考证《金瓶梅》/ 164

商鸿逵和《赛金花本事》/ 166

老舍巨著《四世同堂》/ 168

《桃花扇》诞生何处 / 173

且说北京的"四大" / 176

湖南会馆杂忆 / 178

京城店铺话匾额 / 180

隆福寺街的旧书业 / 183

成文厚账簿店 / 185

怪诞有趣书斋名 / 187

知名作家办书店 / 190

清代的两次反盗版 / 193

印有李白名篇的钞票 / 196

集邮戳票多趣味 / 199

"书乡"自古出人才 / 202

两通"家训"昭后人 / 205

话说鸳鸯蝴蝶派 / 208

摄影初传紫禁城 / 211

风流遗韵话南社 / 214

一次面向农民的文物展览 / 217

古代"最高学府"国子监 / 223

昔日北平五大学 / 227

水木清华八十年 / 230

难忘的燕园之夏 / 234

张伯苓的一次讲演 / 236

协和医院话沧桑 / 238

中国最早的外语学院 / 243

北大红楼的变迁 / 246

建校九十年的北洋大学 / 248

辅仁大学与贝勒王府 / 251

陈垣校长题词见大节 / 254

30年代的教授生活 / 256

学府往事 / 259

北京最早的师范学校 / 266

戏剧学校旧事 / 269

昔日京华忆"孔德" / 271

贝满女中状元多 / 274

南开学校的"格言" / 276

六十春秋的耀华学校 / 278

熊希龄创办慈幼院 / 280

临清"武训义塾" / 282

千年学府翰墨香 / 284

清代殿试的阅卷 / 287

考生望榜谐趣谈 / 289

古玩杂谈 / 293

故宫标卖黄金器皿 / 296

沈阳金佛被盗疑案 / 299

小金像让位大铜佛 / 303

稀世珍宝大玉佛 / 305

满族首饰——扳指与戒指 / 307

"喷水鱼洗"天下奇 / 310

石雕瑰宝"天后宫" / 313

青田石名扬四海 / 315

北京景泰蓝 / 317

北京的料器 / 319

北京内画鼻烟壶 / 321

漫话"北京皇宫花" / 323

沈阳三彩熠生辉 / 325

哈氏风筝有传人 / 327

扇骨雕刻艺术 / 329

宝石旱盆景 / 331

徽派盆景见闻 / 333

北京人玩雨花石 / 335

神态各异话罗汉 / 337

紫砂与铭刻 / 340

德化古青瓷 / 343

名人砚铭述其志 / 347

且说薛素素脂砚 / 349

名人历来喜端砚 / 352

歙砚之乡话歙砚 / 354

北方的名贵笔墨 / 357

"老周虎臣"如虎添翼 / 360

衡水毛笔与易水古砚 / 363

"老胡开文"的墨 / 366

文房之宝——一得阁墨汁 / 368

铜墨盒和刻铜 / 370

代后记 / 373

科技撷英

keji xieying

詹天佑修滦河铁路大桥

长城几乎已成了中华民族的象征,每当笔者看到长城的景象时,总会联想起一个人来。

八达岭长城距京华一百余里,笔者当年曾多次游览,而每次游览,总喜欢从西直门乘火车,一直坐到青龙桥,先去瞻仰一下詹天佑铜像。因为詹天佑是我们中国人的骄傲,他也像他身后的长城一样,永远屹立在中国人民的心中。

詹天佑修建京张铁路的丰功伟绩,有口皆碑,是用不着再赘述了。而他修建滦河铁路大桥的一段逸事,同样也是很值得国人自豪的。

光绪十六年(1890),在沙俄加紧侵略中国领土的形势下,清政府为了保障东北祖坟的安全,采纳了李鸿章的建议,雇用英国人金达为总工程师,修筑关内外铁路。

越两年,工程进展至河北滦河,在宽阔的滦河河面上,要修一座大跨度的铁路桥。金达见有利可图,便聘请英国人喀克斯包工承建。喀克斯不了解滦河地质结构复杂，结果因泥沙深厚，水流湍急，在打桩时遇到很大困难。据《滦县县志》记载：

> 修筑桥墩，屡筑屡塌，沿河面宽而流急，河底游沙极深，夏时山水暴涨，势甚猛悍，施工最难。

致使号称具有世界第一流施工技术能力的英国人一筹莫展，不得不求助于日本人和德国人；而日本人和德国人也依然徒劳无功，只有望河兴叹。

眼看交工期限迫近，金达怀着不可告人的目的，授意喀克斯，求助于当时驻滦河东岸石门、督修从古冶到滦州这段铁路工程的詹天佑，这样便可嫁祸于人，把误期的责任推到中国人身上。他们还封锁技术资料，从各方面对詹天佑进行牵制。

詹天佑抱着为中国人争一口气的强烈责任感，总结、分析了外国工程师失败的教训，深入现场，与工人一起实地调查，缜密测量，仔细研究滦河河床的地质构造。新桥址选好后。在桥墩施工中他果敢地采用了"压气沉箱法"，这在中国铁路桥梁建筑史上是第一次；同时派中国的"水鬼"（潜水能人）潜入河底，以传统的方法配合必要的机器打桩，顺利地奠定了桥基。《滦县县志》叙述当时的情况说：

雇用谙习水性的机匠，置备下水器具。汲水空根，考验土性的坚凝，用长松木密打花桩，施长方大石和三合土砌之，工程浩大。

光绪二十年（1894），这座长七百二十四米、宽六米四、京山路最长的钢梁骨架铁路大桥，终于屹立在滦河之上。此桥的建成通车，横扫了洋人的骄横之气。为中国人赢得了荣誉。这一年，英国工程研究会特邀詹天佑为该会会员。

茅以升筑钱江大桥

20世纪40年代,笔者游杭州时,曾登上六和塔,俯瞰"之"字形的钱塘江,钱江大桥像一条玉带束住江身、江水,浩荡东去,消失于茫茫烟云中,真是气象万千!

钱江大桥是中国人自己建造的第一座现代化桥梁。设计者是茅以升先生,他当时只有三十七岁。

虽然中国人早在一千二百多年前的隋朝,就有李春建造跨度最宽的石拱桥——赵州桥,但在此以后近百年所造的大铁桥,竟没有一座不是依赖洋人。钱江大桥的建成,第一次证明了外国人能做到的,中国人也能做得到。

钱塘江自古以江阔、潮大、流沙多著称。由于急流和涌潮相激荡,潮头高时可达九米;而泥沙的浮游流动,覆盖了江底岩石,沙深处可达四十米,所以杭州人说:"钱塘江没底!"

茅以升来到钱塘江桥梁工程指挥部,担任钱塘江工程委员会主任委员和钱塘江桥工程处处长。在一间小小的办公室里，他与同事经过反复调查研究，进行了周密的筹备设计，确定桥址定在杭州市区西南的闸口，设计桥长一千四百五十三米，高七十一米，下层是单线铁路桥，上层是双线公路桥，采用双层联合桥形式。

建造这样的大桥，首先是治服流沙打桥基。最好的办法是在下面打好木桩，再放钢筋混凝土气压沉箱，然后在沉箱上面筑桥墩，最后架钢梁。

打木桩相当艰巨，因为江底流沙层又硬又厚。轻了，打不进去；重了，木桩会断。一天只能打一根，照此进度，一千四百四十根木桩得打四年时间。一个偶然的机会，他看见有个小孩用盛满水的铁壶浇花，从壶嘴喷出的水柱，将花坛泥土冲成一个个小洞。由此受到启发，他指示施工人员把江水抽到高处，再向江底猛冲下去，泥沙冲出洞后把木桩放进洞里，再用气锤砸。实行这种"注水法"打桩，一天可打木桩三十根，大大加快了打桩速度。

沉箱更加艰巨。沉箱长十八米，宽十一米，高六米，重六百吨，外观像一间没有房顶的混凝土的房子。沉箱必须先放在岸上做好，然后再运到江里，准确地放在木桩上，这个程序难度极大。有一次，突然来了狂风暴雨，沉箱像匹脱缰的野马，拖着铁锚，横冲直撞到江的下游，竟撞坏了一个渡船的码头。由此，各种闲言碎语、风凉话接踵而来。可他仍满怀信心，镇定自若，对各种议论不予理睬。他指挥施工人员把铁锚改造成十吨重的混凝土大锚，牢牢钩住沉箱，沉箱终于乖乖地被置入规定的位置上；最为艰巨的沉箱安置工程就这样被解决了。

更大的困难还在于当时日寇正把侵略的战火从东北、华北烧向淞沪，使得造桥工程急如星火。茅以升临危不惧，打破了历来造桥先打基础，再建桥墩，最后造桥梁的工程常规，改为"上下并进，一气呵成"的造桥方法。他和总工程师罗英，采用"沉箱法"，克服了流沙所造成的技术困难。一面在水下建桥墩，一面在岸上构桥梁。当1937年"八一三"淞沪抗战爆发的那天，江上还有一个桥墩和两架钢梁未完成，第二天日机便飞到大桥工地来侦察、丢炸弹了。大桥就是在这种情势下，于当年9月26日完工，整个工程只花了四年时间。

一个在世界桥梁史上从未有过的先例是：茅以升在造桥时就准备着炸桥。造桥难，炸桥也不易，要在每个钢梁爆炸点上安放炸药，用引线接到岸上。这项工作在工程完工不久后就做好了。到12月23日杭州沦陷，通车才三个月。而在它最后一个多月中，火车、汽车、行人实际上都是在炸药上走过的，当日寇进入杭州时，轰然一声，大桥由设计者亲手炸毁了。

抗日战争胜利后，又是茅以升主持了大桥修复工程。回顾造桥、炸桥的过程，他曾感慨地说："切身经历使我懂得了，政治腐败，国防衰弱，只能是'人为刀俎，我为鱼肉！'"

近三十余年来,茅以升历任铁道研究所所长、铁道科学院院长等职,培养了一批批桥梁专家。现在他已是八十九岁高龄,年前他还飞越太平洋到美国,接受了美国全国工程科学院授予的外籍院士的称号。

"北京人"的发现者裴文中

提起裴文中,世人皆知他是"北京人"的发现者,是享誉世界的古人类学家;但翻开鲁迅编辑的《中国新文学大系·小说二集》,便会发现书中收录了他的短篇小说《戎马声中》。书的序文称这篇小说为"乡土文学"的一种,且别有信手写来,不事雕琢的好处。一位著名的古人类学家,从事文学创作与研究古人类学是如何在他的生活历程中演变的呢?

原来,民国十年(1921)夏天,裴文中毕业于故乡的河北滦州师范。因为家里经济拮据,他考取了收费较低的北京大学地质系古生物专业。为了维持生计,他业余时间到中法大学办的孔德学校兼课,一至四年级,什么都教;他自谦地说,尽管自己五音不全,但是音乐课也教过。兼课的收入仍不敷开支,于是便开始向报刊投稿。写什么呢?民国十三年秋天,第二次直奉战争爆发,奉系首领张作霖用六个军的兵力分路进攻,以北京为立足点的直系首领吴佩孚派三路军抵抗，战事在山海关一带爆发。裴文中的家乡滦县陷入火线。他一时得不到家乡的消息，焦急万分。他把这种惊魂不定的心情写进小说，很快发表在当时孙伏园编辑的北京《晨报副刊》上。随后，他还经常发表诗歌、散文、杂感和小说等。用他自己的话说，他的这些作品都没有什么远大的目标，发表的目的无非弄几个钱换饭吃。但是，却受到鲁迅的重视，于民国二十四年将《戎马声中》收录到《中国新文学大系·小说二集》之中。

裴文中在北京大学地质系毕业后，由地质调查所所长翁文灏介绍，到发掘化石的北京西南周口店工作。当时这项发掘工作由杨钟健和瑞典人步林博士负责，杨因病不能赴现场，因此，裴文中便成了发掘周口店化石工作的一名正式成员。

民国十八年的12月2日下午4时左右，一个重要的时刻来到了。在主洞偏北的下洞附近，一位工人发现一个从未见过的奇怪东西，招呼裴文中看，他一看忙喊："是猿人！"喊声惊动了所有的工作人员，大家围拢来。这是一个完整的头盖骨。两天后，他将这件"珍宝"送到了北平。

五十万年前人类祖先头盖骨重见天日的消息，引起了全中国、全世界学术界的重视，它为"从猿到人"学说的确立提供了重要依据。此后，裴文中在周口店还找到了许多石器和骨器——"北京人"已经能够用火的证据。这些奠定了他在中国乃至世界古人类学界的学术地位。

早年,裴文中舍弃文学生涯,他的文学才能却不时在他的学术研究中显示出来。民国二十四年(1935)他发表的《周口店洞穴层采掘记》,虽然是一篇学术报告,但该报告的文学成就经常受到文学界人士的赞誉。翁文灏在该报告的序文中称赞他"从不识猪牙鹿骨之人,一变而成为古生物学专家,世界学者莫不闻知他的大名,这是需要如何分量的努力用功方能到此境地!"

马寅初和他的"新人口论"

马寅初于1882年出生于浙江嵊县，1906年北洋大学毕业后赴美留学，获哥伦比亚大学经济学博士学位。回国后曾在北京大学、东南大学、上海交通大学、南京中央大学担任教授，是著名的经济学家、人口学家和教育家。

马寅初曾是蒋介石的老师，但后来蒋介石叛变革命，实行独裁统治，受到了马寅初坚决反对。蒋介石开始想拉拢马寅初，派人送请柬，许愿推荐其为中华民国政府财政部长或中央银行行长，马寅初不仅不接受这些官位，反而公开揭露其反动本质和倒行逆施。蒋介石恼羞成怒，密令各地不准聘用马寅初，也不准其发表演讲。特务机关威胁说：如违反禁令，就生命不保。马寅初却大义凛然、毫不畏惧，并于1947年5月在南京中央大学发表演讲，狠狠地揭穿了蒋介石发动内战、破坏和平的罪行。他临行前即写好了遗嘱，交给家人，表示其视死如归的决心。对此，蒋介石也无可奈何。

从20世纪40年代开始,马寅初即结识了共产党领袖毛泽东。1945年抗战结束后,毛泽东赴重庆与国民党谈判时,两人建立了深厚的友谊。新中国成立前夕,马寅初作为特约代表参加了筹建开国大典事宜,在讨论国号名称时,他坚决反对在"中华人民共和国"后加一个"中华民国"简称的提议,认为那是不伦不类,从而表明了他厌弃旧中国,积极支持建立新中国的心情。新中国成立后,马寅初出任北京大学校长,毛泽东希望他把北大建成第一流学府,他对此信心百倍并付出了辛勤劳动。

作为经济学家和人口学家,马寅初于20世纪50年代中期到农村做了大量调研工作。调查中,他发现中国农村的人口增长率为每年百分之三到百分之四,当即认为这是一个很大的问题。经过认真考虑,他提出了以节制生育、提高人口质量为中心的"新人口论",在人大会议上提出后立即引起极大反响。毛泽东在最高国务会议上说:"马老讲得很好,人口是不是可以搞成有计划的生产,完全可以进行研究试验。"刘少奇、周恩来也都表示赞同。马寅初受到了极大鼓励,并说:"毛主席对人口问题有同样看法,是件可喜的事,我在此表示最崇高的敬意。"

遗憾的是这一正确理论却遭到严厉攻击。在1957年的反右派运动中,以理论"权威"自居的康生、陈伯达等人,蛮横地把这一理论和反动的"马尔萨斯人口论"相联系,指责马寅初是借学术之名,行右派进攻之实。毛泽东也提倡"人多力量大",在强大的政治压力之下,马寅初一方面被迫检讨,一方面"辞官归第",失去了北大校长之职。

二十年后,马寅初冤案被平反,中央肯定了"新人口论"的正确理论并将计划生育作为"国策"进行贯彻,马寅初被聘为北大名誉校长和中国人口学会会长。

胡明复博士墓在杭州

中国的第一位现代数学博士,是近代最早的综合性科学学术团体中国科学社和最早的综合性科学杂志《科学》的创建人和负责人之一胡明复,他的墓现已在杭州烟霞洞附近被发现。

胡明复(1891~1927),又名胡达,江苏无锡人。有兄弟姐妹九人,其中五人考取公费留美。由于胡氏兄弟在20世纪上半叶中国科学、教育领域成就卓著,人们把胡明复和其兄著名数学家胡敦复及其弟物理学家胡刚复,称为"三胡",闻名遐迩。1914年胡明复与杨杏佛等留美学生创办《科学》杂志,1915年在美国成立中国科学社,1917年在美国哈佛大学获博士学位。1919年,中国科学社由美国迁回祖国,在杭州召开第四次年会。他代表社长发表了热情洋溢的致辞,在会上说:"杭州西湖以风景胜,研究科学者最好自然,故极相宜。古诗人来游西湖,歌咏名篇甚多,科学家虽不若诗人,然科学年会在学术史上实最重要，未始不可为西湖增色也。"他一生尽瘁于振兴教育，提倡科学救国。曾协助其兄胡敦复创办上海大同大学，同时任上海交通大学、南京东南大学、上海商科大学教授。平生"喜游名山大川"。1927年6月12日在家乡泗水遇难，年仅三十七岁。

胡明复遇难后，国民政府立即发布《中华民国国民政府令》予以褒扬。文曰："该故博士胡明复，尽瘁科学，志行卓绝，提倡教育，十年不倦……勒碑礼堂，永留纪念。"

1928年，《科学》杂志出版纪念胡明复博士专刊，大同大学数理研究会出版纪念册《明复》。

1929年7月21日，中国科学社以公葬仪式将胡明复灵柩安葬于杭州烟霞洞巅，事后出版了《胡明复博士社葬纪念》一书。据史料记载，社葬仪式十分隆重。祭坛设于烟霞洞大厅，参加葬礼的有杨杏佛、竺可桢、吴有训等，来自上海、南京、北京及杭州社友共七十余人；公葬团体有中国科学社、浙江省政府、杭州市政府、浙江大学、大同大学、上海商科大学同学会等。省政府并派军乐队到场奏乐。公祭毕，即由全体执绋上山，礼节简而严肃。墓穴用钢骨水泥造成，墓地之上，准备建一屋，拟名"明社"。杨杏佛为之撰写墓铭，曰：

  知无涯兮生有涯，愿焚身以创造人类之光明。世方沉醉于富贵毁誉兮，先生独致力于无名。力尽兮心安，死生成败何足谕。江流不尽兮，山色长青。千秋万世兮，永护佳城。

《胡明复墓铭》又由中国科学社负责人之一的赵元任谱曲，于同年8月在北京召开的中国科学社第十四次年会上歌唱。此后，他安卧于青山怀抱中近七十年，中国科学社社友曾多次去瞻仰过胡明复墓。

该墓刻有"胡明复先生在此"几个大字，右面几行小字是"中华民国十八年七月二十一日中国科学社葬"，左面是"蔡元培敬书"五个字，下有"蔡元培印"。

"科文两栖"丁西林

如今在城市工作的外地人,想租间房子,可不必大费周折。但在20世纪二三十年代,要想在北京租房,一是要有铺保,二是要有家眷。这种社会现象在其他城市也屡见不鲜。这可难倒了外来的单身汉。当时的北大物理系主任丁西林为之鸣不平,写了独幕话剧《压迫》。剧中两位外地来京的素不相识的男女房客,为反抗房东太太拒租房子的"压迫",急中生智,假冒夫妇,蒙混过关。这出于滑稽的笑声中抨击了社会陋习的讽刺喜剧,初刊于1926年的《现代评论》;并由北平艺专于5月公演,轰动一时。

这是丁西林的代表作,至今仍入选为大学中文教材。1979年纪念"五四"运动六十周年之际,丁西林的《压迫》《三块钱国币》在北京重演。文学史家赞誉丁西林为写独幕剧的"圣手"。

丁西林本是科学家,而他之所以又能成为文学家,是因他早年留学英、法、德国时,于刻苦攻读之余,又深入研究了萧伯纳、高尔斯华绥、易卜生等剧作大师的佳作，这为这位伯明翰大学理科硕士奠定了文、理科皆精的基础。蔡元培就任北大校长后，亲赴欧美延聘品学皆优的留学生来北大任教。在应聘教师中，丁西林等八人在北平吉祥大院合租了一套民宅，被北大学生尊称为"吉祥八君子"。1927年，蔡元培任院长的中央研究院在南京成立后，丁西林又应聘主持物理研究所工作，为中国现代物理事业做出了开拓性的贡献。如他主持创建的南京紫金山地磁台，就填补了国内的空白。

抗战中，丁西林随物理研究所迁到昆明。当时云南的地方货币仍是"老滇票"，蜂拥而至的外省人则持有兑换率高达十倍的"国币"。本地人便把物价飞涨归罪于国币对市场的冲击。一天，丁西林正聚精会神地工作。突然，"呼"的一声，打破了院内的沉寂。丁西林出门问个究竟。原来，邻居一位太太因女仆失手打碎了花瓶，就逼着女仆赔三元国币。同院的大学生来劝解，反而被那位太太骂作多管闲事。大学生怒不可遏，又砸碎了一只花瓶，并说自己也赔三块钱国币。此事激发了丁西林的创作灵感，赶写了独幕喜剧《三块钱国币》，讽刺了于国难当头之际仍斤斤计较个人得失的人们。后来，丁西林去中国香港主持一家中英合办的光学仪器厂。香港沦陷后，汪精卫下令把丁西林的家属劫持到广州，以此逼迫丁到南京就任伪职。丁不理会敌伪的威胁利诱，化装逃离了香港。从此《三块钱国币》手稿就伴随着夫人度过了两年囚禁生活,直至抗战胜利后才物归原主并发表。

20世纪50年代后,丁西林历任文化部副部长、中国科协副主席、对外文化友协副会长等职务,工作皆有成效,被毛泽东、周恩来誉为"多面手"。

不愿"楚材晋用"的张钰哲

望河汉星辰,远溯鸿蒙探造化;

究躔离仪象,相期月窟建灵台。

这是原南京紫金山天文台台长张钰哲送子出国留学时写的一副对联,联意囊括天地,气吞河汉。联中所说"灵台"即汉代的天象台,"月窟建灵台"是想在月球上建立空间探测站。由此可见,张老望子学有所成,报效祖国的殷殷心情。

张钰哲于1902年出生在福建闽侯。他十二岁时偶然看到一本科普著作《上下古今谈》,激起了他立志献身于天文事业的远大理想。后来他考入清华大学,又赴美留学,获得博士学位,回国后任中央研究院天文研究所特约研究员。紫金山天文台于1934年建成之后,与之结下了不解之缘,他曾担任台长四十多年。1946年他再度赴美国考察的时候,岂料两年后回国的路费竟无着落,朋友们劝他留在美国，他执意不肯，说："中国古代有'楚材晋用'的事，我虽算不上'楚材'，但亦不甘'晋用'。"恰巧这年5月将发生一次日食，美国地理学会要派一个观测队到中国浙江省。于是，张钰哲在过去美籍老师樊比教授的大力相助下，作为观测队的成员回到了祖国。

长期以来，张钰哲和他的同事们在天文学上的研究取得了辉煌的成就。其中紫金山天文台陆续发现的数百颗小行星，有不少已得到国际小行星中心的正式编号。星名有"中华""张衡""沈括""北京""南京"等。他的卓越贡献受到国际天文学界的赞誉，遂决定将一颗小行星命名为"张"。这不仅仅是张钰哲个人的光荣，也是中华民族的骄傲。

张钰哲多才多艺，诗、书、画、印皆有较深造诣，他早在20世纪30年代结集的《天文学论丛》，既是一部天文学专著，亦是一部富有文采的文集。他十分仰慕汉代掌管天文的"太史令"张衡，自刻两方印章，一是"平子家风"，用张衡的学风和品格自勉（张衡字"平子"），另一为"钟山太史"（钟山即紫金山），作为担任了四十年紫金山天文台台长的张钰哲，确也当之无愧。

1982年，天上出现天文奇观——一百七十九年才遇上一次的太阳系九大行星聚会；人间，在纪念中国天文学会成立六十周年的大会上，表彰了九位从事天文工作五十年以上的老专家，领衔的便是张钰哲。同事们为他祝寿的一副贺联道：

测黄道赤道白道,深得此道,赞钰老步人间正道;探行星彗星恒星,戴月披星,愿哲老成百岁寿星。

1986年,张钰哲与世长辞了。他虽未能活到百岁,但他的爱国精神和学术精华将长驻人间,永留钟山。近据报载,为奖掖后进,中国天文学会决定设"张钰哲奖",这是对我国天文学界这位学术泰斗的庄重纪念。

著名化学家杨石先

近闻著名化学教授杨石先先生在天津病逝,南开大学校友会香港分会还发去唁电,表示哀悼。

杨先生享年八十九岁,是中国有名的化学家。抗战期间笔者曾在昆明西南联大借读过,虽未受业于杨先生,但也曾有师生之谊。对他主持校务和勤奋治学的事迹颇有所闻。杨先生祖籍安徽怀宁,生于杭州,在天津读小学。以后学成,从20世纪20年代初期起,就在南开大学任教授。逝世之前,任南开大学名誉校长。他的大半生同南开学校有着密不可分的关系。杨先生曾两度赴美留学,先读康奈尔大学,后读于耶鲁大学,获化学博士学位。由于他在含氮杂环化合物研究方面有新的发现,被选为美国"化学研究名誉学会"会员。

他待人真诚和霭,治学严谨认真,对学生诲人不倦,身教重于言教。"七七"事变后,日寇飞机对南开大学狂轰滥炸,他冒着硝烟烈火,指挥着学生疏散,紧急转移了学校的贵重仪器；然后千里迢迢，迁校长沙。长沙遭轰炸后，又跋山涉水，率领学生奔赴昆明。南大、北大和清华三校组成了西南联大，他担任了化学系主任兼教务长。西南联大虽然在土墙草顶的课堂中上课，但由于有杨石先、曾昭抡、闻一多等著名教授执教，在抗战期间，确实为国家培养了不少人才。

杨先生的科学研究也是成绩非凡的。他先后发表了《有机磷杀虫剂的研究》和有关植物刺激素、杀虫剂研究的论文四十余篇，著有《有机磷化学进展》，译有《国外农药进展》等专著，并指导研制成功杀虫剂"久效磷""螟蛉畏"，除草剂"燕麦敌""胺草磷"，杀菌剂"灭锈一号"、"枯草净"等十多种农药，对发展农业生产做出了巨大贡献。

杨石先先生一生执教，培养出来的学生成千上万，可谓桃李遍天下，不少人已成为当今的科技名家。据闻，近三十多年里，他一直是北京中国科学院学部委员和化学部主任，而学部委员中有十多人是他的学生。在中国的化学界中，同业尊称他为中国有机农药研究的开拓者和有机化学研究的领路人，这对于杨石先先生确实是当之无愧的。

物理学家黄昆

著名物理学家黄昆，原籍浙江嘉兴，1919年出生于北京，从小聪明好学，成绩优异。在燕大读书时，正是北平沦于日寇之手，国家多难之秋，他把满腔爱国热情化作钻研科学知识的动力，物理和数学等课程成绩特佳，年年获得高额的奖学金，因而得到物理系主任班威廉教授的重视。

1941年，黄昆转入昆明西南联大的物理研究院，导师是著名的物理学家吴大猷。其后获得诺贝尔奖奖金的杨振宁和著名的美籍华裔科学家张守廉，都是他的同学好友。

1944年，黄昆为庚款公费考试所录取，次年赴英国深造。先后在布雷斯脱大学和利物浦大学做研究员，与英国女物理学家艾夫·里斯女士结识，结成伉俪。

在英国留学期间，黄昆在固体物理学的研究上做出重要贡献，发表论文多篇，取得国际同行科学家的公认。其显著者有以下几项成就：

"黄放射"。1947年黄昆在英国发表第一篇论文《稀释固溶液的X射线漫散射》(载《英国皇家学会学报》)的理论，20世纪70年代为一些外国科学家所证实和应用，被认为是研究固体中杂质缺陷的一种有力手段。

"黄理论"。1950年黄昆在利物浦大学首次提出多声子辐射和无辐射跃进的量子理论，与其助手里斯共同署名，发表了《F——中心的光吸收和无辐射跃进理论》，给近年研究固体杂质缺陷光谱、发光和半导体载流子复合起了奠基作用。

"黄方程"。1951年黄昆首次提出晶体中声子和电磁波的耦合振荡模式，发表在《关于电磁波场和离子晶体的相互作用》《离子晶体长光学波的唯象方程》等论文中，后来发展为极化激元的运动方程。1972年在极化激元国际会议印发的文集中，首先提到黄昆的贡献。

以上三项重要贡献，都被国际科学界冠以"黄"字为命题，可见他在科学研究上的卓越成就。

此外，黄昆还从1947年起，用了四年时间，与诺贝尔奖金获得者西德的博恩合作撰写了《晶体动力学》一书，这本书在国际上受到高度的评价。

近四十年中，他为中国的科学教育和研究工作做了许多贡献。1952年，他返回祖国大陆，先在北京大学任教；翌年，又开创了固体物理学和半导体学的教学与研究，建立了一系列课程。不久，他当选为中国科学院学部委员，并出任中国科学院半导体研究所所长。此后多次参加国际学术会议并出国讲学，1980年应聘为瑞典皇家学院的国外院士。

怀念孔伯华先生

今年是孔伯华先生诞辰一百周年。国人无不深深怀念这位为中华医学事业做出卓越贡献的一代名医。

孔先生名繁棣，字行，别号不龟手庐主人，生于1885年，原籍山东曲阜，为孔子后裔。他幼承家训，博览经典医籍，二十岁便学有所成，在家乡悬壶济世。1911年，应京师之聘在外城官医院任内科医师。

1918年夏秋之交，廊坊一带流行虎疫（即霍乱），沿村阖户，递相传染。当时流传一首民谣：

> 今夕聚首言欢，
> 明朝人鬼各域。

可见疫情之猖獗，死亡之惨重。孔先生得知，心急如焚，立即与当时的名医杨浩如、张菊人、陈伯雅等组成临时防疫医疗队，奔赴廊坊，免费为虎疫病者诊治施药。经过十几日艰苦工作，局面幡然改观，千家万户对孔先生等无不感恩涕零。

"五四"运动后，他为民创制一种避瘟散，功能芳香化浊、止吐避疫，效力高于日本宝丹。

此外，为防止外感，他还创制清灵甘露茶，常年施送于百姓，深受世人称颂。

1929年，汪精卫公然下令废止中医中药，举国上下为之哗然。孔先生为挽救祖国几千年来的医药学遗产，挺身而出，奔走呼号，联合众多同仁，在北平创立中医药协会。协会一致推举孔先生为代表，去南京请愿，要求撤销此令。他到南京，与政府的大员们展开了针锋相对的斗争，力陈祖国医药学的伟大成就。汪精卫慑于孔伯华在国内外的声望，且知众怒难犯，不得不撤销此令。

孔先生此行大获全胜，回到北平后，又与另一名医萧龙友先生合力创办了北平国医学院，旨在培养更多的人才，继承和发展中医药事业。先生自任院长，亲自为学员授课。北平国医学院完全靠自费经营，先生几乎把自己的诊费收入全用在办学上，而自己却过着清苦的生活。他治学严谨，艰苦经营，历时一十五载，毕业学生达七百余人。遍布全国各地，多数成为济世为民的医界高手。后人称誉孔先生云：

医道通今古，

桃李满天下。

在医疗中，他善用石膏，也爱用石膏，因而有人称他为"石膏孔"，足见他对石膏有独到的见解。在他所著的《时斋医话》中曾有讲述，他说："谙石膏之疗能，其体重，能泻胃火，其气轻，能解表肌（解除表邪，清除里热），生津液，除烦渴，退热疗斑，宣散外感温邪之实热，使从皮毛透出。其性之凉并不寒于其他凉药，但其解热之效，远较其他凉药而过之。治伤寒之头痛如裂，壮热如火，尤为特效，并能缓脾益气，邪热去，脾得缓而元气回；催乳汁，阳燥润，孔道滋而涌泉出。又能用于外科，治疗伤之溃烂化腐生肌；用于口腔而治口舌糜烂；胃热肺热之发斑、发疹更属要药。"

孔伯华不仅善用石膏，而且善用解药。在他的处方中，常见用的鲜药有：鲜藿香、鲜佩兰、鲜荷叶、鲜藕、鲜薄荷、鲜生地、鲜枇杷叶、鲜芦根、鲜茅根、鲜姜等。这些鲜药，多取其芳香清冽，除秽通窍，效果很好。

孔伯华将其诊室称作"不龟手庐"，常自号为不龟手庐主人，此乃先生自谦之词，其含义是自己仅有治龟手之小技。先生还精于书法，每次诊病，将病因脉象之医案书于前，君臣佐使之药味列于后，配方严谨且注明炮制及煎法；书体清秀俊逸，笔势风格潇洒，患者视为墨宝。先生不仅工于小楷，对大字亦有功力，常作横额，每字逾尺，遒劲有力，深厚古朴，自成一家。

孔伯华曾说，学医不仅要精，同时要博，学问渊博才有助于弄通医学之奥妙。他还说，古今之人，素质不同，如照抄古方，即泥古不化。借鉴古人不可少，但更重要的是不能脱离实际。这些体现了他师古而不泥古的治学思想和医疗作风。

孔伯华逾古稀之年，身体渐衰，终因操劳过度，于1955年3月病倒，辗转床榻达半年之久。同年11月23日，他自知不济，将不久于人世，临终谆谆遗嘱曰："儿孙弟子，凡从我学业者，以后皆要各尽全力，为人民很好服务，以承我未竟之志。"嘱署溘然辞世，终年七十一岁。

"万家生佛"萧龙友

北京的中医早年有"四大名医"之说,而萧龙友据说是四大名医之首。

萧龙友(1870~1960)名方骏,四川省潼川府三台县鲁班乡人。十八岁以秀才应试,中副榜。二十岁入成都尊经书院攻辞章科、治经史,喜研中医学。

在他二十二岁时,霍乱流行成都,日死八千余人,疫情严重。他不怕传染,挺身而出,用中草药治愈众多垂危患者,市民称之"万家生佛"。舍生取义,立志于医,始肇于此。

1897年,萧龙友进京考取拔贡,后弃官从医。每日上午门诊,下午出诊。常以"临床当思人命重,处事莫把己身轻"为铭。他对贫困患者绝不收费,且送医送药。医术高明,医德高尚,誉满京畿。

萧龙友曾为近代一些历史人物确诊:

1916年,袁世凯洪宪称帝,举国反对,焦急万分。袁患水肿，延萧入总统府诊治。初婉辞，再三敦请才为一诊。萧出向人云："袁在政治、军事各方面已是死路，在生命上安有活路？"袁果于6月6日暴卒。

1925年，孙中山病于北京，虽经中、西名医治理，无有确诊。复请萧龙友切脉。断曰："孙总理病于肝，病入膏肓，汤药无效矣。"3月12日孙先生逝世后，由协和医院作了解剖，证实为肝癌所致。

1928年，梁启超便血。萧龙友断诊，认为梁非由肾功能有病所致，可以长服他所开中药即可痊愈。殊梁不信中医，竟于协和医院割去右肾，便血如故。再请萧复诊，诊后判为已不治。梁于1月19日病逝。

1934年，萧龙友与孔伯华（四大名医之一）、瞿文楼创办北平国医学院。他筚路褴褛，披荆斩棘，倾囊维持，与孔伯华共同担任校长，并兼任教师授课，又主动到学院门诊。坚持一十五年，毕业学生七百余人，从而造就一批中医人才，促进中医事业发展。

萧龙友相继在家乡四川、客籍山东、燕都治病救人，凡达七十年。著有《息园医隐记》《四诊说》《整理中国医学意见书》等，都是医学界的宝贵财富。所藏医书，不乏善本。最值得称述的是朝鲜右本《医方类聚》一部大书，海内罕见。萧于生前热诚捐献给国家，现藏于北京中国中医研究院。

施今墨中西汇通

施今墨是京津知名的大医生,生于清同治壬午(1882)年,浙江萧山人。原名施毓黔,十三岁即从舅父李可亭学医。在挂牌行医之始,把原名中的"黔"字拆而为"今墨",立志效法摩顶放踵的墨子,施爱于民。

施今墨曾经说过:"中医累积千余年之经验,必须与西洋医学相结合,始能究明真理。"他一向主张中医辨证,西医辨病,二者相结合,探索疾病与治疗的规律,才能获得医学知识的精华。用现代的科学技术整理中医,取其精华,弃其糟粕是势在必行的。正是这种不断革新的思想引导着他,使他在中医医术上有独到之处,创立了中医中的施氏学派。

这种主张,也表现在他的教学、授徒工作上。20世纪20年代末期,他以自己的脉金收入创办了华北国医学院,并最早改革了中医教育内容。学院里除设有中医基础课和临床课外,还设有西医基础课及西医临床等课程。学生既要学中医辨证论治，也要学西医诊断方法，目的是培养学生成为具有中西医知识的人才。他先后培养出六七百名毕业生，后来都成为医药卫生界的中坚力量。

施今墨认为，"临症如临阵，用药如用兵。"首先须明辨症候，再详慎组方，灵活用药。他在华北国医学院亲自授课，并亲带学生临床实习。在用药方面，他主张"有是症，用是药"，而不应凭个人所好成为所谓温补派、寒凉派。他在医学上勇于革新，对于中药也力图改进剂型。曾创办中药制药厂，探讨中药的改进。他的处方制成"中成药"多种，如施今墨气管炎丸、施今墨高血压速降丸、施今墨强心丸，疗效显著，流传海内外。

与施今墨同样重视中药研制改进工作的另一位名医，就是汪逢春。他主张中药剂型的革新甚力，希望早日实现国医科学化。1941年他创办国药业公会中药讲习所，礼聘多位具有真才实学的医界前辈任教，如瞿文楼担任处方学，杨叔澄担任制药药物学，安干青担任病理学，倪即吾担任诊断学，赵树屏担任教务主任，两年间，为中医界培养了不少人才。

忆著名医学家朱宪彝

著名医学家朱宪彝先生不幸于去岁12月逝世。消息传来，不禁悲痛良久。因为笔者与朱先生20世纪40年代就相识，说来也算是老朋友了。

朱宪彝先生于清朝末年生于天津，毕业于北京协和医学院，获博士学位；又到美国哈佛大学医学院深造，做研究工作。返国后在北京协和医院工作，从20世纪30年代，他就开始了软骨病钙磷代谢和营养不良性水肿蛋白质代谢的研究，写了三十多篇论文，在国内外医学刊物上发表。他第一个证实了钙和维生素D的缺乏是软骨病和佝偻病的基本病因，他的这些论文至今仍为世界医学界权威学者所重视，加拿大著名骨代谢专家称赞他是"中国钙磷代谢知识之父"。所以，四十多年前，朱宪彝已是世界知名的内分泌学专家了。

20世纪40年代初，太平洋战争爆发，北京协和医院被日军封闭，朱宪彝大夫先到唐山开滦医院行医，不久便回到天津自己开办一个诊所。

朱宪彝为人热情正直,不求名利,孜孜好学,医德高尚。他的同窗好友曾称之为"老夫子",视他为良师益友。

我去过他诊所治病,也去过他的家。他的诊所是借用朋友的一间小房子,家在旧英租界成都道上,只是两层小楼而已。家具陈设简单,中外文的医学图书却占满大部分空间。朱大夫的太太是一位家庭妇女,照顾朱大夫无微不至,朱大夫经常同朋友讲起对这位贤内助担负全部家务的感激之情。

据说,新中国成立后,朱大夫一直在天津主持医学教育,为国家培养了不少医务人才。他自己的研究工作,到晚年也不懈怠,曾带领研究人员到十二个省四十个县市,实地考察地方性甲状腺肿和地方性克汀病,摸清发病规律,制定防治措施。为许多呆、小、聋、哑,以及四肢瘫痪的病人,解除了痛苦。

朱宪彝逝世的消息传到国外,诺贝尔奖获得者美国雅娄教授和在法国、澳大利亚、日本等国的生前友好给他的亲属发去唁电。曾请朱大夫治过病的柬埔寨西哈努克亲王也打电报表示哀悼。朱宪彝大夫的逝世是中国医学界的一大损失。

外科名医张纪正

1946年经友人介绍,笔者认识了天津天和医院的外科名医张纪正。

张纪正是山东人,其夫人张碧弟是美国人。张纪正青年时期在济南齐鲁医学院读书,抗日战争前到了北京协和医院,经过一个阶段的实习,在协和医院当了外科大夫。他中等身材,圆脸,大眼,为人爽直,好说好笑,说话时常夹杂几句山东口音的英语,给人以好感。

1941年12月,日本发动了太平洋战争,对美宣战,把在北京、天津同美国有关的学校、医院、企业等,都查封了,还把有关的英美籍人员送进山东潍县集中营。协和医院被查封后,中国医生都失业了,不少人跑到天津另谋生路,张纪正也随之到了天津。

当时天津有个巨商名流雍剑秋在马场道开设一所很豪华的西湖饭店,因时局动荡,营业不振,就把这饭店的房舍租给这些来到天津的协和医生,开办了天和医院。这些名医包括妇产科柯应夔、肿瘤科金显宅、小儿科王志宜、内科邓嘉栋、骨科方先之、耳鼻喉科丁庸浩、胸外科张纪正等人。

天和医院开业后，由于协和医院在北京已经关门，这些名医以"协和"的牌子作号召，病户慕名而来，门前车水马龙，生意非常兴隆。

张纪正初到天津，只不过是个初出茅庐名气不大的医生，可是在天津不久就出了大名，走了鸿运。他遇到一位姓赵的在北京任铁路局长的人，患肺结核，病情严重，派人到天津请医生诊治。正巧天和医院的张纪正是学过胸外科的，曾在协和医院见过为肺结核病人切除肋骨的手术，他就壮着胆子为病人做手术，结果获得成功。这一来，张纪正誉满京津，成为名医。后来，他又到美国深造，获得博士学位后返国，还带回一位金发碧眼的美国夫人。可是他已有一位也做医生的中国夫人，这就出了问题。有一次张纪正和新夫人张碧弟在家中办招待会，在报上登了启事，他的原配夫人跟着也登报，声明并不知其事，弄得张纪正很难堪。

笔者来港后，再无缘见到张纪正大夫，据说现在已成古人了。

肺病专家"TB郭"

近闻友人提起，说郭德隆大夫八十多岁现仍健在。此君早年从事防治肺结核病工作不遗余力，贡献卓著，所以人们称呼他为"TB郭"。记得民国十几年，他曾在奉系军阀张作霖手下当过少将军医官；"七七"事变前，他曾任燕京大学校医。他本人是基督教长老会的信徒。他为人和气，善言谈，又诙谐，所以和师生们的关系处得不错，校务长司徒雷登也很信任他。1941年12月8日，太平洋战争爆发，燕京大学关门，郭德隆也辞掉燕大校医的工作，到长老会办的北平道济医院担任院长，但任职时间不长，就辞职而去。

1943年他到了天津，找到燕大校友、天津基督教青年会新任总干事杨肖彭，谈起开展肺结核病防治的计划。当时，肺结核病是危害青年健康的大敌，杨肖彭对郭德隆的防治计划很感兴趣，就请他参加了一次青年会会员组织的"联青社"聚餐会，他在会上就防治结核病作了专题演讲，当即引起了与社会员的关注。其后，经联青社社员、仁立公司经理朱继圣先生倡议，社员大来木行经理、青年会董事长阮渭泾、东亚毛呢公司经理、青年会董事宋棐卿，以及青年会董事陈芝琴等人响应，各出资五千元，建立了天津结核病防治院，并从美国买来X光透视机，旋即开业应诊，从此"TB郭"扬名于天津。

郭德隆当了天津结核病院院长后，很快就被推选为青年会的新董事，此后对青年会工作无不全力以赴。他定期为教会人员和青年会的干事职工免费检查身体，照透视；每逢青年会举办一年一度的儿童健美比赛，他必担任内科检查和负责评选的工作。1948年初，杨肖彭自美国归来，郭德隆正好要去美国考察和深造，便聘请杨肖彭做结核病防治院的代理院长。

郭德隆个子不高，面白皙，大脑门，高鼻梁，目深邃而有光，说一口山东话，爱说爱笑，使人一见就产生好感。

友人告知，20世纪50年代初期，结核病防治院改名为天津第一结核病院，仍由郭德隆担任院长，并在河北石家庄中山路设立了第二结核病院。后来成立了结核病防治所，由郭德隆又任所长。近年来，他又转向冠心病的防治研究，担任了胸科医院预防科主任。他认为吸烟是导致冠心病和癌症的重要原因，因此大力提倡并宣传戒烟。

痛悼营养学专家俞锡璇

营养学专家俞锡璇教授,一年前病逝于北京,这消息最近我才听到,十分悲痛。多年以来,在我内心是非常尊敬她的。

1934年,俞锡璇在燕京大学毕业,1937年赴美留学,1939年毕业于美国奥利根大学,获营养学硕士学位。回国后,1940年到北京协和医院营养部做了由中国人担任的首届主任。她体态雍容,光采照人;性情温柔,和蔼可亲;工作能力强,处事果断,深为同事们所信赖和亲近。

太平洋战争爆发后,协和医院被迫关闭,俞锡璇转到辅仁大学任教。后来,毅然离开北京,投奔抗日的大后方,到四川成都基督教会办的华西大学任教。

1948年,俞锡璇再度赴美考察研究,对美国当代的营养学作了深入的了解和探讨。1950年返回中国,任教于北京协和医学院。

据北京友人来信告知,近几十年中,俞锡璇在协和医院担任营养卫生教研室主任。同时,她还在有关的学术团体担任职务,中国营养学会名誉主任,《营养学报》的名誉编辑,《生理科学进展》杂志的编辑委员。为发展营养事业,改善中国人的饮食营养状况,她做了大量的研究工作。

俞锡璇教授堪称中国最早从事营养科学研究的教育工作专家之一。几十年来,她孜孜不倦,辛勤努力,为营养科学事业的发展,作出了不可磨灭的贡献。

她任教五十多年,学生遍布全国,其中很多人已成为营养科学工作的骨干力量。

俞锡璇教授在学术上,对于有关维生素B、热能(卡路里)的需要,儿童蛋白质营养等项科学研究,都取得了有价值的成就。

同时,俞锡璇教授还可以说是中国医院临床营养的奠基人之一。她对医院的临床营养极为重视,为培养这方面的人才,不遗余力,直到年逾古稀之后,还为此呕心沥血,奔走呼吁。

早年在北京念书时期,我的一位亲密好友之母亲,与俞锡璇同在协和医院工作,我在这位同学家里时常遇到俞锡璇教授,她对我也逐渐熟悉起来,把我看成和那同学一样,都称为小弟弟,关心我们的学业,鼓舞我们刻苦用功。半个多世纪过去了,俞锡璇教授以七十六岁年龄逝世于1988年,怎能不令人悲痛!

报人寻踪
baoren xunzong

"疯人"章太炎

中国近代史上,有一位以"疯"著称的人物,这就是章太炎。他自己也公开承认:"我是疯癫,我是有神经病。"但唯其"疯"才留下了一连串传奇趣闻。

章太炎原名章炳麟(1869～1936),浙江余杭人,因仰慕明末爱国主义思想家顾炎武(原名绛)、黄宗羲(字太冲)的为人,另起了个名字叫绛,别号太炎。早期的二十多年,他是在书院里度过的;他潜心于小学玄理,取得精深的学识。甲午战争的失败,《马关条约》的签订,给他以极大的刺激。他在书院里坐不住了,带着一腔火气,踏上了政治舞台。

章太炎在《时务报》就职,后到杭州编《经世报》,宣传自己的变法主张,号召人们"赴汤火,冒白刃以行之"。1898年6月,光绪皇帝下诏变法,死气沉沉的中国透出一丝生气。可是不久,政变发生,光绪被囚,改良派人物惨遭捕杀,章太炎也上了通缉名单,不得不避地台湾地区，后又转赴日本。

1903年6月，为反击康有为鼓吹立宪污蔑革命的言论，他写了《驳康有为论革命书》，登在《苏报》上，指出满族统治者恶行累累，改良派主张立宪，纯系梦想：只有革命才能救中国。此文一发表，清政府恨不得立刻封了《苏报》馆，拿获章太炎，章氏事先得到消息，却没有逃走。反而迎着警探走上去，指着自己的鼻梁说："别的人都不在，要拿章炳麟，就是我！"说着，伸手就缚，慨然独往。上海西牢的铁窗生涯，没有使章太炎屈服。熬过了三年监禁之后，1906年，他出狱后又东渡日本，再次投入革命活动中。

虽然章太炎存有缺点和错误，鲁迅说："这也不过白圭之玷"，但难能可贵的是，他具有民族气节和革命气节。

"二次革命"失败后，孙中山、黄兴等人再逃日本，袁世凯则变本加厉地搜捕包括章太炎在内的革命党人。袁以电邀共和党副理事长章太炎来京商量党务为借口，将其软禁在北京龙泉寺，迫其就范。1914年1月7日，章太炎手持羽扇，扇柄上挂着袁世凯授予的二级大勋章，大摇大摆地走进总统府，声色俱厉地质问袁世凯。袁明知来者不善，拒不接见，让章太炎在传达室久候。章太炎等得不耐烦了，暴跳如雷，口口声声大骂袁贼，掀翻室内的桌椅，打碎门窗的玻璃，这就是当时京城家喻户晓的章太炎大闹总统府。

之后，袁对章怀恨在心，严加监禁，使其丧失人身自由。同时，又为表示敬老尊贤，袁命令袁克定给章送去锦缎、被褥和营养品，企图收买软化。岂料章太炎早已气坏了，将生死置之度外，在袁送来的被褥上写上"袁贼"二字，然后烧出许多窟窿，连同送来的食品一起扔出窗外。并宣布绝食抗议，一直坚持十四天。袁世凯也不愿承担虐杀章太炎的罪名，于是委派一名名医日夜护理章太炎，并改善了生活境况。在章太炎绝食期间，鲁迅、钱玄同、许寿裳等纷纷前来慰问，力劝先生进食。他自认为必死，日书"死"字，曾写信给他家乡朋友，要他们在刘基（乡里先哲，即刘伯温）墓地附近为他造一生圹，死后归于此，以"申死生慕义之志"并亲书"章太炎墓"四个大字，以作碑文。

袁世凯怕这位颇有名气的革命元勋死了，于己不利，无奈将章迁居钱粮胡同，自我解嘲地说："他一个疯子，我何必与之认真！"

袁世凯于1916年6月一命呜呼，章太炎获释南下，经过一阵彷徨之后，又站到孙中山一边，参加了护法运动。尔后，他为抗日救国而呼号奔忙。

章太炎精于国学，博涉群书，为朴学大师。晚年在苏州讲学。在苏州中心锦帆路新盖楼房两幢，讲堂数间，又外租宿舍一处，供外埠学生住宿。不收学费，已缴者如数退还。1935年暑假共招学生七十二人，籍隶十四省。章先生自任主讲。讲《尚书》时，凡注疏已通者一律不讲，发现错误进行驳辩，一字之微常辨析数小时而不倦，引经据典，口若悬河。讲时不带参考书，不编讲义，唯凭口诵手写，不但《说文》《尔雅》背诵全文，即对《汉书》颜师古注，亦如数家珍。章太炎病逝，门生送有挽联："一代大儒尊绛帐，千秋大业比青田"，"赐而来何迟也，禹吾无闲然矣"。

1936年6月14日，章太炎病逝。他的遗嘱仅一句话："设有异族入主中夏，世世代代毋食其官禄。"在他身上，又一次放射出"疯子"的异彩。

章太炎死后葬于西湖，与章夫人原议甚合，虽非先生本意，没和刘基葬为近邻，却和明末抗清志士张苍水咫尺之隔。墓碑上"章太炎墓"四字仍用他自己书写的，名前没有任何称号。

报界先驱彭诒孙

说起中国近代新闻史,人们都不会忘记创办于20世纪初年的《启蒙画报》和《京话日报》,

因为这两份由同一位报人创办的报纸,当年曾享誉华夏,震动清廷。

创办者,彭诒孙,号于嘉。出生于苏州,在北京长大。1900年八国联军进京,他身受洋兵欺侮,险些丧命,于是下决心办报,鼓吹爱国,维新自强。

1902年,他在京创办《启蒙画报》,这是北京第一家由中国人自办的民间报纸。他以开启民智作为办报宗旨,以刊登科学常识、历史掌故、名人逸事为主,并附有永清刘炳堂所绘图画。最初日刊,后改成半月刊、旬刊,每册二三十页;虽系十岁左右儿童读物,但成人读之亦颇有兴味。他自己无钱办报,经费是借贷堂弟彭谷孙售出房产的存款。当时,尽管社会风气未开,人们没有看报习惯,办报艰辛异常,但《启蒙画报》对开化社会风气仍起了很大的作用，著名学者梁漱溟就曾说它"启发我脑中很多道理，一直影响我到后来"。

越二年，彭诒孙又创办了一份全部采用白话文的小型报纸《京话日报》。他在一次演说中说："我们出这《京话日报》的本心，原为的是我四万万同胞糊糊涂涂的倒有一多半，不知如今是怎样一个局面。外国人的势力一天增长一天，简直要把我们中国人当作牛马奴隶……所以赔钱费工夫做这《京话日报》，就是想要中国人都明白现在的时势，知道外国人的用心。"该报具有鲜明的仁爱和反帝色彩，初创时仅销一千份，后增至一万多份，是北京历史上第一个销售逾万份的报纸。当时的《大公报》曾经称赞说："北京报界之享大名者，要推《京话日报》为第一。"

彭诒孙借助《京话日报》曾多次倡导反帝爱国运动，其中以"国民捐"运动影响最大。它缘起于一篇述评，引起了读者普遍关注。事情是这样：庚子赔款四亿五千万两白银分年偿付，至光绪六十几年方可付清，本息累计高达九亿两。该报认为全国国民应齐心合力，一次凑齐，这是因为以当时全国四亿余人口计算，刚好每人出一两，这种救国救民即是自救，故称"国民捐"。讨论一开始，就有太医院院长张仲元首先投函愿捐银二百两，之后投函捐银者纷纷而至，上至皇室亲王、文武大臣，下至工商百业、车夫小贩、妇女儿童，甚至在押囚犯，都纷纷响应。为此，《京话日报》专门开辟"国民义务"一栏，刊登认捐者的姓名和捐数,后因揭者太多,便另附专张,随报发送。这场声势浩大的"国民捐"运动前后持续一年之久,后因发起者获罪而停止,银行宣布发还捐款,但直到辛亥革命爆发,大清银行尚存有"国民捐"九十余万两。

当时,彭诒孙和《京话日报》因为发起"国民捐"运动而名满京师,报纸很快传遍奉天、黑龙江、陕西、甘肃等省,形成举国称道的局势。同时也惊动了清廷,慈禧太后和光绪皇帝都遣内侍传旨出来,声称要看《京话日报》。

彭诒孙1921年病逝,享年五十七岁。

成舍我办《世界日报》

成舍我本来是诗人,是近世著名诗社"南社"的社员之一,后来到北京办《世界日报》,这家报纸办成功了,前后期(后期即指抗战胜利之后的几年)大约办了二十来年吧。《世界日报》发行量显著增加,是在20世纪30年代初的事,那时北京报纸自《晨报》增加副刊,取得成功之后,其他报纸,也特别重视副刊的编辑,以争取读者。《世界日报》副刊《明珠》,有一个时期,礼聘刘半农先生担任编辑,撰稿者有周作人、钱稻孙、钱玄同、俞平伯、废名(冯文炳)、江绍原、沈从文、胡适之等人,名家济济,都是第一流的学者和教授,所以那块版面虽然很小,而号召力却很大,于是《世界日报》在北京,尤其在学界很快声名雀起了。在1928年政治中心南迁之后,北京这座文化古城,全靠几所著名的学校维持局面,尤其报纸,只要能在学界中获得声誉,便是取得百分之八十的成功。当年北京学界中的热门报纸,前一阶段是《晨报》,等到20世纪30年代前后，便为《世界日报》所代替。

《世界日报》于日报之外，还出画报，每周发行四开一张，用雪白的道林纸，蓝色油墨印行，百分之九十是照片，不零卖，不单订，随日报奉送，目的是为了刺激日报发行数字。第一版照例是一张名媛或燕大、辅仁高材生的照片，配一篇短文，第二三两版全是新闻照片，偶然印一张画，但不常见，第四版是电影照片，当时真光、中天等电影院放的都是好莱坞的电影，这第四版便经常登明星照片和影片中的某些镜头。

《世界日报》的社址，在当年是十分气派的。虽然说起来，只不过是一座灰色水泥的三层楼房子，可是在那时的北京，已是十分神气的了。因为任何事物最怕比，这所房子，如果和上海三马路《新闻报》《老申报》，或天津《大公报》《益世报》比，自然都比不上，但和北京当时其他报社比，就显眼得多了。北京当时著名大报《晨报》，社址在宣外人街路东，椿树胡同口上，是老式大四合院，很不起眼。邵飘萍的《京报》馆，在魏染胡同，在胡同里面。《小实报》在宣外大街路西，也是老式房子。只有《世界日报》，在城里西长安街路北，又是洋楼，高台阶上去，行人要仰起头来看它的大门，该有多神气。

据闻现在这所房子拆掉了，所有西长安街路北的房子都已拆掉改为马路了。当年《世界日报》报馆的楼门正好对着路南著名羊肉饭庄西来顺。要吃涮羊肉，过马路就是,名厨师褚祥的黄焖羊肉、黄牛肉,那是名满京华的。成舍我先生大概常常照顾他家生意,那辆白铜云亮的自行车,往往不是停在报馆门口,就是停在对面西来顺门口的。报馆西边有一家三开间两层楼的中央理发馆,那是当年西城最大的理发馆,能做奶油烫发的。其他还有专门出租结婚礼服的铺子——红房子等。

《世界日报》馆东面,咫尺之遥,有一个极重要的古迹,那就是著名的双塔寺,这是两座很漂亮的飞檐灰色砖塔。《帝京景物略》卷四"双塔寺"条下记云:

> 西长安街双塔寺,若长少而肩随立老,其长九级而右,其少七级而左,九级者,额曰特赠光天普照佛日圆明海云佑圣国师之塔。七级老,额曰佛日圆照大禅师可庵之灵塔……双塔地。元庆寿寺也。

两塔距离不远,好像手挽手的兄弟二人,立在西长安街北面,天天注视着十丈软红,这里最早还有金章宗石刻"飞渡桥""飞虹桥",当然现在这些都已没有,改成大马路了。

北京沦陷时期,《世界日报》这所馆舍,为敌伪所掠夺,就在这个原址上办起了汉奸报纸《新民报》,这家汉奸报馆后来又占用了石驸马大街西路北的大房子做编辑部，抗战胜利，成舍我先生回北京恢复《世界日报》，便在石驸马大街，但没有再办《世界画报》，却又办了一个《世界晚报》，四开一小张，成绩很不错，而且还培训了不少人，现在还在国内外新闻界服务呢。

怀念王芸生

抗战胜利后，大公报迁回天津出刊。1947年，天津市的外勤记者联谊会请王芸生作过一次讲演。当时王芸生在新闻界早已蜚声海内，他并不常在天津，他的讲演一开头就是惊人之笔。

他说，我离开天津多年，回想抗战前我在天津刚进报馆时，有一次陪朋友在饭店吃饭，正巧隔壁餐厅里有招待记者的宴会。只听服务员们指点着那边带着绸条的人们说："那些人是专敲竹杠的！"我一看，带绸条的原来是些新闻记者。也不怪人家说，新闻记者里确实有人尽干坏事。我们要严肃对待新闻工作，不能让人背后指指点点！

最近看到一部三联书店出版的《六十年来中国与日本》，这八卷本的一套巨作，就出自这位严肃认真的新闻工作者王芸生的手笔。但谁能想到他并未进正式学校念过书呢！

王芸生的父亲是从静海县流落到天津后，在南运河岸的芥园庙给和尚烧菜做饭的。生了三个儿子，王芸生行三，他念了几年私塾，十三岁就到商店做学徒，但他勤苦好学，每晚总是想方设法找书报看。他后来的读写能力，就是来自少年时期的苦学。

1931年"九一八"事变后，日本帝国主义侵占了我国东三省。当时，王芸生已在《大公报》做编辑。他奉报馆老板张季鸾之命，编写一套日本侵略中国的历史过程，以启发读者，教育国民。他就搜辑史料，撰写专栏文章，"六十年来中国与日本"这个专栏就在王芸生的笔下诞生，开始逐日连载。1932年，曾以单行本出版。这部著作史料丰富，持论公允，刚一问世，即被视为从清末黄遵宪的《日本国志》以来的第二部研究中日关系的好书，引起人们的重视。作者王芸生的名声也在新闻出版界崭露头角。

王芸生1980年在北京逝世，终年七十九岁。新版的这部著作是他晚年重新修订的，直到逝世前方完成七卷修订稿；第八卷生前安排了编写计划，由他的助手在他逝世后补足的。五十多年的心血，终告全部完成。

王芸生在《大公报》工作了将近四十年，以卓越的新闻工作者闻名于世。他的妻子同他一样，原是个出身寒苦的识字不多的人，但两位老人甘苦与共，终身相偕，感情弥笃。闻友人谈，王芸生逝世后，他的夫人很伤痛，但有女儿和女婿侍奉身旁，老夫人足能颐养晚年了！

邵飘萍和《京报》

20世纪20年代的北京城,曾有一份名为《京报》的报纸,其主政者系著名报人邵飘萍,冯玉祥将军当年盛赞道:"飘萍一枝笔,抵过十万军。"

邵飘萍,原名邵振青,字飘萍,笔名素昧,1886年生于浙江金华。十五岁考中秀才,后受新文化运动影响,自民国元年(1911)开始从事新闻工作,先后担任《汉民日报》《申报》《时报》和《时事新报》主编、主笔及专职记者。民国六年(1917)10月5日,他在北京创办《京报》,在创刊词中,他指出,"时局纷乱极点,乃国民毫无实力之故耳",因此,"必从政治教育入手",唤醒"国民共起,志同道合,协力以除"帝国主义和封建军阀在中国的统治。

民国八年"五四"运动在北京爆发。5月3日晚,邵飘萍亲赴北京大学演讲道:"现在民族危机系于一发,北大是全国最高学府,应当挺身而出,把各校同学发动起来，救国图存，奋起抗争。"6月4日，他在《京报》发表《为学生事警告政府》一文，支持学生爱国之举。为此，段祺瑞政府查封了《京报》，并下令通缉身为社长的邵飘萍。邵只好避入东交民巷六国饭店，化装成工人后，潜出北京，经天津去上海，后转入日本。民国九年（1920），段祺瑞政府倒台，他自日本回国，遂于同年6月将《京报》复刊。

邵飘萍对孙中山领导的南方革命政府始终抱着崇敬和支持的态度。民国十三年1月，在孙中山主持下，国民党在广州召开第一次全国代表大会，发表了国民党一大宣言。他指示《京报》于2月4日至14日连续转载这个宣言，宣言庄严宣布"反对帝国主义与军阀"，"取消一切不平等条约"；这对封建军阀封锁着的北方人民无疑是一次巨大的鼓舞与教育。

民国十二年底，孙中山应邀北上，与冯玉祥等人共议国事，并准备召开国民会议。孙托人将自己的一张照片专程赠给《京报》，邵飘萍在《京报》的《国画周刊》创刊号刊出，并赫然印上"全国景仰之中山先生"九个大字的标题。

民国十五年，段祺瑞政府在北京制造了"三一八"惨案。事后，写出了震动全国的讨段檄文——《世界空前惨案——不要得意，不要大意》，控诉了反动政府屠杀民众的罪恶，恳劝民众"不必再有与虎谋皮之愚举"。

邵飘萍的正义言行，加深了军阀们对他的仇恨。民国十五年3月26日，段祺瑞政府发布了通缉名单，他与徐谦、吴稚晖、李大钊、朱家骅、蒋梦麟、许寿裳、陈垣、沈兼士、马叙伦、林语堂、周树人、丁维汾、周作人、孙伏园等四十八人都在被通缉之列。为了避开风险，他再次避入东交民巷六国饭店。

民国十五年4月15日，奉系军阀的军队开进北京。4月22日下午，邵飘萍回《京报》处理事务，不幸被捕杀害，时年仅四十岁。

近闻其侧室夫人祝文秀女士，仍住江苏无锡市郊区，过着安静舒适之晚年生活。

年已八十多岁高龄的祝文秀女士，早年是闻名遐迩的演员，登红氍，演旦角。邵飘萍经常出入舞榭歌场，为她的轻盈舞姿和悦耳唱腔所迷，因而神魂颠倒，决心娶文秀为妾。可是文秀认为邵飘萍是耍笔杆子的，不合她的理想，便婉言拒绝。

邵飘萍认识文秀的母亲，老人非常喜欢图画，为了追求文秀，邵飘萍经常买书画印册，作为见面馈礼。有一次，不知从哪儿弄到一幅仇十洲仕女临摹本，色泽清丽，又有幽鸟奇花之衬托，老人一见如获至宝。邵飘萍慷慨以赠，继之请其力劝文秀，终成佳偶。婚后，飘萍教她读书写字，故文秀亦略具文化，曾伴飘萍东渡日本。两人形影相随，甚为相得。

邵飘萍被军阀杀害后，马连良在收尸时，摄有照片多幅，其中有一张，右眼下有一个洞，此洞即饮弹之痕迹也。此照片文秀匿藏达数十年之久，直到飘萍昭雪，尊为烈士，她才敢出以示人。另有一祝文秀早年玉照，上面有飘萍亲笔题字"七妹留念"，因此人们以为祝是飘萍之第七位夫人，实则不然。所谓"七妹"，乃文秀在娘家姊妹中排行为第七。这张照片，据说文秀至今仍作为珍物保存。

飘萍走前，与当时的《大公报》总编辑张季鸾极为友善。飘萍辞世，文秀清苦，又无子女，孤寂异常，季鸾每月送银资助。文秀虽很感恩，但以为别人之钱不宜享用，把它积蓄储存。一日，季鸾忽向她商恳道："余近来做一宗买卖，手头金额不足，积蓄能否暂借一时？"文秀当即慨诺，把全部储金悉数交与季鸾。大约两个月后，季鸾欣然往访，奉还借款，并曰："此次买卖，获得意外利润，此利应各分一半，今后无再愁于生计耳！"文秀只得收下这笔巨款。实际上季鸾并未做买卖，而是故意弄此玄虚，为使文秀女士安心使用助金罢了。生死之谊，昭然心底。

曹聚仁与书

著名报人曹聚仁,在其近五十年的文人生涯中,先后主持过《正气日报》《前线日报》《循环日报》等报纸的笔政,在从事新闻采写和编辑工作的同时,教书是他一项重要的生活内容,大半生中与书结下了不解之缘。

首先,他买书成癖,他常对人说:"借来的书不过瘾。"为此,只要出一种新书,凡是被他看上眼,都不惜重金买下。有一次,他买了一部官堆纸局本《两汉书》,竟花掉半个月的伙食费。当然,他每次买书都有自己的择书标准:(一)书面上有要人题签的不要,(二)开头排列许多名人序文的不要,(三)标明为必读书的不买,(四)封面花里胡哨的不要。他曾对友人说过:"好似我的第八感觉,透过那书本,嗅得出那本书的气味的。任凭你说得天花乱坠,还逃不出我的双眼。"

他不但购书,而且读书如痴。他在上海时,有一次买到一本杂志,竟在熙熙攘攘的南京路上边走边读起来,结果，遭到一个汽车司机的斥骂："走路还看书，性命要吗？！"还有一次，他在真如车站等车，从一家书店买了一部《房龙的故事》。从真如看到上海北站，又从北站看到家中，从黄昏看到黎明，直到将书读完才睡觉。说到他读书，还有一件事，那就是他在商务印书馆廉价部买到福利德尔（E.Friedell）的《现代文化史》。这部书前页题着这样几句话："假如有任何人奇怪，为什么在许多历史学家已经写过以后，我仍浮起了再写一次的观念，请他把以前所写的全看一遍然后再看我的；如此而仍要奇怪，那就是他的自由了。"由此，这部《现代文化史》便成了他摆在案头的常读书了。

另外，他藏书甚丰。所藏之书，不但门类多，而且数量大。在上海时，家中书橱装满了，在墙上安装书架，书架上放不下了，又在门头上方钉起搁板。陈列不下就堆起来，床底下，门背后，厕所里到处都是书。他是研究历史和文学的，但所买之书，旁及哲学、军事、经济、美术、自然科学（其中医学还分中医和西医），各式各类，一应俱全。为此，他的夫人邓诃云曾嗔怪道："他的书库，既是百宝箱，又是垃圾堆。"并说："他收藏的书并不是做装饰品的，我可以做证，他几乎每本都看过。"

他的藏书遭过几次劫难，"一·二八"之后，日军烧毁了他两屋子的书。"八一三"抗战，为保安全，他将许多珍本藏书装了三十多麻袋运到家乡浙江浦江去了，结果还是被日军一把火烧光,两次劫难,他虽发誓不再收藏书籍,但因为积习难改,过后很快又收藏起各种书籍。他夫人曾感慨地说:"那时在我们的箱子里,没有一件值钱的衣服,在银行里没有一个钱的存款。我们每月的收入,要支出百分之三十的钱去购买书籍。"

传奇文人聂绀弩

1981年,香港出版的聂绀弩旧体诗集《三草》,集中他20世纪50年代流放北大荒的《北荒草》、60年代蛰居生活的《南山草》和抒发友情的《赠答草》。这些诗,被时人评为中国诗史上独一无二的奇葩。

聂绀弩,1903年出生于湖北京山县。他的曾外祖父曾宪德于同治二年(1863)曾出任台湾、福建道台,被清廷授三品按察使。他的祖父在咸丰年间补过恩贡,至其生父聂平周时,家道已经中落,只靠贩布匹、开烟馆为生。

聂绀弩少年读书时,即有超人天分。一次作文,老师出两道题,一是"子产不毁乡校",一是"天下有道庶人不议",学生任选其一。他竟提出两题合一,还说出想法,即"天下有道则庶人议,天下无道则庶人不议"。老师听后,暗中惊讶这黄毛小儿道出了自己的心中之隐,不由当众表扬。于是,小绀弩得了"聂圣人"的雅号。

年龄渐长,他受小学老师孙铁人之托,还在南洋的国民党人鲍薏僧邀他前往马来西亚吉隆坡华侨办的运怀义学教书。不久，他辗转至缅甸，任《觉民日报》主编助手，后主编被逐，他遂独自承担一日四刊的《觉民日报》的编辑工作，从此开始了他的编辑生涯。

1925年，他考入广州黄埔军校第二期，不久随军东征陈炯明，打下海丰县，留在海丰农民运动讲习所任教员。后来，从海丰回到黄埔军校，正面临毕业分配，恰巧莫斯科中山大学前来招生，他以第三名的成绩被录取。当时，莫斯科中山大学几乎云集了中国革命青年的全部骨干，他不屑参加党派斗争，遂专心于文化学习，几乎读遍了图书馆里的中文书籍，包括胡适的《中国哲学史大纲》、张慰慈的《政治学大纲》、梁漱溟的《东西文化及其哲学》等。因为他读书多，又不时流露人道主义观点，学生都称他是"托尔斯泰"。

那时，凡进过黄埔军校和莫斯科中山大学的国民党员，皆容易飞黄腾达。对此，他了如指掌。但他由于十足的文人气质，竟一直未领国民党证，也未在黄埔军校同学会登记。当他的同窗如谷正纲、郑介民、康泽、王陆一等一个个成为炙手可热的风云人物时，他内心深处却依然淡漠如常，诚如他在《钓台》诗中所云："昔日朋友今时帝，你占朝廷我占山。"他所说的"占山"，就是指搞文学创作，编报纸杂志，尤喜编那些多姿多彩的副刊。

他一生编过六个副刊，他编的第一个副刊是《新京日报》的《雨花》。曾与《新民报》副刊《葫芦》的主编金满城组织"甚么诗社",出版《甚么周刊》《甚么月刊》专登新诗,社员一度多至百余人。

20世纪40年代,他的文学创作进一步登上高峰,表现了他丰富的阅历和精深的素养。近年,内地还重印了他的旧作,如《绀弩小说集》《聂绀弩杂文集》《绀弩散文》和《中国古典小说论集》等。

《大公报》创办人英敛之

《大公报》是一份已有八十多年历史的报纸,它的"老家"在天津。提起它的创办人,现在恐怕很少有人知道了。这份报纸始创于民国前,它的创办人是英敛之。

英敛之名华,别号安蹇,满族人,1866年生。家世寒微,由自学而博览群书,能写文章。他信奉天主教,懂法文,早年即与法国来华的传教士有交往,曾在蒙自充任法国领事馆的雇员。他倾向维新,于1901年到天津筹备办报,得到法国领事馆和天主教堂的支持,又得以承建天主教堂房产起家的柴天宠和贩粮致富的王郅隆等人的资助,于1902年在天津创办了《大公报》,社址就设在法租界法国领事馆旁。因有法国人和教会作庇护,英敛之办报敢于讥弹清廷时弊,他曾著论抨击慈禧,要她撤帘归政,指名批评当时的直隶总督袁世凯,敢于刊载沈荩被杖事件等引人义愤的新闻。1903年发生美国虐待华工事件时,他倡言反美。英敛之在《大公报》的发刊词中,倡言"猬邪琐屑之事，在所摈焉"，"从大处落墨"，拒绝刊登占卜、求签、相面、堪舆等有关迷信活动的广告，并标榜"非同牟利可比，宁愿赔钱受累，吃苦操心"，"替穷苦大众说话"。因此，报纸一创刊就发行了三千八百份，三月后销数增至五千份。

此外，《大公报》还发起举办赈灾等社会公益活动，发表过用白话文或地方土语写作的供给市民阅读的新闻和评论。英敛之本人写过《敝帚千余》一书提倡白诗文，严范孙为之作序，认为"文言不可喻俗，俗不遍喻，则教育不能普及，民族日趋于拙劣，势将不可以幸存"。

但自1905年后，《大公报》逐渐转向亲日，社址也从法租界迁至日租界旭街四面钟对过。加以英敛之原系康梁信徒，反对孙中山领导的民主革命，报纸失去众望，销路乃锐减，几乎不可维持。英敛之意趣消颓，遂于1916年9月将《大公报》出售给王郅隆，自己则退居北京香山静宜园，后来出任过香山慈幼院院长和辅仁大学校长。1926年逝世于北京。

英敛之逝世已半个多世纪，但其后人也有足资称颂者。近年来活跃于国内外的著名影剧演员英若诚，即是英敛之的裔孙。

1983年6月，在中、意、美三国合拍的《马可·波罗》电视影片中，英若诚扮演成吉思汗一举扬名，在意大利全国电视台评选会上，被评为最佳电视演员。他还应邀赴美讲学，并为密苏里州剧院导演了我国话剧《家》，演出效果空前，轰动了美国戏剧界，得到密苏里州州议会的致敬赞誉。

女报人汤修慧

汤修慧1890年生于浙江杭州,祖籍江苏吴县。小时候,她家在杭州开有一家照相馆,她在省立女子师范讲书时,常常利用课余时间帮忙料理财务。1906年,她十六岁时和著名新闻家邵飘萍结婚。

和邵飘萍的结合,对汤修慧的人生道路起着关键性作用。一方面使她成为一名新闻界的妇女先驱,同时也促使她踏上了政治舞台,把自己的人生和国家的命运连在了一起。结婚后,她积极协助邵飘萍从事办报活动,经常为《妇女时报》等报刊撰写文章。当邵飘萍先后在北京创办"新闻编译社"和《京报》时,她已成为丈夫的得力助手了。她写的关于教育、卫生、妇女等方面的文章,论据有力、文笔辛辣,备受读者好评。为了解普通百姓的真实情况,她经常深入到社会底层进行专题采访。有时邵飘萍为了获取必要新闻需陪同政要涉足妓院花丛等处,她也欣然前往。邵飘萍开玩笑地说:"哪有太太陪着去吃花酒的道理?"她却振振有词地说:"谁定的法律,只准男人吃花酒,不准女人吃花酒,这还叫男女平等吗?"在妓院里,她也和男人一样"叫条子",当应召的妇女来到时,感到十分吃惊。她和妓女们姐妹相称,很快地打消掉对方的疑虑,从中获得了邵飘萍难以采访到的宝贵资料。

他们办的《京报》经常无情地揭露和抨击反动军阀的黑暗统治,被反动当局视为眼中钉。邵飘萍为了躲避敌人的纠缠和迫害,有时便到外面避风头。每逢此时,通讯社和报馆的工作便由汤修慧一人负责料理,从而使她更加熟练地掌握全套新闻业务。1926年8月6日,邵飘萍终于未能逃避反动派的迫害被杀害了。但汤修慧却未被吓倒,在极其困难的条件下,她很快又恢复了《京报》的出版工作,以继承丈夫的未竟事业。她特别注重第一手材料,经常到现场进行实地采访,京、津、太原、山东等地都留下了她辛勤的汗水和足迹。为了办好《京报》,排除各方面的干扰,她积极参与各种社会活动并寻求一些上层知名人士的支持,如孙科、胡汉民等。"九一八"事变后,她和张学良的夫人于凤至以及刘清扬等人一起筹办"北平市妇女界抗日救国会",成为当时蜚声中外的女报刊活动家。

"七七"事变后,日本侵略者占领了北平。面对国破家亡的时局,汤修慧毅然抛弃家产,辗转前往香港、桂林、重庆等地。在颠沛流离中,仍念念不忘出版《京报》的工作。但由于条件所限,一直未能如愿。抗战胜利后,她刚一回到北京,即着手恢复《京报》,结果,因经费困难,最后把报馆都抵押进去了。直到解放后,人民政府才把报馆发还给她。从此,她便一直住在那里。几十年后,报馆门口还保留着邵飘萍亲手写的那块匾额。

一代报人林白水

林白水是中国近代名记者,福建闽侯(今福州)人。

林白水,原名林獬,亦名懈,又名万里,字宣樊,别署宣樊子,号少泉、肖泉,别号白话道人、退室学者、白水山人。

林白水于1903年12月在上海新闸创办《国白话报》时,即是该报论说、小说、歌谣、新闻、时事问答的主要撰稿人。他在《中国白话报》第十六期编发的《汉族历史歌》至今还为许多史学界、文学界人士所熟知。《汉族历史歌》共十三首,最后两首云:

> 二百年,二百年,广西出了洪秀全,复土地,争权利,万世太平基。曹国藩出,剿长发,保得大清永不拔。左宗棠,李鸿章,争把同种戕。
>
> 亚细亚,欧罗巴,东西相隔不同化,过大

洋，求通商，租界连连让。甲午一战日本胜，瓜分瓜分各指定。命垂危，命垂危，我祖知不知。

林白水的书斋名"生春红室"，因得其外祖父黄莘田旧藏"生春红砚"而得名。林在此著有《生春红室石述记》传世。他非常珍爱这方外公之子——舅父所赠端砚，年轻时去日本留学随身携带行李中就有这一宝砚。

1922年5月，林在北京主办《社会日报》，以"白水"为笔名，几乎每隔一日必有一篇"白水"署名时评，以后他就以"白水"为专名了。1926年8月6日，他写了一篇题为"官僚之运气"的文章，刊在《社会日报》时评专栏上，其中有一段文字说："某君者，人皆号之为某军阀之肾囊，因其终日系在某军阀之裤下，亦步亦趋，不离晷刻，有类于肾囊之累赘，终日悬于腿间也。""某军阀"，指当时直鲁联军总司令张宗昌，北洋奉系军阀，山东掖县人，曾为土匪。"某君"，指张宗昌的幕僚潘复，字馨航，山东济宁人，后来做过北洋政府总理兼交通总长。潘号称张的"智囊"，林白水以"肾囊"来影射"智囊"，而张宗昌又有"长腿"的绰号。因此，此文一出，读者无不大笑。但这可就激怒了"狗头军师"潘复，当天他就唆使张宗昌下令逮捕林白水。

得知林白水被抓，杨度等十多位友人火速前往营救。当天晚上，他们找到了正在打牌的张宗昌，情真意切地请求释放林白水，有的人竟长跪不起。张宗昌见此情景，表现出一种意有所动的样子，但时有宪兵司令王琦入内，和他耳语说林白水已经被执行了。众人听后，见为时已晚，再无营救之可能，便悲愤地退了出来。实际上这是反动者的一种骗局，是事先商量好对付营救人员的缓兵之计。当时林白水被关押在牢中尚未被执行，直到次日凌晨四时宪兵才通知其给家人写遗嘱。

林白水在仓皇之间一时不知写些什么，他只是对家人写道：我绝命只在顷刻，家中事一时无从谈起。只好听之。爱女好读书，以后择婿格外慎重。可电知陆儿回家照应……写完后，即被押赴天桥刑场，枪声响处，他即倒在了血泊之中。

遗书中所提到的爱女即林慰君，时年仅十二岁，被林白水视为掌上明珠。父亲遇难后，林慰君悲愤之极，曾想以自杀了却自己年轻的生命，后幸被人劝阻。在为父亲举行的追悼大会上，她以其幼小的身躯、声泪俱下地致答词，引起了人们的深切同情。后来她就读于国立师范大学，毕业后曾在北京女一中、女二中执教，抗战时期积极地参加了各项爱国运动。1948年赴美，成为著名美籍华人女作家。她立志要为父亲写一本传记，但直到20世纪80年代才得以回国搜集有关资料，最后写成了《我的父亲林白水》一书。她还捐资老家神州修建了"林白水纪念堂"，里面陈列着林白水生前创办的各种报纸、著作和其他纪念品。

　　林白水遇难后,随身留有两件遗物,一是玉器两件,一是铜印一枚。他酷爱读书,在自己的印章上篆刻"书磨心境"四字,可见其乐此不疲之高尚情操。还有一件最珍贵的遗物是他被枪杀时血染的罗帕,那是其好友张次溪精心收藏下来的。后来,他请社会名流叶恭绰、章士钊等在罗帕上题词,叶恭绰在上面论及林白水"几与鹦鹉赋同视",将其之死和三国时曹操假黄祖之手杀死弥衡相提并论。这些物品后来均由其女林慰君于1986年献给了福建省博物院,现存于林白水纪念堂内。

　　林白水被杀害后,"洪宪皇帝"袁世凯的二公子袁克文,号寒云,博学多才,善书善诗文,人称"皇二子",写了两副情意深刻、直斥军阀、伸张正义的挽联。其中一联云:

　　君虽死而犹生,人间历历,剩烈女弱姬,奇文石砚;

　　谁能免于今世,天下荒荒,遍瘟疫盗贼,饥溺刀兵。

忆凌霄汉阁主

凌霄汉阁主是20世纪三四十年代读者所熟知的人物。他早年在上海《时报》以徐彬彬的署名写的北京通讯是名噪一时的。1926年他为天津《大公报》主编《戏剧周刊》，多用"凌霄汉阁主"笔名写剧评，有时也署"彬彬"，曾在《时报》发表"彬彬通信"，夹叙夹评，揭露和抨击北洋军阀政客的丑行。"彬彬通信"与《申报》的"飘萍通信"《新闻报》的"一笔（张季鸾）通信"，当时影响很大。据与凌霄老人有戚谊的许姬传老人（许乃徐之外甥）所著《七十年闻见录》称时人评价，黄远生、邵飘萍、徐凌霄为"撰述界三杰"。并云"徐君擅长诗词，远生或叹弗如；精究京剧剧本，飘萍实如弗逮"，这确不是溢美之词。

凌霄老人曾与飘萍发起《京报》，还任过《大公报》副刊主笔，那时他的助手便是后来的名记者徐铸成。有趣的是，两人不仅是同乡，也是同族；若论辈分，凌霄老人是徐铸成的远房长辈。

凌霄老人和他的五弟徐仁钰（即徐一士，字相甫）皆长于文史掌故，尤其清末民初史事，娓娓道来如数家珍。兄弟二人曾在当时的《国闻周报》上连载"凌霄一士随笔"，极有史料价值，也颇引人入胜。最初，"凌霄一士随笔"题目一行竖排，读者误为是一人所作，后改为"凌霄""一士"并排，方知是二人。但后来，杂志上又出现了一个"大华一士"的署名，许多读者又以为"一士"又与"大华"合作了。实际上"一士"仍是徐一士，而"大华一士"另有其人。

凌霄早年原在京师大学堂学土木工程，他曾写过《长江大桥调查纪要》，由学校印行。后因身体不适应外勤气候，改行教书和写作。他给上海《时报》写稿，每千字十五元，每月稿费约五百元，收入可谓高矣。后因与统治北方的奉军张作霖的宠信杨宇霆不睦，改弦更张，以对京剧素有研究，乃专事剧评写作。20年代后期到40年代，他在京津各报刊写了大量有关京剧的研究和评论文章，立论精辟，着重剧情分析和京剧程式规律的探索，从不吹捧名角。因而在剧评文章中格调独高。后来由于各报刊争相约稿，他以"凌霄汉阁随笔"的名义在京津报纸副刊上分别发表专栏随笔，谈京剧，谈演员，谈报纸，谈报人，也谈风俗掌故，偶尔还针对当时窳败的政局加以讽刺。以他丰富的见闻，渊博的知识，深邃的见解，又熟知官场内幕和军阀政客间的人事关系，加以文笔流畅，一经引证，无不涉笔成趣，引人深思，所以深受读者欢迎。

凌霄的伯父是戊戌政变时的翰林院侍读学士徐致靖。康有为、张元济、黄遵宪、谭嗣同、梁启超以及袁世凯，都是他向光绪帝推荐的。政变失败，"六君子"被害，徐致靖由于李鸿章托荣禄向慈禧求情，免掉一死，改判为"绞监候"，直到八国联军侵入北京，才获释出狱。上海《时报》主办人狄平子也是维新人物，凌霄为该报写稿，也可能缘于徐家先人的关系。

据徐铸成回忆，凌霄老人虽然出身簪缨世家，又是名记者，但他在北京校场头条的寓所却极简朴。本人则布衣布履，绝无轻裘之饰。这与同为20世纪20年代名记者的邵飘萍形成了鲜明的对比。飘萍是当时中国记者开自己的汽车进行采访的第一人（斯时北洋政府的一些总长们也只是自备马车而已），他吸的香烟也是请烟草公司特制，并印有"振青（飘萍名）制用"字样。不过，这只是生活小节，飘萍大节不亏，他是中共早期秘密党员，一直用笔抨击军阀专制，最后惨死于军阀手中。

凌霄老人则远比黄（黄远生1915年在美国旧金山被刺遇害）、邵、林（亦被军阀杀害）等人幸运，仅他当年抨击袁世凯称帝的几篇文章，就足以遭致毒手。不过老人却一直安然无恙，直到1961年才故去。只可惜他没有写下完整的回忆录，只是于1935年在北平《实报》发表过简单的自传《凌霄汉阁自白》。

王柱宇仗义执言

现在北京六十岁左右的人还会记得王柱宇其人。20世纪30年代他在北京《实报》上撰写杂文,每天一段,叫"柱宇谈话",纵论古今,颇受读者欢迎。特别是社会下层人士,文化水平不高,常让别人念他的文章听。举两个例子,可以说明他的言论在社会上的影响。有一次他在"谈话"中说,用刷墙的大白当牙粉用,照样可以刷牙。这自然是一种谬论,但居然有人真用大白制成牙粉出售,名字就叫"柱宇牙粉"。当时华北有人售卖"黄河奖券",王柱宇写文章说:"我们是黄帝子孙,不能忘本,干吗叫黄河奖券?叫黄帝奖券不更好吗?"果然,不久就有人卖"黄帝奖券"。

由于他的名声大,常有人巴结他。票友奚啸伯正式下海时,专门请王柱宇吃饭,在饭庄摆了两桌;那是怕他在"谈话"中随便一骂,骂得声名狼藉。齐白石大画师也和他友好,为他画了一幅"柱宇图",画面一轮红日从海上升起，说明十足地重视他，还为他刻了图章。王柱宇似乎什么都懂，他在文章中甚至说什么他会催眠术，可以催人入睡。

然而柱宇有一件事值得大书特书。1946年圣诞之夜，美国兵在东单广场强奸北大女学生，学生纷纷罢课抗议。当时有个人力车夫曾在现场目睹了美兵丑行，他向王柱宇提供情况，由王柱宇写成了消息。此事发生后，北平警察局怕开罪美国政府，不愿声张，也不许各报刊登这条消息。王柱宇在《世界日报》工作，不顾一切，发表了这条消息，于是各报转载，波及全国，一个反对驻华美军暴行的运动席卷全国。北平警察局长汤永咸为此拘留了王柱宇，《世界日报》也解雇了他。此后有一段时期，王柱宇失了业，没有收入，仅靠用笔名卖文度日。

20世纪40年代，他穿纺绸长衫，手持折扇，脚穿圆口软底布鞋，一派儒士风度。王柱宇会唱戏，笔者曾听他唱过《卖马》，颇有韵味。他的妻子胡淑季是个旦角演员，艺名傅占云，是他写文章捧红后嫁给他的，结婚后就息影舞台了。

满族报人成扶平

提起满族人,谓"臭在旗的",或净是些"提笼架鸟"的不肖子弟,这实在是一种民族偏见。殊不知满族人当中亦不乏头角峥嵘的文人,成扶平便是其中的一位。

成扶平乃满旗镶黄旗人,老姓佟佳氏,原名成廉,又名成芙萍。1907年出生于北京。五岁时即告别了皇上,迎来了民国,丧失了"铁杆儿庄稼"(旗人所关钱粮),变卖房产而坐吃山空,十八岁即开始卖文生涯,正如他在《世界日报》发表《旗族旧俗志》序言中所云:

> 亿昔儿时,衣锦膏粱,亦足发念载回想,曾几何时,一旦流落文丐!每日里西抹东涂。今也把我秃笔,重话旗光,或云食族旅之余唾,思想及此,不禁为之惨笑。

皆因断了钱粮,才迫使成扶平走上卖文以自食其力的道路，在故居"红绿阁"（书房名）中猛摇秃笔，一发而不可收，于是银圆滚滚而来，其数额超过儿时所关"马甲钱粮"（每月白银三两）的三四十倍，故彼时有文艺界老友戏之曰："成先生非文丐，乃丐头也！"

成扶平于20年代至40年代，是北京地区有一定影响的新闻记者和自由撰稿人。1934年曾创办《现代日报》并任主编。其文章涉及范围较广，偏重于民风民俗。他发表在诸多报刊的文章，亦庄亦谐！针砭时弊，与老宣（名永光）连载于《实报》上的"妄谈""疯话"和大记者王柱宇连载于《小实报》上的"柱宇谈话"文风相近，这三位性格古怪的文人，嬉笑怒骂皆成文章，言他人所不能言，言他人所不敢言，故拥有上至旧王孙下至贩夫走卒最广泛的读者群，其各家报纸亦因文章"叫座儿"而销路甚好。三位心相通、文相似、禀性亦相同，故结为挚友。

旧时的新闻记者，号称"无冕之王"，便是总统府，亦敢大摇大摆地走进去，别小瞧那枝毛笔，其厉害不亚于枪杆子。于是不乏有新闻记者总是借题发挥、大敲竹杠，曾有某大记者对某大军阀大敲竹杠后照样披露其内幕而被处死者。成扶平虽亦著名记者，却不曾沾染敲竹杠的恶习，满族人的厚道传统，使他奉行"老实办报，老实采访，老实写文章"主义。他的老实主义，使他一辈子傲视显贵，不曾为他们写过"抬轿子的文章"，于是也就一辈子不曾飞黄腾达，而他对此，却无怨无悔。

成扶平一辈子不害人，20世纪40年代后期，他任《新民报》编辑和记者，张恨水任主编。彼时，地下共产党员马彦祥与马少波皆在该报"卧底"，张恨水与成扶平了如指掌却守口如瓶，不为赏赉而出卖灵魂，亦不惮担着知情不举的罪名。

成扶平的《旗族旧俗志》，曾被日本人盗版。成扶平晚年穷困潦倒，蜗居于陋巷，诉讼无门，1982年1月，抱着这点儿遗憾病逝于家中，身外之物分文皆无，唯有其见诸报章洋洋洒洒之遗墨。

刘浚卿主宰《益世报》

五十年前,《益世报》和《大公报》在天津对峙并存,都是在全国有声望的报纸。如果说吴鼎昌、胡政之、张季鸾是《大公报》的"三杰",那么,雷鸣远、刘浚卿、刘豁轩则是《益世报》的"三杰"了。

刘浚卿本人在《益世报》根深蒂固,又给他的家属亲友打下了天下。抗战胜利后,《益世报》在天津复刊,"父传子,家天下",刘浚卿最小的儿子刘益之当了总经理。刘益之不学无术,只凭着父荫与钻营,从天主教于斌主教那里领到"复刊"的"圣旨"和经费。他自知立不住阵脚,就把他的堂叔,抗战前曾一度做过《益世报》总编辑的刘豁轩搬来当社长,刘豁轩就成了"八千岁"。刘益之的两位哥哥也出任报馆的要职,都成为"王爷"。

刘浚卿本名刘守荣,河北省蓟县人,念过几年私塾,在家乡做过小学教师,是个虔诚的天主教徒,很受当时在蓟县传教的比利时神父雷鸣远(1928年入中国籍)赏识。

雷鸣远调到天津望海楼教堂任坐堂神父时，刘浚卿也投奔到天津，成为雷鸣远的左右手。1912年，雷鸣远在望海楼教堂创办共和法政研究所，派刘浚卿做所长。1915年，天主教在《益世主日报》的基础上创办《益世报》，雷鸣远出任董事长，刘浚卿做总经理。刘浚卿善经营，把《益世报》办得蒸蒸日上，他自己也成为社会名流，结交了掌权的直系军政要人。从此，他投靠了直系军阀，在报上则吹捧直系攻击奉系。他同当时的省议会议长边守靖合作，为曹锟贿选总统大卖力气，遂成为曹银之弟直隶省长曹锐的亲信。曹锟登上总统宝座后，论功行赏，刘浚卿得了天津电报局局长的肥缺。可惜好景不长，1924年直系倒台，奉系再次进关，进驻天津的直隶督办李景林，命令军警督察处处长李书凤逮捕了刘浚卿，接管了《益世报》，报社几乎垮台。1925年，奉军败退关外，刘浚卿才出狱获得自由，到1928年出面收回《益世报》，重整旗鼓，约请其堂弟刘豁轩任总编辑，还约来一批南开大学毕业生，加强了编辑部；并向开滦矿务局借款三万元，购置了轮转印刷机，编辑、经理和印刷三个主要部门的阵容整齐，可与《大公报》一争高低。

1932年，又礼聘罗隆基任主笔，写了不少篇反对独裁、抨击不抵抗主义的社论，把《益世报》的声誉推上高峰。后来，《益世报》外受政治压力，内有权力之争，刘浚卿忧愤成疾，于1934年病逝。刘家失去了《益世报》江山。抗战胜利后复刊,刘益之当总经理,刘豁轩当社长,乃又恢复了刘家天下。

《王先生》诞生记

20世纪20年代末,上海市民中曾兴起一阵"王先生热"。其肇始者,乃著名画家叶浅予先生。

1926年,叶浅予因家中店铺倒闭,被迫辍学。苦闷中,他看到报上登着上海三友实业社招收广告绘画员的启事,便按照要求,寄去几张画,没想到,很快被录取了。从小喜欢绘画的叶浅予,在学校是美术科的高材生,自然不满足画广告,总想露身画坛,一显身手。一天,他在马路上闲逛,偶然看到一家电影院门口张贴着海报:幕间举行人体姿态表演,每张票价增加两毛。出于好奇,他买了一张票过去。影片放映到一半时,只见几个半裸体女子走上台去,搔首弄姿。拙劣的表演和两毛钱的附加票,不停地在叶浅予脑海里迭现,构成了奇妙的图案,他的第一幅漫画就这样诞生了。他把画稿署上"浅予"笔名,投寄到《三日画刊》。这是一本专登漫画的杂志,由张光宇、张正宇兄弟俩创办。叶浅予的处女作很快就发表了,他得到了这两位漫画家的赏识,并结交为朋友。

不久以后,张氏兄弟来找叶浅予,商量筹办《上海漫画》周刊,社址设在今山东路仁济医院附近。为了招徕读者,他们决定推出一套长篇漫画连载。叶浅予从报上看到美国漫画家编绘的《怕老婆》和《两个朋友》的故事,从中得到启发,设计了一个干瘦、瘪嘴、身穿长袍马褂,有着两撇老鼠胡须的王先生形象,王先生的拍档小陈为矮胖汉子,西装革履,蝴蝶须结,洋气十足。和干瘦的王先生、矮胖的小陈对比,王太太是个大块头,陈太太则又高又瘦。在两对夫妇中间穿来穿去的是王先生的女儿阿媛。这五个角色一起,串演出一幕幕轻喜剧,逗人发笑。1926年4月,《上海漫画》创刊,《王先生》粉墨登场,每期登四幅到八幅,故事有连贯性。《上海漫画》停刊后,叶浅予应时代公司老板邵洵美之邀,主编《时代画报》。他笔下的滑稽人物王先生也跟了去,每期连载,风靡一时。不久《王先生》又拍成电影,搬上银幕。叶浅予自任制片人,创造了很高的票房价值。

邵力子典袍出报

邵力子是浙江绍兴陶家堰人,原名闻泰,字仲辉,力子是他在《民主报》任编辑时所取的笔名。

邵力子是国民党的元老之一,他毕生从事和平事业,所以有"和平老人"的称号。他从事新闻事业达二十余年,以犀利的文笔,进步的思想,写了很多文章,为当时青年读者所喜爱。1907年,于右任等在上海创办《神州日报》进行反清宣传,邵力子参加该报工作,不久《神州日报》馆因火灾停止出版。后他又进于右任为社长的《民主报》担任编辑,同时的编辑人员有叶楚伧、章士钊、宋教仁、徐血儿等。编辑人员的阵容一新,发表的文字,多属鼓吹革命,因此很受广大群众欢迎。

1915年,孙中山先生领导的中华革命党在上海创办《民国日报》,叶楚伧任主编,邵力子任经理兼编辑,馆址设在法租界天主堂街。

"五四"运动时,全国学生掀起了波澜壮阔的游行,

《民国日报》于同年6月16日创办了《觉悟》副刊，由邵力子任主编。《觉悟》在当时是一份崭新的报纸副刊，它所刊载的文章内容是号召知识青年向新文化进军，提倡推翻旧文化、旧文学、旧制度，所以在当时风行一时。经常为《觉悟》写稿的有陈望道、潘梓年、胡愈之、刘大白、叶楚伧等。

《民国日报》当时外受军阀的压迫以及租界当局的无理干涉，内又受经济拮据的折磨，内外交困，他们过的艰难日子是可想而知的。

新闻界流传着"邵力子脱下皮袍换报纸"故事。事情是这样的：

《民国日报》自创刊以后，十年以内，经济一直拮据，邵力子身为报社经理，首当其冲，左支右绌，颇有"巧妇难为无米之炊"的景况。报社中最大的支出是纸张，最需要的也是纸张，没有纸张，任何精辟、进步的言论也无法与读者见面。而《民国日报》馆经常拖欠各纸行的货款；日积月累，欠款愈积愈多；商人们唯利是图，就通知该报社此后购买白报纸非现款不可，不再赊欠。

有一年冬天的晚上，天气寒冷非常，恰巧《民国日报》社的现金奇缺，无法周转，报社职员向纸行去赊白报纸，空手而返。这时，印刷房各版均已排好，只待开印。天寒夜深，告贷无门。邵力子辗转寻思，别无他法。那时候上海租界里有"日夜典当"，是一种以高利贷盘剥贫苦大众的行业。邵力子就在编辑室里烧起通红的炭火炉子,一边脱下了身上的皮袍子,叫人拿到日夜典当里换到现款,连夜在纸行里买出白报纸,然后马上付印,才未影响报纸次日与读者见面之后,邵力子在火炉边度过了寒冷的晚上。直到第二天早晨派人通知家里送来棉衣,才得回到家去。这件事,上海的老报人们都是耳熟能详的。

冯玉祥船上办《民联日报》

1946年5月下旬,冯玉祥将军乘"民联轮"离重庆东下返回南京。他在船上忽发奇想,创办一张日报——《民联日报》。他用基督教利他社捐来的九万元法币,船经万县时买来油印机、纸张等一应工具、物品,于是就在轮船上办起了这张不平凡的报纸。

该报四开大小,另加八开副刊一张,淡黄色的土纸,充满一股古朴气,印上黑色字、红色报头,更呈现出一种素雅美。报纸内容异常丰富,有社论、述评、国内外时事、新闻、船上拾趣、沿途码头上的商业信息、旧事、新诗、散文、谜语、漫画等,名目繁多,五光十色。稿源也不愁,除冯玉祥自己带头执笔外,在他的一声号召下,同船的政界要人和社会贤达都纷纷写来大作,每稿必酬,一篇文章,两个鸡蛋。既付稿酬,当收报费,每份法币百元。

大画家徐悲鸿正巧风雨同舟,他也很热情地为该报刻写过一张蜡纸,书法遒劲豪放,如群骏奔驰,颇有其画之韵味。

冯玉祥在创刊号上写了篇代发刊词《民联引》兹记如下:

说民联,道民联,
民联果然如所愿;
多少好朋友,
共乘一条船。
连连挥挥手,
都说:"四川,再见!重庆,再见!"
就不完的情怀,道不尽的依恋。
一路江景皆大观:眼下两排青山,
还有名城和胜迹,
过了一站又一站。
抗战胜利今返都,
应当欣跃又狂欢;
为什么心头不轻松?
为什么面上少笑颜?
那是为了政局未开朗,
那是为了各地有内战。
大家个个不安,
何时和平得实现?
时时都在祷告,

刻刻都在挂念，
同胞还需努力，
为了实现那一天。
真那样，我们才能立地顶天；
真那样，我仍才能快乐喜欢。

《民联日报》从1946年5月29日创刊，至6月3日停刊，仅六天就收场了，这大概可以算得中国报史上最短命的一份日报了。然而，办这样一张轮船报在中国新闻界的确是件创举，且因创办者又是冯大将军，所以尽管是昙花一现，却传闻南北东西，而且至今回忆起来还觉得十分有趣。

当然，深为遗憾的是，冯玉祥将军并没有看到他梦寐以求的那一天的来到。1948年9月，他响应中国共产党号召，回国参加新政治协商会议筹备工作，途中在黑海因轮船失火遇难了。这是中国人民的一大损失！

北京报界忆"笑社"

1925年至1937年,北京曾有一个颇有影响的文艺团体——笑社。它的发起者是当年颇有名气的作家陈逸飞,其成员有作家耿直,新闻记者和专栏作家成扶平,北京历史和民俗专家张次溪,戏曲作家景孤血,戏剧理论家夔野大,小说家杨心巢,以及才华超逸的文人王梦曾等十余人。

笑社的地址在宣武门外铁门胡同四十九号东跨院内。门口悬挂着一副对联,上联为"此地在城如在野",下联是"个人非佛亦非仙",系笑社成员夔野大撰并书,著名篆刻家张志渔摹刻。

笑社的成员每月举行一次例会,借以沟通信息,酌定选题。其活动宗旨是撰写"寓庄于谐"的讽刺文章,对当时社会的黑暗、政治的腐败以及城市中某些人的刁钻古怪的习气给予辛辣的讽刺和无情的鞭挞。所有作品都发表在邵飘萍主办的《京报》副刊(时称小《京报》)上。有些作品发表后,被日本朋友译成日文转载于日本报刊上。

由于这些千字左右的文章笔调幽默,行文淋漓酣畅,能言大众欲言而不能言,各阶层读者均可赖此宣泄心中的积郁,并于忍俊不禁之后受到启迪,故此《京报》的销路一向很好。为对笑社成员聊表谢忱,《京报》同人每月在报馆设宴款待其诸成员,社长邵飘萍常拨冗参加,并于宴席上向笑社成员致谢词。据前几年尚健在的陈逸飞、齾野大两位先生回忆,他们当年对邵飘萍的印象是目光炯炯,平易近人,言谈时总是满面春风,毫无社长架子。

笑社刚成立时,其成员皆为风华正茂的青年,年龄最大者亦不过二十三岁。他们虽年轻,但少年老成,且文思敏捷,千八百字的文章每每于谈笑间一挥而就。他们除常年为《京报》撰稿外,更多的精力则用于个人办报、从事小说或戏曲创作以及用于历史与民俗之研究。笔墨生涯之余,还曾为大学、中学及社会上爱好文学的青年组织过一些讲座或专题报告会。1930年3月,老舍自伦敦回国,在商务印书馆出版的《小说月报》上发表了他的幽默小说《老张的哲学》,笔法与笑社文章有些同调。不久,老舍便应笑社之邀,在北京米市大街青年会为五百多名爱好文学的青年作《笑的分析》讲演,与会者自始至终无不捧腹,而老舍却神态端庄,无一丝笑容。事后,老舍又应邀到和平门外北京师范大学演讲《论创作》,特地邀请陈逸飞等笑社成员前去捧场。

常年登载于《京报》上的笑社文章，其影响与日俱增。1931年，《中华新报》社长兼总编辑陈慎言特邀笑社的陈逸飞、成扶平、景孤血等"快手儿"为其报纸撰稿，以图扩大销路。

陈慎言出身于清朝一位翰林家庭，曾从事航海事业，后见列强蚕食国土，军阀混战，国是日非，遂跻身文坛，先后以其杂文和小说为警钟，旨在唤醒国人。1926年4月，《京报》社长邵飘萍不幸就义，陈慎言愤然写了一部三十万字的小说《断送京华记》，大骂奉系军阀，于是以"亲共"罪名被捕，经亲友贿以重金百般营救，被囚禁三个月方得开释。

陈慎言的这种爱国热情，颇为笑社同人所钦佩，故此对他提出的长期供稿要求欣然允诺。

新闻界张氏四昆仲

昨与新闻界某君谈天,忆及北京报界中张氏四位昆仲:恨水、啸空、牧野、仆野,皆当时为友辈所称誉者。

恨水为名小说家,以《啼笑因缘》《金粉世家》等杰作而蜚声文坛。他的著作构思精巧,笔法洒脱,读来流畅如醍醐灌顶,颇具吸引力,犹忆《啼笑因缘》一书,不但文笔好,而且其章回对仗亦工,音韵铿锵,如第一回:"侠语感风尘,倾囊买醉;哀音动弦索,满座悲秋。"令人喜爱,回味无穷。啸空初在《大同晚报》,后转《世界日报》。牧野工绘事,擅长花卉虫鸟,曾授课北平美专,桃李颇众。四弟仆野曾在《新民报》主持采访,颇得陈铭德器重。四昆仲如俱独到,且难得都是正派老诚,同业咸乐与之交。

四昆仲相貌酷似,而且声音亦同,均操一口皖音京白,尤具同一特点即谈笑间每发出很重的"嘿!嘿!嘿"笑声,以故同业常说,把他四兄弟关在一间屋里,请他们谈笑，户外闻之，绝不能辨出是谁谈什么话。

笔者与啸空时相邂逅，过从较多。啸空性情爽朗，忠厚老诚，为人正直，处世率真，喜谈笑，好诙谐，尝在采访某官员时，对某官员说："新闻记者好比要饭的，要饭的你不给他钱，他不走，新闻记者也如是，你不给他新闻，他也不走，你要小心哪！嘿！嘿！嘿！嘿！"卢沟桥事变前一年左右，他语音日渐嘶哑，初以为感受风寒，服麦冬、胖大海未愈。后又晤面，声音更哑，记得啸空曾说："已托梨园界朋友代找治倒嗓的药。"其后即闻卧病。不久噩耗传来。友辈闻之，同声惋惜，痛失良友。啸空后事由恨水、牧野代为料理，遗柩暂厝宣武门外南横街萧寺。当时著名"打油"诗人张醉丐痛啸空物故，曾撰诗数首于报端发表，笔者迄今尚记得几句："文人何必计穷通，万事凄凉感慨中；丐也愚顽心最痛，独挥热泪哭西风。""七尺桐棺萧寺里，南横街畔冷斜阳。"及今思之，犹觉鼻酸。

事隔多年，笔者来港前，恨水、仆野还曾见过，牧野则未闻消息。恨水的《啼笑因缘》已拍成影片公演，大受欢迎；女主角由"影后"胡蝶主演，男主角为郑小秋，搭配硬整，轰动当时影坛。笔者曾往观赏，途中又不禁想起"侠语感风尘，倾囊买醉；哀音动弦索，满座悲秋"……

将近四十年矣，20世纪60年代曾闻恨水作古，近闻胡蝶在美，小秋在大陆，均尚健在，但估计恐都在八旬左右。牧野、仆野音信杳然。

李叔同创办《音乐小杂志》

1905年,李叔同赴日本留学专修音乐与绘画。次年,他创办了《音乐小杂志》,于丙午年正月十五日在东京印刷,二十日在上海发行,揭开了中国音乐期刊发展史的第一页。

《音乐小杂志》向国人介绍乐理知识,开展音乐启蒙。栏目有音乐史、乐典、乐歌、杂纂、社说、图画、插图、词府等,曾刊出木炭画一幅、木板画两帧、文章七篇、乐歌三首、词章五阕。除了刊出二位音乐家的作品外,其中有价值的音乐论著都是李叔同所作。

《音乐小杂志·序》是全刊最有分量的文章。《序》文描述了自然界的种种音响,叙述了这些声音对人体感官的作用,推论经过人加工过的声音——音乐,一定会产生巨大的社会功能:"盖琢磨道德,促进社会之健全,陶冶性情,感精神之美,效用之烈,宁有极与!"序文仅仅五百字,但李叔同的音乐美学观以及创办刊物的宗旨都已跃然纸上。

杂纂栏内，有一篇《昨非录》，可说是李叔同的"忏悔录"。作者以别致的形式回顾了自己音乐实践中的经验、教训及启示，告诫初学者循序渐进，否则将欲速则不达。提出了关于简谱和五线谱使用方面的见解。

图画栏内有李叔同的木炭画《乐圣比独芬（即贝多芬）像》，第一次向国人介绍了西方著名音乐大师。配合画像，李叔同在乐史栏内撰写《乐圣比独芬传》，不仅对贝多芬的生平、简历和成就作了全面介绍，还穿插了不少艺术经验和评论。

乐歌栏内以五线谱刊登了《隋堤柳》《我为国》《春郊赛跑》三首歌曲。《隋堤柳》歌词充满了对祖国的无限忧思："甚西风吹醒隋堤哀柳，江山非旧，只风景依稀凄凉时候，零星旧梦半沉浮，说阅尽兴亡，遮难回首……杜鹃啼血哭神州，海棠有泪伤秋瘦，深愁浅愁难消受，谁家庭院笙歌又？"当时清王朝内忧外患行将崩溃，作者深居异国他乡，将日本人与中国人相对比，激起了他无穷的感触。《隋堤柳》的思想内容和艺术形式都属上乘之作。

《音乐小杂志》由于种种原因只出了一期就停刊了。1984年这本杂志在日本京都图书馆被发现，经日本友人协助复印，才得以一窥杂志的全貌。

1913年5月，李叔同在浙江一师任教，又以浙师校友会的名义编印了《白阳》杂志。此属综合性刊物，音乐占了较大的比重。杂志重新发表了他为《音乐小杂志》写的序文。李叔同以五线谱发表了三声部合唱曲《春游》,《春游》是中国近代音乐运用西洋作曲方法写成的第一部作品,还用图文对照方式刊出《西洋乐器种类概论》。他的学生李鸿梁绘制了贝多芬像,再次向国人介绍这位西方音乐大师。《白阳》实际上就是《音乐小杂志》的继续。

李叔同作为中国近代文化名人,在当时政治、文化的动荡时期,他不尚空谈,而是身体力行,把西方代表人类优秀文化成果的音乐引入中国来,实在是难能可贵的。

京华报馆忆宣南

晚间看电视剧,见剧中人手捧报纸,聚精会神地闲读,忽然大声说:"瞧瞧今儿个的《小实报》,都登出来啦!"接着一个特写镜头——对开的大报,白底阳文"小实报"三个黑字映入眼帘。于是,我蓦然而生一个印象——假。

《小实报》是半个世纪以前北京风行一时的小报,本名《实报》,是四开小型,不是对开大张,读者爱其短小精悍,习惯以"小实报"呼之。实则报名本无"小"字。报头用碑刻拓本集成的黑底阴文"实报"两个字,极醒目。以我的眼光看,电视剧的这个细节,与史实不符。因此我不揣冒昧就我所知唠叨几句。

20世纪二三十年代,北京报馆多在南城的西半部,也就是昔日的"宣南"。就印象所及,略述数家。

骡马市大街路北魏染胡同有两家报馆:一家是邵飘萍先生(振青)的《京报》,抨击时政,邵先生因此殉职,近代新闻史者早有专文论述；另一家是《实事白话报》，创于民初，四开一小张，20世纪20年代，笔者每天必看该报连载的《白话三国》，当时该报不用标点，每句空一格，作为断句。

宣武门外大街有好几家报馆：北头路西是《实报》馆，始创于1928年北伐以后，用小五号铅字排印。开张虽小，内容尚丰，副刊尤为出色。徐凌霄先生的戏评，短短一二百字，鞭辟入里，引人入胜。张醉丐先生的打油诗，多记梨园逸话，对后起之秀和票友常给予鼓励。张氏出身世家，是清初名将一等子爵张存仁的后裔，原名裕椿，其父张国正，光绪间任福建按察使。张醉丐先生生于福州，福州古称榕城，故他有一字"榕生"。大林山人的史料笔记，颇多秘闻。大林山人是湖北黄梅人汤颇公先生的别号。汤氏曾任北平市政府参事，熟悉近代史事，著有《新谈往》一书。20世纪30年代袁良任北平市长时，编印《旧都文物略》，聘汤氏为总编纂。

《新北平报》报馆在宣武门外大街路东，和《实报》报馆遥遥相对。该报创刊于1931年，至1937年改为《新北京报》，四开一张，内容充实，副刊作者阵容整齐，颇多大手笔。著名武侠小说作家赵焕亭，曾为副刊撰写笔记小品，隽永有味，栏目似是"幻亭戏墨"。20世纪二三十年代的武侠小说作家有"南有不肖生，北有赵焕亭"的说法，或曰"南向北赵"，"南向"是湖南平江人向达，字恺然，笔名平江不肖生，作品内容偏重武术技击，代表作为《江湖奇侠传》；"北赵"即河北玉田人赵黻章，字焕亭，所写多以近代史事为素材，代表作为《奇侠精忠传》。陈慎言的社会小说《庸人多福》，耿郁溪的言情小说《半夜潮》《凤求凰》，也在副刊连载。陈慎言是福州人，久居北京，熟谙旧京风土人情，《晨报》馆曾出版他的小说《说不得》。耿郁溪作品清新流利，多写青年知识分子的爱情生活，备受大中学生青睐。

《立言报》报馆在宣武门外椿树上三条，创刊于20世纪30年代，四开一张。金受申的北京民俗、景孤血的戏评、连阔如的评书《东汉》均博得读者好评。1938年《立言报》停刊，改为《立言画刊》，十六开本，每星期六出版一期，内容侧重对京剧演员及剧场情况的介绍，辅以照片，图文并茂。金受申另辟"北京通"专栏，叙风物礼俗，不征引古籍，全凭亲身采访，生动朴实，吸引了不少读者。评书《东汉》仍继续连载。翁偶虹的《藕红室脸谱》，图绘精工，渊源有自，弥足珍贵。

《时言报》报馆在和平门外铁老鹳庙（今铁鸟胡同），创刊于1930年，四开一张。该报以社会新闻、里巷琐事为主，副刊多小说连载，有高豫祝的评书《东汉》，某君的评书《善恶图》。高豫祝的《东汉》与连阔如的《东汉》路数不同，各有千秋。鸟迷的《儿女情》，则是警世的社会小说。鸟迷原名林谷治，字述砚，福州人，是林文忠公则徐的后裔,久居北京,喜养鸽,任中学的数学教员,理科教员而操笔耕者,实不多见。

图书记闻

tushu jiwen

《啼笑因缘》双包案

张恨水是近代文学史上有极大影响的作家，他的《啼笑因缘》《春明外史》等一系列小说作品，在当时几乎每一部都是畅销书。上海电影界在20世纪30年代初的一个时期内，纷纷将张恨水所著小说搬上银幕，成了一窝蜂的势头。

张恨水的《似水流年》是他本人将小说改写为电影剧本后交与天一影片公司拍摄的，其他的小说《满江红》《落霞孤鹜》《欢喜冤家》《银汉双星》等则是别人将它改编后拍成电影。张恨水一时从小说界红到电影界，大有一纸风行、洛阳纸贵之慨。

等到张恨水另一部小说《啼笑因缘》问世，明星公司迫不及待地请名家严独鹤改编为电影戏本，快速上马拍摄电影。不料正在这快速行动中埋伏一个竞争对手，那就是当年文明戏巨子顾无为，他暗中以大华影片公司名义向内政部申请《啼笑因缘》的电影摄制权，保障摄制权归大华公司独家所有,他人不得侵权拍摄。此次申请得到内政部的批准。明星公司获悉此讯后,赶忙将摄成的《啼笑因缘》拷贝送请当时的电影检查处审查,立即得到电检处的准映执照。一方得到部的批准文件,一方持有主管方面电检处的准映执照,两雄相争,各不相让。

明星公司以《啼笑因缘》准演执照为依据,与南京大戏院商洽首映权事宜,当南京大戏院取得首映权以后即筹划放映;与此同时,顾无为的大华公司拟就一份通知书,分发给全市电影院,声明大华公司拥有《啼笑因缘》不可侵犯的部批的电影摄制权,除大华出品外不得放映别的任何公司的出品。南京大戏院当然也收到此项通知书,但院方因有电检处的准映执照,有恃无恐,历来放映影片,都以准映执照为合法依据,所以置大华公司的通知书于不顾,毅然如期放映。

于是,顾无为方面即向法院正式控诉明星公司与南京大戏院侵权,法院准状后,即令南京大戏院暂停放映。南京大戏院迫不得已,在戏院门前贴出海报,上面书着:

"奉法院令:《啼笑因缘》暂停放映。"

事情到此并没结束,明星公司当然不会甘愿罢休。果然没隔多天,南京大戏院又贴出海报,上面写着:

"奉法院令:《啼笑因缘》继续放映。"

这是怎么一回事呢?法院何以接连发出两个内容完全相背的命令?

这不用说,法院内和法院外,双方都紧张地对峙着:各走各的门路,当时上海有"海上闻人"拥有一种社会势力,即"海上闻人"为双方斡旋,调停成功,双方有条件地握手言和了。

这场双包案就此消失,明星公司的《啼笑因缘》放映无阻,赚了大钱。

惜哉，海源阁藏书

清嘉庆道光年间，中国沿海相继出现了多家私人藏书楼。其中著名的有四家：江苏常熟瞿绍基的"铁琴铜剑楼"、山东聊城杨以增的"海源阁"、浙江吴兴陆心源的"皕宋楼"、杭州丁国典的"八千卷楼"，而以"海源阁"和"铁琴铜剑楼"为最，时人称为"南瞿北杨"。

聊城"海源阁"藏书应始于杨兆煜，盛于杨以增，杨绍和、杨保彝一脉相承，止于扬敬夫。可谓杨门五代人惨淡经营，才使"海源阁"名播海内。

杨兆煜，生于乾隆三十三年（1768），举人出身，曾任山东即墨县教谕，喜藏书，在任内遍收当地图书多种带回聊城。杨以增，兆煜之子，官至督抚，宦海多年，收购了多种宋元珍本。杨以增五十三岁时，正式建楼藏书，揭开了"海源阁"鼎盛时期的序幕。杨以增三十二岁中举，三十五岁考取进士，历任贵州荔波、遵义知县、知府，广西、湖北道员，湖北、甘肃按察使，陕西巡抚，甘肃总督，江南河道总督，漕运总督等官。他在江、漕督任上有机会接触江南藏书名家，如江苏泰兴的沧苇、常熟的遵王、吴县的黄丕烈等人，收购了大批宋元珍本，运回聊城，使杨家藏书日益充盈。杨以增之子杨绍和，同治四年（1865）进士，多年在京为官，曾得到清室弘晓"明善堂"藏书多部。杨以增之孙杨保彝曾任北京总理各国事务衙门京章，子承祖业，均爱书如命，扩充家藏。

可以说"海源阁"之书来自东南西北四面八方。据杨氏辑印的《海源阁丛书》《楹书隅录》记载："海源阁"藏书凡宋本八十五、金元本三十九、明本十三、校本百有七、钞本二十四，共二百六十八种，加上明清本，多达三千二百三十六部，二十万八千三百卷，多为"经""史"。

据说杨家几代均视书如命，特别珍惜。道光二十年（1840），杨以增在聊城内万寿观街北首杨宅特建了四间两层砖木楼房，上有杨以增亲书的"海源阁"匾额，取《学记》"先河后海"之意。杨家藏书秘不示人，保管妥善。两三年全部晾晒一次，加入樟脑粉防虫。珍本外有木匣，内衬锦函。

据说当年想一睹杨家藏书者很多，但都未果。历城名士解元徐金铭，来聊数月，自荐愿为杨家塾师童，竟未能进杨家宅门。聊城知县陈香圃，欲观藏书，也吃了闭门羹。

清末小说《老残游记》中有老残去东昌（聊城）访海

源阁一节。作者刘鹗在第八回中写道："又住了两天，方知这柳（影射杨）家书，确系关锁在大箱子内，不但外人见不着，就是他族中人亦不能得见，闷闷不乐，提起笔来，在墙上题一绝道：'沧苇遵王士礼居，艺芸精舍四家书；一齐归入东昌府，深锁琅缥饱蠹鱼。'"看来刘鹗也曾吃过杨家的闭门羹呢。

当年商务印书馆曾派人专程拜谒杨氏，愿出二十万元，翻印海源阁藏书之一部，但海源阁主人欲保存秘本，拒不答应。

不料后来杨氏之子孙，不知善为保存，或被盗，或自行随意售与外人，至1931年时，海源阁藏书损失殆尽。

记得1930年，王冠军率部入据聊城；因海源阁在聊城观街路北，房舍极大，司令部便设在海源阁内，使杨氏藏书遭受破坏极为惨重。当时，王冠军除将相当一批藏书运出之外，还极尽焚毁之能事。士兵用书烧火做饭，用书做褥睡觉，甚至吸鸦片烟时，用书擦枪拭灯，以及擦桌子，擦凳子，无不以书为之。无数价值连城之古书，竟遭厄运。

此后不久，第三路军八十七旅荣光兴部击溃王冠军，驻进聊城，也将司令部设于海源阁。当时，海源阁内一片荒凉，宅人避战乱均已逃散。院内院外，堆满书籍；厕所马厩，到处是书，散乱在院内的书籍，均遭大雨淋烂。

只有十余间房内书籍依然满架，但也是劫后余存，多已参差不齐，这当中以抄本为最多。荣光兴知道杨氏藏书的珍贵，他特命参谋长谢用霖派兵一连，将杨氏书籍无论整缺破碎，一律运入屋内，加封保存，并规定：无论何人一律不得入屋内观览，以免书籍再遭损失。同时，他设法寻找杨宅主人，以使藏书得到妥善安排。五天之后，杨氏一侄至海源阁八十七旅司令部接洽。参谋长谢用霖与其交谈，发现其人谈吐甚俗，似不甚识字，如此，海源阁藏书岂能保存下来？

果不其然，1930年12月26日，杨氏之侄将残破藏书，用几十辆大车拉运至济南，至于最后运往何处，交与何人，便不得而知。据传，有不少藏书售与日本商人了。待20世纪30年代，山东省政府派人调查杨氏藏书的情况时，这个海源阁便只剩下屋舍空壳了。

惜哉，海源阁藏书！

四库全书与天一阁

四库全书从清乾隆三十七年（1772）开始纂修，历时十载，收书三千五百零三种，七万九千三百三十七卷，分经、史、子、集四部，故名四库。全书共缮写七部，分藏于北京文渊、文源、承德文津、杭州文澜、扬州文汇、镇江文宗、沈阳文溯七阁。其中文渊阁藏书现在台湾；文源阁在圆明园，毁于咸丰十年（1860）英法联军之役；文津阁在承德避暑山庄内，藏书于1915年运至北京，现归北京图书馆收藏；文澜阁在杭州孤山，由圣因寺藏书堂改建，咸丰十年（1860）捣毁，书亦流失，光绪六年（1880）重建，书经搜集抄补得全，现属浙江省图书馆；扬州文汇阁在大观堂，咸丰四年（1885）毁于火。文溯阁在沈阳清宫之西，位于嘉荫堂，戏楼后面，此阁重檐八角，古朴典雅。阁前后游廊环绕，给人以沉静幽雅之感。

文溯阁所藏四库全书装潢精美，绢丝画面，按经、史、子、集分绿、红、蓝、灰四色，象征四季。书用开花纸，朱丝拦格，字体工整端秀，间有插图。全书分订成三万六千册，纳为六千七百五十二函，加上《四库全书总目》，《四库全书考证》以及《古今图书集成》等，文溯阁共藏书四万余册。

据文献载，文渊等七阁的建筑样式系仿浙江宁波天一阁。天一阁乃明嘉靖间兵部侍郎范钦所建，曾藏书七万余卷，先后历时一百五十余年，而藏书无一毁损，遂引起乾隆的注意。乾隆三十九年（1774）五月，他"谕军机大臣等：浙江宁波府范懋柱家，所进之书最多，因加恩赏给古今图书集成一部，以示嘉奖。闻其家藏书处，曰天一阁，纯用砖瓦，不畏火烛。自前明相传至今，并无损坏，其法甚精。著传谕寅著，亲往该处看其房间制造之法若何，是否专用瓦石，不用木植？并其书架款式若何？详细询察，荡成准样，开明丈尺呈览"。

其后寅著复奏：

> 天一阁在范氏宅东，坐北向南，左右砖石为垣，前后檐上下均设窗门。其梁柱用松杉等木，共六间。西偏一间，安置楼梯，东边一间，以近墙壁，恐有湿气，并不贮书。惟居中三间，排列大橱十口，内六橱前后有门，两面贮书，取其透风，后列中橱二口，小橱二口，又西一间，排列中橱十二口，橱下各置英石一块，以收潮湿，阁前凿池，其东北隅又为曲池。

北京最早的私人图书馆

"共读楼"乃北京最早之私人图书馆,建于清末光绪年间。笔者幼时,曾随长辈至此。当然没有什么深刻印象,所幸长辈曾购有《共读楼书目》,加上长辈健谈,于娓娓所叙之中,知其始末。

"共读楼"位于京华崇文门内东观音寺胡同路北,东临古观象台,西近裱背胡同于谦故居。其主人国英,字鼎臣,姓索绰络,满族镶白旗人。道光二十年(1840)官内阁中书,为掌撰拟、记载、翻译、缮写之七品文官,后官至广东盐运使。他喜文好读,曾刊有《武经七书》。旧时藏书不是公藏就是私藏,公藏是皇家禁地,平民不能涉足;私藏每每秘不示人,平民亦只能望书兴叹。那时莫说是平民,就是寒士也买不起书。国英是一个豁达大度之人,很早就有感于此。闲居后于光绪二年(1876)在东观音寺胡同吉林索绰络氏宗祠东建楼五楹,贮藏他数十年所购之书。他深以为"子孙未必能读,即使能读,亦何妨与人共读"，故此命名为"共读楼"，对外开放，并刻有《共读楼书目》行世。

《共读楼书目》共十卷，为巾箱本，扉页题有"光绪庚辰年刊，索绰络氏家塾藏版"字样。卷首有国英自序，并有墨刻鼎形印及"索绰络氏家塾之章"篆文方印。鼎形印腹刻有五个横列"臣"字，盖寓国英之字"鼎臣"之习，殊为别致。据长辈云，"共读楼"藏书均钤此两印及一枚"共读楼藏书"椭圆形印。凡例之后另有"共读楼在京都崇文门内单牌楼东观音寺胡同索绰络氏宗祠东坐北向南"牌记。

共读楼除正月、腊月整月开放外，平时每月三、八两日亦开放。开放时巳正（上午10时）开楼，申正（午后4时）闭楼。共读楼为两层，楼上藏书，楼下阅览，并备有桌凳。有管理人员检取送阅，每次只限两种，但不准携出。阅览者首次借阅须经熟人介绍，经本宅附图章条方能借阅，以后即可凭条而来。但每次开放日最多只接待二十人，这是因为楼址狭小之故。读者若损坏书籍，便停止其借阅。由于楼址邻近贡院，遇乡试之年，自七月二十五日至八月初五日连续开楼；遇会试之年，自二月二十五日至三月初五日连续开楼，以便利来京应考士子。

我后来翻过家中所藏的《共读楼书目》，发现其藏书皆普通版本，并无宋椠元刊。然主人"共读"之意，却实比"探锁郎缥饱蠹鱼"之大藏书家高明。记得年轻时读过一部清人笔记,载江南一藏书家,家藏万卷,却从不示人,且立家规,家中女眷亦不能一观。某女子为读书计,不惜委身嫁其家中子弟,然亦不可一观藏书。真真令人嗟叹不已。然观"共读楼"主人行事,不禁又令人钦敬之至。

图书馆专家袁同礼

大与袁同礼氏，字守和，是很值得思念的一个人。他不但学贯中西，而且做事很有魄力。北海西面国立北京图书馆，能够在短短的几年中，取得可观的成绩，参加世界图书馆协会，在国际上成为与牛津图书馆、东京帝大图书馆等著名大馆并驾齐驱的书籍总汇，这是与袁氏的领导分不开的。

北京图书馆，早在清代宣统时，张之洞以军机大臣兼管学部时，就提议建立了筹备处，地址在什刹海后海广化寺。辛亥革命后一度停顿。后来又在安定门内方家胡同筹办，不久就开馆，均名"京师图书馆"，直到1929年，才改名"国立北平图书馆"，借中南海居仁堂办公，一面在北海西岸御马厩空地筹建新馆。与此同时，袁同礼氏在美国留学，学习新的科学的图书管理法。这是袁氏担任馆长的准备阶段。

担任中国图书馆的馆长，如果只懂外国那一套分类管理法是不行的，还必须精于中国旧学，懂得中国的几千年的图书史、目录学、校勘学、版本学等。

但是只懂中国老的一套,老是抱着"四部"分类的一套,也不行,没有办法管好现代的图书馆。袁氏家学渊源,早岁即精研版本目录学,对于明清以来之书籍源流,藏书家的情况,极为熟悉,其所著《宋代私家藏书概略》《明代私家藏书概略》《清代私家藏书概略》等文,都是讲述千余年来图书源流极为清楚概括的学术著作,文章虽然都不太长,但其影响是十分深远的。

袁氏首先把世界上科学的编目方法,介绍到中国来编古籍。不按"四部"分类,而参照美国国会图书馆分类法及杜威分类法,按书名第一字笔画及作者姓名第一字笔画来分目,查考书极为便利。第二,袁氏将线装古书目录,也同新书一样,制成卡片,装入卡片箱,便于查书,这在现代图书馆中不稀奇,而在当时则是很大的改革。第三,最科学的,就是改装一切线书套子,便于上架。中国古书,大小不一,册数不同,习惯平放,上架取书,都不方便。袁氏亲自设计布匣子,像洋装书一样,插架极为便利,书名写在匣脊上,找书十分方便。东莞伦哲如《藏书记事诗》,特别称赞他这点。

更可贵的是袁氏善于用人,培养了赵万里、孙楷第、谢国桢诸人,不但都成为闻名海内外的大学者,而且都为图书馆作出很大贡献。如赵万里先生为北图工作了一辈子,真可谓鞠躬尽瘁、死而后已了。

"傻公子"创办藏书楼

湖州南浔嘉业堂藏书楼创始人刘承干,曾被鲁迅多次赞扬,还赠他一个雅号"傻公子"。

刘承干(1881～1963)出身于靠经营蚕丝发迹、银达千万两以上的富豪之家。其父刘锦荣,乃前清进士。清光绪三十一年(1905),他中过秀才。后科举制度废除,眼看"光宗耀祖"的"官梦"彻底破灭,便以极大的"傻"劲儿钻进了书籍的"王国",钻研清代掌故,著有《再续清代碑传录》《清遗民录》等,其中最有价值的是《历代词人考略》,约五六十卷。而且大量购书,1910年参观南洋劝业会时,别人见到"瑰货骈集,人争趋之",而他却独步状元坊书店,遍览群书,满载而归。致使当地书贾携书前来找他者,接踵而至。

当辛亥革命的烽火燃起时,刘承干又乘大批古籍抛出之机,不惜花大钱,先后"照单全收"买下了甬东卢氏"抱经楼"、独山莫氏"影山草堂"、仁和朱氏"结一庐"、丰顺丁氏"持静斋"、太仓缪氏"东仓书库"等十余家的藏书。他鉴于前人藏书"聚而旋散",受苏东坡所说李公择的书不藏在家中而藏在原来住过的寺庙僧舍的启发,于1920年初冬破土,1924年岁尾竣工,"糜金十二万,拓地二十亩",在南浔镇鹧鸪溪畔刘氏家庙旁边建造了一座中西合璧的著名文化宝库,因清宣统帝溥仪赐"钦若嘉业"九龙金匾,故以"嘉业堂藏书楼"闻名于世。

而后,他又陆续增添集书六十万卷。在藏书楼全盛时期,有宋元明刊本、清刻本,以及丛书、手抄本,大量的是清人文集和各种史书。此外还有碑帖数千种。以宋刊《史记》《汉书》《后汉书》《三国志》最为珍贵,号称镇库之宝。还有眉山刊本《宋书》残帙,近人张元济印《百衲本二十四史》。另外宋开庆一百一十卷本《鹤山先生大全集》、宋淳熙戊戌本《窦氏联珠集》也都是世上罕见的海内孤本、珍本、善本。尤以收藏地方志最多最全而著称于世,据说至今尚达千余部。

当时最被人笑为"傻"的是他还出巨资雕版印书,广为流传。他先后聘请著名学者和名匠刻工,刻印了很多古籍,其中有《嘉业堂丛书》《吴兴丛书》《留余草堂丛书》《希古楼金石丛书》,以及单印本《影宋四史》《旧五代史注》。《章氏遗书》等,均有红梨本雕版,刻法精湛,字迹清晰,所用纸张绵薄坚韧,共二百多种,约三千卷、书板三万多片。刻印的古书中,有不少被清廷列为禁书,如明末文人遗著《安龙逸史》《闲渔闲闲录》《翁山文外》等。

鲁迅《病后杂谈》中曾称赞道:"对于这种刻书家,我是很感激的,因为他传授给我许多知识。"在给友人的信中还说:"非傻公子如此公者,是不会刻的,所以他还不是毫无益处的人物。"

最老的"天津图书馆"

天津有一座最大最老的图书馆,是1908年5月开馆的,在过去将近八十年的时光中,它经历了沧桑巨变,馆址几经迁移,馆名也几经改变,有时隶属直隶省(今河北省),有时隶属天津市。近悉,现在又恢复了原来初创时的名称"天津图书馆"。这个图书馆一向以藏书多而闻名。

天津图书馆的创始人卢木斋,曾任直隶和奉天提学使,是中国近代著名的教育家。他在创办天津图书馆之外,还在天津创办过卢氏蒙养园、卢氏小学和木斋中学,并为南开大学捐建木斋图书馆。南大木斋图书馆于1928年落成,九年之后,不幸在"七七"事变后,被日寇飞机炸成废墟。

当天津图书馆初创立时,还得到著名教育家严范孙的支持,他先后捐书一万二千多部,约五万多卷,以后续有捐赠。其中大量是有关天津地方文献的旧籍和许多善本书。严范孙的手稿原本,亦多捐赠,如日记手稿共装八十四册，分装十二函，内有"使黔日记""黔轺信草"和有关北京、天津两地游记，以及他三次出游日本、游历欧洲诸国的日记，是研究严范孙生平的珍贵史料。该馆特辟"范孙书库"以珍藏之。

1937年，日寇侵占天津后，因强占了中山公园，原在中山公园内的天津图书馆即将全部藏书设法运出，另觅僻静地址暂存，以保安全。1939年春，新馆长郑菊如就任后，才将存书运到东门里新址。是年秋，洪水浸漫天津，原暂存藏书之地被淹没。全部藏书幸早迁入新址，得免于难。

天津图书馆还藏有清末许多天津诗人的诗词专集，多是描写天津风物的唱和之作。

近得友人函告，现在的天津图书馆收藏中外图书二百五十万册，中外期刊八千多种，比前增加许多了。

全国最大的农村图书馆

云南省腾冲县有个和顺乡，是著名哲学家艾思奇的诞生地。这里有一座最大的农村图书馆——和顺图书馆。它是由华侨捐建的，距今已有六十年的历史。

和顺乡坐落于腾冲县城西三公里处，是个人杰地灵的地方。虽然全乡只有五六千人，但是在海外的华侨、华人就有一万多人，旅居世界十三个国家和地区。

自古以来，和顺人就有崇尚知识的传统，从明末到清代的三百多年间，曾出了八个举人、三个拔贡、四百零三名秀才。民国十三年（1924），热心家乡教育事业的华侨李秋农、寸仲猷、李德园、贾铸生等人自筹资金，联合了一些家乡的年轻人，在乡间小集镇租用了一间十多平方米的铺面，开办了"阅书报社"。

考虑到报社难以满足乡人的读书需要，李秋农、寸仲猷等人又在缅甸的曼德里成立了经理部，主要负责向和顺募款、募书。

1928年,"阅书报社"与"咸新社"合并为图书馆,即今天的"和顺图书馆"。这时候,图书数量已增加到两万余册。在管理方面,李秋农专门从国外找来美国杜威的《图书分类法》和中国王云五的《十进位图书分类法》进行研究,对管理人员进行培训,使整个图书馆工作步入最先进的图书管理的行列。

尽管和顺图书馆的发展也经历了日军入侵腾冲和"文革"动乱,但是,由于乡人长期形成的珍惜、保护图书的风气,图书馆里的图书和珍本仍然完好无损地保留下来。现在,图书馆里的藏书达六万余册,成为全国农村藏书量最大、类别最多的农村图书馆。1993年,和顺图书馆被云南省政府批准为省级文物保护单位。

几十年来,和顺图书馆对乡人文化程度的提高起到了促进作用。长期以来,和顺人养成了工余时间到图书馆读书看报的良好习惯。统计表明,全乡二十周岁以上的人百分之九十五都具有至少初中的学历。不但如此,和顺图书馆在海外华侨中也产生了很大的影响。澳大利亚专门研究东南亚语言的华文教授唐立慕名到和顺图书馆参观,回国后就把自己的两本专著和朋友的一本专著赠送给该馆。缅甸华侨寸树生回国探亲时,到和顺图书馆借书,发现一本关于皮革加工的书籍,很感兴趣,当即办理了借阅手续,细加研究。回到缅甸后,他创办了一家皮革加工厂,按照书中介绍的技术投入生产。生意很成功,他也成了富翁。

藏书家孙广庭

早在20世纪40年代中期,奉天图书馆之藏书仅次于北平图书馆和南京中央图书馆,藏量位居全国第三位。其中藏书由孙广庭捐赠的多达二万五千余种,二十余万卷。

孙广庭,字丹阶,号痴侠,晚号不见子。光绪二年(1876)生于辽宁省铁岭县。幼时家贫,十四岁到私塾读书。他看到同学手中的字典,羡慕极了,遂恳求母亲:"我也要有一本字典。"母亲听后卖掉衣物,给他买了一部《康熙字典》。此事给孩提时代的他留下了深刻的记忆。

民国十年(1921),他任东三省测量总局总务官。公务之余,倾心猎取各种书籍。当他搜集到一本普通版本的光绪六年重刻自怡轩藏版的《四书便蒙》,看到书上有人用红笔圈圈点点之后,竟爱不释手,遂在扉页上写道:"真可为无价之宝矣。"

他还是目录学和版本学专家。他曾有言:"对于一本书的不同版本,我都尽力搜集来,以参校异同。"他对藏书鉴别精严，其中清刊本《守山阁丛书》一百一十种，被同行公认为系国内外几种版本中最完善的。他在版本考证上造诣颇深，一次他从两地分别用重金买来《万首唐人绝句》，表面上书品大小不一，貌似不同版本，但他反复考证，最终确定这两本书"虽书品有长短之差，而版本确系一律，珠联璧合，庆幸矣。"他五十三岁初度时，曾以诗言志：

> 诗书成癖由天性，搜集人疑古董流。
> 济世文章真国粹，神州金石叹桴浮。
> 因征信史藏碑版，不为痴儿做马牛。
> 寻得溪山最深处，渔樵终老是吾求。

孙广庭不但爱书、藏书，还常和一些藏书学者、文人墨客、社会名流交流图书管理的经验和方法。他与许世英、林长民、熙洽、李杜、丁超、王光烈均有唱和。他与徐树铮、胡适之、江亢虎、张焕相、荣厚等也颇有交往。"九一八"事变后，日本悍然侵占中国东北。他悲愤欲绝、仰天长叹："皮亡毛安附，国破家何在？"当年10月20日，他主动辞去公职，拒绝日本人登门劝诱恫吓，并和卖国求荣的旧友割袍断义，从此闭门谢客，埋头读书，不问世事。

这一时期，孙广庭生活异常拮据，但他始终舍不得出售"因是堂"书库里的一本书。为了防止图书虫蛀发霉，他经常登着四米高的梯子，把书架上的书一部部取下，搬到凉台上翻晒。每次晾晒书籍，他都累得气喘吁吁，满头大汗。一天夜里，一伙歹徒闯进他家行劫。为了保护图书，他手持利斧站在"因是堂"门前大吼："看谁敢进来？！"歹徒朝他开枪，幸亏夫人拉了他一把，子弹呼啸而过，人虽免于难，但书库墙壁却被子弹穿了一个半尺多深的洞。

民国三十六年（1947）岁末，他将一生珍藏用生命保护过的二十余万卷图书，还有大批名贵金石碑帖拓片、古玩及书架、书柜等全部捐献给奉天图书馆，全部捐赠用两辆载重汽车运了三天，共装满四十二车。

张之洞与《书目答问》

学术界人都知道,清末的张之洞虽然不是学者,但是他在光绪元年(1875)却给中国学术史留下一部著名的《书目答问》。

原来,光绪当皇帝那一年,张之洞才三十八岁,他正在提督四川学政的任上。他的目的是给本省初作学问者指点门径,曾自嘲说该书"可作公牍观,不可作著述观"。

众所周知,《四库全书总目提要》问世后,有些学者对其为典籍分类法已逐渐不满;孙星衍、张金吾所藏私人图书目录,都采用了有别于四库藏书的分类方法。到了张之洞任四川学政之后,邵懿辰的未刊稿《四库简明目录标准》,当即推崇备至,并决定为初学者另开书单。

张之洞强调所作书目之对象不是"藏书家",而是"读书家",为此,对传统的书目分类法进行了改造,例如经部,《四库全书总提要》原分十类,先五经,后四书,附小学。《书目答问》却将它拆散,分为三类;凡清代列祖列宗颁定的官方教本，统称"正经正注"；凡清代汉学家或汉宋兼采者，重作整理诠释的古典经解及其校本，题注则申明"空言臆说，学无家法者不采"。这样，朱子学系统的"四书学"，几乎全被视为空谈而驱出。再如子部，《四库全书总目提要》首列为"儒家类"，所收大都是宋元明道学夫子的"语录"。《书目答问》却将儒家降为二类，而新增的"周秦诸子"居首；并在子目小注中讽刺了理学诸书多"腐陋"。相反，考订之属则以它"为读一切经史子集之羽翼"作理由，尽力详列清代考据家的著作。

著者策划编纂《书目答问》，初意虽然未想作一份学史的提纲，但是最终却形成了类似的提纲。结果，该书成为主要列举清代学术成果的清单，并在卷终出现了一份《国朝著述诸家姓名略》。著者解释这是应诸生为择良师要求，急中生智以此指点迷津，"凡卷中诸家，即为诸生择得无数良师也"。

《书目答问》所列名单，先分门别户，再将姓名字号籍贯，按辈分排列在内；门分十四，有的门内分派，共录姓名六百四十六名，除去复见，实录学者文人四百五十二名，活人除李善兰皆不录，对理学家择录尤苛。反映现状虽欠全面，但尚属客观，从中可见清学史概况。

《书目答问》刊行后，很快便突破四川省的界限，海内各省皆风行，没几年就出现数种翻刻本，在读书人家中几近"家置一编"。

康有为在两广讲学时曾说，书目"精要且详，莫如《书目答问》"，"可常置怀袖熟记，学问自进"。至于梁启超、章太炎、刘师培，尽管政治倾向多有不同，但在论及读书门径或清学史的时候，都一致承认曾受到它的教益。

当代学人陈垣晚年还承认，少年时期对"四书""五经"以外的学问发生兴趣，实肇始于《书目答问》的导引。

郑振铎藏书献国家

郑振铎（西谛）先生不幸去世已经二十多年了，时间真快，正像鲁迅先生所说，一抓头皮，四分之一世纪已经过去了。西谛先生如果健在，算来也是年近120岁的寿者了。同时人尚多健在者，每一念及，未尝不惋惜先生之意外不幸了。

西谛先生与北京的关系和感情是极深的。除后来担任文化要职，久住北京外，早在1930年，即民国十九年，先生即到了北京，一边在燕京大学教书，一边从事文化工作，成绩非常大。插图本的《中国文学史》是这个时期完成的。《北平笺谱》也是这个时期完成的，虽说和鲁迅先生合编，但主要的刻印等事，都是在琉璃厂做的（当时还是老荣宝斋，刻工是老西张、板儿杨），由西谛先生办理。继《北平笺谱》之后，又重印了明人海阳胡日从的《十竹斋笺谱》，这部笺谱的真本，原藏通县王孝慈先生家，也是西谛先生借来重梓的，后来又印《博古图页子》、陈老莲《水浒叶子》,也都继承了这一传统。

再有,就是他主编出版大型文学刊物《文学季刊》,这是后来时兴的大型文学刊物的鼻祖。十六开本,厚厚的一大册。每期都有六七十万字。过去我收藏着四本,第一册中就刊有曹禺的《雷雨》,连序幕一起刊出的,序幕写在精神病院中,年老的周朴园来看望两个女疯子,一个是侍萍(四凤妈)、一个是繁漪。后来演出都不带序幕,这些情节知道的人现在很少了。这是曹禺(万家宝)的成名作,应该说与西谛先生的慧眼不无关系吧。《文学季刊》前面刊印一张特约撰稿人名单,洋洋大观,几乎把当时南北的大作家都网罗在内了。当时这些文化工作,似乎只有北京能做。1935年初,谣传他将离开北京。鲁迅曾写信说:"先生如离开北平,亦大可惜,因北平究为文化旧部,继古开今之事,尚大有可为者在也。"

可是过了一年多,西谛先生还是离开北京了。沦陷时期,先生远在上海,时时怀念北京,买到光绪丙午本《燕京岁时记》后写了长跋,充满怀旧之情。下面摘引几句吧:

> 中山公园牡丹、芍药相继大开时,茶市犹盛,古柏苍翠,柳絮拍面,虽杂于稠人中,犹在深窈之山林也。清茗一盂,静对盆大之花朵,雪

样之柳絮，满空飞舞，地上滚滚，皆成球状，不时有大片之飞絮，抢飞入鼻……总之，四时之中，殆无日不有可资流连之会集，无时不有令人难忘之风光。今去平六载矣！每一念及，犹恋恋于怀。

不久前，与三五知己，重阳偶聚，大家滔滔不绝地畅谈起来。其中有人在当年与西谛先生过从甚密，所谈者皆系耳闻目见，语言绘声绘色，娓娓动听，尤其关于他购书、藏书、爱书的往事，其情发人深省，其事感人肺腑。

西谛先生藏书之多，早已闻名海内外，为人所共知，但对先生藏书之苦心孤诣，知者甚少。早年他从事戏曲小说研究工作，为了研究之便，或手头应用之所需，常热衷于戏曲小说方面的书籍搜集，所得珍本孤本颇为不少。1937年"七七"事变后，国土沦陷，民生凋敝，京、沪、晋、鲁等地书商往往遍搜古籍转售海外，以图暴利，置国家民族利益于不顾。当时大批古籍珍本销往美、日等国，新闻报纸对此也不断有所报导，还曾引用美国国会图书馆东方部主任赫美尔之谈话，意谓中国珍贵之图书现在源源流入美国，其中稀世孤本、珍藏秘籍、文史遗著品类备至。西谛先生对当时所见所闻，感慨万分，曾谓古籍不断流于海外，国内日渐其少，将来必有一日论述中国文化须赴海外游学，岂不令人痛心疾首！为后人计，抢救古籍流失,已为不可稍缓之事。他身体力行,扩大藏购书籍的范围,购藏古籍珍本,不使流于国外。为了保存国家文献资料,他与书商斗智斗力,历尽艰苦。

犹记他在上海以重金收购过一部明版珍本,付清书款后,书商迟至半月后始交付原书。原来书商为了争取时间,将原书全部影印后,才将原书交与先生。人多谓先生为书商所骗,但他不以为然,并谓人曰,只要珍本留存国内,即我所愿也。

1938年春,某一天晚上,得友人陈乃乾电告,在来青阁书商唐某处发现元剧抄本和刻本。这种刻本原是他多年梦寐以求而未得的古籍。他闻讯后,翌晨即到来青阁洽购。但据唐某云,来迟了一步,该书已以九百元成交,售与孙某了。此书一旦失之交臂,西谛先生懊丧万分。后经探悉,这位孙某原来也是一个书商。旋又辗转托人向孙某洽购,孙则非万元不售,经磋商,终以九千元成交。这部古籍的发现是中国戏剧史上的一大收获。经过他的艰苦奋斗,这一部"国宝"终于免遭流失国外之劫。

视国之所需,变为己之所好,奋斗终生,为后人做出了楷范。先生于1958年飞机失事罹难后,遗属已将全部藏书捐赠北京图书馆,"国宝"终于国有矣。

商务北京分馆创业史

商务印书馆创办于清光绪二十三年（1897）。创业伊始，资本仅四千元，厂房设备均极简陋。但至20世纪20年代，商务之股本已达数百万元，除上海设总馆外，分支机构三十余处，遍及内地各大城市，中国香港以至新加坡也有分馆，成为当时远东最大之出版印刷企业之一。

商务北京分馆馆址，当年设于北京著名的文化街——和平门外的西琉璃厂一百七十号。据分馆的老职员讲，经手购买这片地建筑分馆的是孙伯恒先生。孙是商务总公司之襄理，兼北京分馆经理，与张菊生（元济）先生交情颇深。茅盾先生进商务即是由卢学溥（鉴泉）介绍给孙伯恒，再由孙向张菊生推荐的。

孙伯恒受总馆委托觅地建造北京分馆时，最初选定的目标，本在琉璃厂与南新华街十字路口处，即南新华街路西与琉璃厂路南转角口的一排平房，商业地位相当优越。而且洽谈已近成熟了。这时有人出来向孙兜售一百七十号那间房子，孙氏遂改变计划，将原方案放弃，改而购买了商业地位较次的一百七十号房地。

孙氏的做法颇为怪异，人们猜测亦颇多，其实这里面是有一定的政治背景的。

琉璃厂一百七十号房地的主人是顾鳌。顾字巨六，四川人，为袁世凯之策士，曾任袁氏御用约法会议议员、政事堂参议等职。杨度等人在府外（指总统府）搞筹安会，把袁抬上洪宪皇帝的宝座；顾鳌则在府内为袁氏出谋划策，与筹安会内外呼应。袁世凯做了八十三天的短命皇帝，在全国一片声讨和众叛亲离的惨境中幽怨含羞而死。这之后，顾鳌也列入了被通缉的名单之内。他在北京城站不住了，因之急欲将琉璃厂一百七十号这间店房脱售后跑到四川成都去。顾鳌遂托人与孙伯恒接洽。孙伯恒是冯公度（清末进士，北京电灯公司的创办人）的学生，与当时北京社会的上层人士交往很广，却不过情面，遂拍板成交，买下了这片房地。

房地买定后，不久就开始动工。1920年，一座三层的钢骨水泥建筑落成，做了商务北京分馆的馆址。以后由于业务的不断扩大，又在邻近买了几座房子。

听说现在北京琉璃厂的街面房屋已经大半拆除，准备恢复古老的文化街。再过一段时间，这条古老的文化街大概会令人不识旧面目，至于商务北京分馆原址的结果如何，就不得而知了。

佛教大典清《龙藏》

报载,中国一部内容最丰富的木版佛教典籍《乾隆版大藏经》已开始在北京木版印制,而且举行了由活佛班禅·额尔德尼和赵朴初居士参加的首批发行仪式,这确实是令人振奋的大事。

《乾隆版大藏经》又称《龙藏》《清藏》,雍正十一年(1733)开刻,乾隆三年(1738)竣工,选材皆用没有节结的上等梨木,原有版片七万八千多块,重约四百吨,共收佛藏七千二百四十卷,分装七百二十四函,约六千七百多万字。

有人说,《龙藏》是一部佛学大丛书,此言极是。它收录经、律、论三藏以及名僧撰述、宗门语录等,其中有些在印度早已失传了。它汇集了印度佛教经典的译作以及《法显传》《大唐西域求法高增传》《大慈恩寺三藏法师传》等历代高僧传略,内容十分丰富。当年,仅经版的采买与刊刻就耗银八万两。由于选材考究,雕造技艺精良,故虽历时二百五十多年，仍墨迹光亮，刀口锋芒犹存。

但是，这样一部巨书，自乾隆三年刻成后，只印过四次。第一次是竣工后之次年，清廷出资印刷一百部，颁赐全国各大寺院；第二次是乾隆二十七年（1762），又奉旨补印三部；第三次是同治年间，时值鸦片战争后，清廷已无力出资，故允许各地寺院自备工料请印，在此种情况下，四川泸州合江县法王寺的空静等，于光绪十年（1884）晋京请印，仅一部；第四次是1933年，林森等人在南京中山陵筹建藏经楼，安奉历朝大经藏，于1936年印《龙藏》一部，以资供奉。当时，中国南北丛林闻风兴起，陆续请印，共达二十二部之多。由此观之，自乾隆四年（1739）至1936年，《龙藏》印刷总数大约在一百五十部。

尽管如此，由于乾隆年间曾出现过三次撤经毁版，故至今保存完整的《龙藏》已寥寥无几。据《大清高宗纯皇帝实录》载，第一次在乾隆三十年，乾隆以钱谦益"大节有亏，实不足齿于人类"为由，下令撤毁钱氏所注《楞严经疏解蒙抄》，毁版六百六十块；第二次在乾隆三十四年，乾隆以明永乐"犯顺称兵，阴谋篡夺"为由，下诏撤毁《永乐赞制序撰文》等永乐撰著四种，毁版一百二十八块；第三次是在乾隆四十一年，撤毁武则天所撰的《华严经》序文，版片数目不详。

佛教经典《赵城金藏》

广胜寺在山西洪洞县城东三十里的霍山南麓。近闻该寺内的稀世国珍《赵城金藏》已修复一新，并保存于北京图书馆，不禁感慨系之。

《赵城金藏》是东汉至北宋各著名高僧以及来华传教讲学者积数代辛苦之佛教经典集大成。参加翻译、编撰的中外高僧多达二百余人。其中，有最有名的译师安世高、鸠摩罗什、玄奘、义净等人。汉桓帝建和二年到汉灵帝建宁四年（148～171），安息国佛教学者安世高来华译经。用了二十多年时间，译出了《安般守意经》《大十二门经》等三十九部之多。后秦弘始三年（401）12月20日，罗什（原籍天竺，生于龟兹国）被皇帝姚兴迎请到长安。用终生之精力，率弟子共译出七十四部三百八十四卷佛经。唐贞观元年（627）秋，三藏从长安出发，至贞观十六年启程回国，前后在西域十六国取经求学十七年，这期间广泛搜集到梵文经书，带回国内六百五十七部（一部分在渡越印度河时失落），在长安专心致志翻译十九载，共译出七十五余部，一千三百三十五卷。义净，是唐代另外一名著名的佛学家。三十七岁时，一人"仰法显之雅操，慕玄奘之高风。奋历孤行，备历艰险，诸有圣迹必得追寻。经二十五年，历三十余国……得梵本经、律、论近四百部"。他先后翻译自己取回的经卷六十一部，二百六十卷。

佛教诸僧译典集汇而成的《大藏经》，目录共收一千零七十六部，五千零四十八卷。北宋太祖开宝四年（971）手抄本《大藏经》第一次木版雕印，刻数六千六百二十余卷，被后人称为《开宝藏》。由于战乱《开宝藏》面临绝世之危。金皇统九年，即南宋绍兴十九年（1149），山西平水县（即今临汾）有一卓然见识的尼姑，名叫崔法珍，潞州（山西长治）人。崔氏深受玄奘的感染，愿为拯救佛经，断臂盟誓，化缘募捐长达三十余年，足迹遍达秦、晋、豫诸省，遂集巨资。崔法珍延请名师高手，在山西解州天宁寺篆刻了二十五年。这样，世界上第一部七千余卷的大型巨典开宝式大藏经遂以问世，"卷轴之富，工事之巨"莫能盖焉。

这套巨帙的经卷刻成以后，存放于何处，却成了佛门久悬未定的大问题。当时晋南临汾、洪洞一带经济与文化都比其他地区发达，这部七千余卷的佛典便收藏于当时平阳附近的赵城县内广胜宇，后由于刻版于金，故称之为《赵城金藏》。

有关"北京掌故"之书

当前,旅游业大发展。去游北京的人,喜读北京掌故。北京建都八百余载,文化荟萃,有关京华名胜、人物掌故之书,卷帙浩繁,一般人实无暇穷其涯际。今偶记所藏,以供参阅。

《帝京景物略》,明人刘侗、于奕正合撰。刘为崇祯进士,用金陵派文体,记述北京城郊景物。举凡园林寺观、陵墓祠宇、名胜古迹,以至草木虫鱼,搜罗殆遍。一景一物,务求翔实。清学者纪昀曾对本书删削注释,作序详介,近人郑振铎《劫中得书读记》曾志购得此书抄本经过。

《宛署杂记》,明人沈榜撰。沈乃宛平知县,在天子脚下逢迎应差,具见封建王朝对老百姓盘剥之重。耳目所及,笔之于书,是明代北京情况罕见资料。又明人蒋一葵所著《长安客话》,亦多京中世故人情。

《明宫史》,明太监刘若愚撰述。刘为魏忠贤部下,司宫廷笔墨,了解宫闱内幕及生活制度甚详,后在牢中为其罪名辩护，留下了为宫墙以外的人难知的第一手史料。《金鳌退食笔记》，清人高士奇撰。高是大臣，与刘当太监不同，为康熙皇帝重用，供奉禁庭，八阅寒暑，居住北海桥西，接近"至尊"，所记宫廷史料，实为一般文人难以目睹者。此稿难得，唯卷末应诏诗，则庸腐不堪一读。

《北平考》，明人所著，佚名。从历代正史中辑录北京地方及宫殿沿革，远溯尧舜，近至元末。《故宫遗录》，明初人萧洵撰。萧于洪武时任工部郎中，奉命拆毁元故宫，因职务关系，有机会对元故宫详加考察，故能记下了"别人难见，正史所无"的元宫全貌，对研究北京古代宫殿，富于参考价值。

《京师五城坊巷胡同集》，明人张爵著，记述明代北京町西南北中五城三十三坊的名称、方位及胡同名，附记京师八景、山川古迹、公署苑囿、寺观祠庙等，不少人曾经引用其资料。其后清人朱一新在此基础上，再撰《京师坊巷志稿》，全面辑录明清两代北京坊巷胡同名称变化，掌故传说，一览无遗。可见北京有些胡同，存在于几百年前的明代，传留至今，其名未变。

有三本书，为研究北京掌故所不可缺考，即《天府广记》《春明梦余录》及《日下旧闻》。明末清初八十岁老人孙承泽，居北京几十年，所撰《天府广记》《春明梦余录》，收录明清北京城市历史、地理沿革、人物掌故、官署制度等史料，稀罕难得，考证亦极严谨，受到朱彝尊的推崇。

《日下旧闻》为清康熙时学者朱彝尊所编撰，材料丰富，考证翔确，文笔流畅。三书相得而益彰。

渔洋山人王士禛，顺治时进士，人推为一代诗宗。写的北京掌故亦多，计有《香祖笔记》《燕石集》《藤荫杂记》《居易录》《燕都游览录》等多种，内容丰富，为人称道。清四库全书总编纂纪昀"于书无所不通"，评论精审，识力过人，于治学之余撰写的北京掌故也不少，计有《滦阳消夏录》《京城古迹考》《阅微草堂笔记》《癸已存稿》等，文情并茂，富于析理，其书颇可读。明人计成，写有《园冶》一书，专论北京及江南等地园林布置理论及艺术，是一门专门学问。李文藻写的《琉璃厂书肆记略》，谈北京旧书买卖情况，更是北京掌故中所不可缺少的重要材料。

此外，还有清人李慈铭撰的《越缦堂笔记》、王启淑《水曹清暇录》，所记社会轶事颇多；《昌平山水记》《东京考古录》两书，则是清初爱国人士顾炎武骑着毛驴，长期在北京考察山河形势的记录；《清代北京竹枝词十三种》由文学家孔尚任等著，从民间诗歌中可知北京节令风物；《北游录》是清初谈迁从杭州坐船经运河到北京的沿河日记，京杭远隔两千余公里，途程四阅月，旅行者备尝艰辛，至于船夫那就更苦了，这也算是一种北京社会生活史料。

写北京掌故之书那么多，有没有人写本《图书目录》？有，清缪荃孙的《纪录顺天事之书》就是。缪襄编纂《顺天府志》及《清史稿》，治学甚勤，暇时抄录所见史籍，存目备查，积久而成是书，于今之欲治北京史者，是一本重要书目。

震钧著《天咫偶闻》

《天咫偶闻》是谈论京华掌故、典制者常常引用、参考的一本书。它的作者震钧,博学多闻,潜心著述而颇有成就。

震钧姓瓜尔佳氏,字在廷,号涉江道人,生于清咸丰七年(1857),卒于民国九年(1920),享年六十四岁。他祖上居于沈阳,清初随清军入关,世居北京二百五十年,算得上地道的老北京了。二十五岁中举人,在吏部做过小官,亲历咸丰、同治、光绪、宣统四朝,正是清朝动荡多变,日趋崩溃的年代,他在宦途上没有飞黄腾达,又处身于一个没有前途的末世,于是寄情诗画,专心从事著作。目前所知他的著作有《渤海国志》《两汉三国学案》《庚子西行纪事》《洛阳伽蓝记钩沉》《八旗诗媛小传》《八旗人著述存目》《国朝书人辑略》和《天咫偶闻》等十种,其中后两种尤其受人称誉和重视。

《天咫偶闻》共十卷,从光绪二十一年(1895)开始搜集著录，至光绪三十三年刊印，历时一十三年，是一部范围广阔、记录翔实、严谨可读的著作。其主要部系记录咸丰以降的掌故逸闻，大体可分为：一、较为重要史实的记录，如有关1860年英法联军之役和议谈判的记载；二、关于清代典章礼仪的记载；三、地方性史实的考证；四、关于巨臣显宦或名儒学者故居旧里的考察，如对傅恒、刘墉、顾炎武、王渔洋等人宅第的考察；五、豪门巨族的逸闻逸事；六、关于水火旱涝灾情的记录；七、北京附近民间节令习俗、饮食起居的记载等。上至宫廷贵族，下至黔首百姓；巨至国家大事，细至民间习俗，凡亲历、亲见、亲闻而被认为有保存价值者，均搜存笔录。所以有人认为此书可以绳"梦华""梦梁"二录之前踪者。

震钧在《天咫偶闻》中的记载，有的目前还在发挥实际作用。如关于前恭王府（原为和珅府第）的记载，府西南两面墙外，曾从李广桥引来活水，绕墙而过，并引进府内与花园中溪水连接，现据此及其他图纸、资料进行修复。

最近，《天咫偶闻》将出古籍出版社重印出版，这对于京华史的研究，无疑是十分有益的。

蔡元培的《新年梦》

《新年梦》是中国著名教育家、民主主义革命家蔡元培所撰的白话体小说,发表于清光绪三十年(1904)农历正月初二日的《俄事警闻》日报。全文近万言,连载六期刊完。此时正值"苏报案"发生之后,蔡元培受清廷通缉匿居于青岛,发表时未署名。后来,蔡元培向其夫人黄世晖口述《自传》时才透露这是他的作品。

这篇小说用第三人称叙述,主人公是一个自号为"中国一民"的中国人。蔡元培先生自号"孑民",这"中国一民"正说明就是作者自己。他游历过各国,在梦中参观了包括议事场所、商场在内等单位,也接触了不少人士,用他的口来描绘一个新国家、新社会以及一个没有国家之分、没有争战人祸的平等、和睦、温饱、文明的大同世界。这是作为清朝翰林的蔡元培对封建社会的大胆的否定,也是他融我国儒家传统思想与西方议会政治于一体的理想世界之憧憬。他采用当时士大夫所鄙视的白话文体,也说明他具有向群众宣传的自觉。从他的创作思想与描写手法来看，与《乌托邦》《镜花缘》如出一辙。

《新年梦》是这样开头的：

> 恭喜！恭喜！新年了，到新世界了！真可喜，真可喜！这两句话是一个支那人自号"中国一民"说的，在甲辰年正月初一日午前六点钟从床上跳起来时对他的朋友说的。

小说中的主人公，从游历、考察、思索中得出了一个结论："其实造个新中国也不难，只要各人都把糜费在家上面的力量充公就好了！"他逢人便说这个道理，但是，"也有信的，也有不信的"。这正反映了康梁戊戌政变以后我国知识界开始觉醒并进行探索救国之道的思想状况。

《新年梦》里描绘了建设新中国的蓝图：军事、政治、外交、经济、文化教育、世俗人情……无所不包。人人有工做，人人有饭吃，劳动三八制，四十八岁后休养（即退休）。他设想中的社会福利机构都是公立的，如公众食堂、公众卧室、男女配偶室……在外交上，恢复东三省（日俄战后），消灭各国（在中国）的势力范围，抑制租界，而且在六十年内也一一做到了。

《新年梦》里面还提到了"趁着各国军备零落的时候，（中国）提出弭兵会的宗旨，请设一个万国公法裁判所，编练世界军若干队。裁判员与军人皆按各国户口派定"。各国只设警察,不得别设军队,两国间有龃龉的事,悉由裁判所公断。有不从的,就用世界军打它。"从此各国竟没有战争,民间渐渐康乐起来。"

《新年梦》中只有一件大事是回避的,就是"皇帝"的存废问题。蔡元培用议会政治的描写来替了它。言外之意,是完全可以理解的。

顾颉刚撰写《妙峰山的香会》

明清两代中国的政治中心是北京城,而中国宗教中心则是位于北京西北的妙峰山。据《燕京岁时记》载,妙峰山"每届四月,自初一开庙半月,香火极盛""人烟辐辏,车马喧阗,夜间灯火之繁,灿如列宿,以各路之人计之,共约有数十万""香火之盛,实可甲于天下"。

原来,距北京城约八十里的妙峰山,山顶庙中奉祀的是"天仙圣母碧霞元君"。每年阴历四月初一至十五为进香会期,北京、天津一带组成的几百个各种名目香会的香客便纷纷朝山进香。

民国十四年(1925)的妙峰山会期中,北京大学研究所国学门风俗调查会委托顾颉刚和容庚、容肇祖、庄严、孙伏园前往调查进香风俗,自阴历四月初八至初十,调查了三天,五人依据所获材料,各写各的见闻,其中以顾颉刚写的《妙峰山的香会》为最好。

顾颉刚写《妙峰山的香会》,调查材料最认真。庄严在《妙峰山进香日记》中说:"或抄录碑碣,或就和尚谈话,惟颉刚最勤。"顾颉刚还抄录了这一年各个香会的《会启》,正如他自己在调查报告中所说:"我在北京住了有八九年了,这些会启年年张贴,但以前的七八年中竟丝毫没有投入我的意识。"

顾颉刚写的《妙峰山的香会》,根据文献材料,叙述了香会的来源,指出香会是从周朝以来的社祭,是在佛教、道教的影响下演化出来的。根据抄录的香会《会启》,叙述了香会组织,阐明香会组织极其精密,财政、礼仪、治安、交通、饷糈等各方面都有专人管理,还有领袖人物香首负责指挥。另外,根据文献材料叙述了明朝北京的妙峰山香会的情况。根据碑碣和《会启》叙述了清朝的妙峰山香会的情况。而且依地域将当年妙峰山香会状况予以统计,结果是:北京内城有二十个香会,外城有二十八个香会,四郊有二十三个香会,北京属县有两个香会,其余尚有八个香会,天津有十八个香会。同时将香会分为以下十大类:修路、路灯、茶棚、缝绽、修补铜器、呈献庙里和路途中用具、呈献神用物品及供具、施献茶盐膏药、技术和普通的进香。最后列出一个表,写明进会的起讫时间和进香后的生活状况。

顾颉刚的《妙峰山的香会》调查报告在《京报副刊》登出后,立即引起国内学术界的广泛注意。江绍原在《北大风俗调查会〈妙峰山进香专号〉书后》中认为:"现今的民众宗教的研究,则顾颉刚先生的妙峰山香会调查,在邦人中只怕是绝无仅有的。"由此不难看出顾颉刚写作该文所具有的科学价值和所取得的卓越成就。

《聊斋志异》手稿发现始末

友人从内地购得一本上海文学古籍刊行社影印出版的蒲松龄的《聊斋志异》手稿,卷首附有清代名画家朱湘麟在蒲氏生前为其绘制的一幅彩色画像,画像楣端有蒲松龄于康熙五十二年(1713)九月亲笔题跋。题跋笔迹与手稿书体无异,证明此稿确系蒲氏亲笔所书。

两百余年来,《聊斋志异》广为刊行,尽管版本纷繁,但均是依据乾隆十六年(1751)历城张希杰根据济南朱氏殿春亭抄本抄录的本子,这就是著名的《铸雪斋抄本聊斋志异》。可是产生于雍正年间的殿春亭抄本早已亡佚,那么蒲氏原稿面目如何,长期以来一直是个谜。

这部手稿是在20世纪40年代末期,辽宁省西丰县农民蒲文珊献出来的,曾在文化界引起轰动。蒲文珊当时已年过半百,为蒲松龄之九世孙。他虽系务农,实温文尔雅,笔者曾有缘拜识,听他讲述过蒲氏历代家藏此手稿之经过。

原来，蒲松龄所著《聊斋志异》最后一稿誊清后，曾嘱其子孙，善自珍藏，世代相传，不要遗失。蒲松龄的七世孙蒲介人（即蒲文珊之祖父），在清光绪年间曾在奉天（沈阳）当差，其眷属亦从祖籍山东淄川县（今淄博）移居沈阳。民国初年，介人之子灏充任西丰县吏，遂迁居西丰。又据蒲文珊称，此手稿原为四函八册，现存之四册仅为前一二函，尚有三四两函（即下半部）在光绪年间，被盛京驻防大臣伊克唐何借去，带至北京。

本来蒲氏立有家规，对所藏先祖墨本，概不外传。那么，下半部手稿何以又借给驻防大臣呢？大概是蒲介人慑于伊的权势，不敢不借。伊约以先看上半部两函，待归还后再借下半部。后来伊果然如期归还上半部，因而顺利借到了下半部。不料，伊在光绪二十五年（1899）3月病逝。接着八国联军侵占北京，公私珍藏的财物多被洗劫。据悉下半部在这时被外国人掠去，流落国外。伪满康德八年（1941），《盛京时报》曾援引德国的一则消息："《聊斋志异》部分原稿48卷现存柏林博物馆。"如消息确实，则这两种情况是吻合的。

现在上海出版的，大概也只是蒲松龄手稿的上半部吧？

朱星考证《金瓶梅》

唐文治先生经营的无锡国学专科学校，抗日战争中并入安徽大学之后，即不复存在。原无锡"国专"同学在世者已不多，最年轻的现在也是七十岁以上了。报载朱星教授去年在天津逝世，"国专"同学又弱一个。

朱先生曾攻法文和拉丁文，20世纪30年代向马相伯老人请教过文法学，马相伯介绍他到法国教会办的天津工商学院教书；又介绍他拜北京辅仁大学陈垣先生为师。朱先生在音韵学、训诂学方面造诣颇深，1946年他到北洋大学任教，以后就没有听到他的消息。

最近有朋友从大陆来，谈起朱先生，才知道近三十多年来，他一直在北京、天津等地的大学里任教，没有离开北方。去世以前，他在天津师范大学带研究生教语言学，还担任中国训诂学研究会常务理事。

朋友谈起，朱先生晚年忽然对研究《金瓶梅》发生兴趣，又是演讲，又是接待记者访问，连续发表研究论文。

1980年他写的《金瓶梅考证》出版，这种学术性论著，从来销数有限，他这本书却很快再版，可见很受欢迎。于是朱星教授名声大噪，一下子成为研究《金瓶梅》的专家了，使富有道学家气味的"国专"老同学们大为惊讶。

《金瓶梅》与《水浒传》《三国演义》《西游记》并称为"四大奇书"，但因书中多淫秽描写，历来被列为"禁书"，各地大图书馆都藏有不同版本的《金瓶梅》，但对一般读者从不出借，文学史上讲《金瓶梅》如何有价值，但多数人并没有看原书的机会，这是一大矛盾。

经朱星研究，认为《金瓶梅》本来没有淫秽描写，现在所见的淫秽语都是后人添加的，与《金瓶梅》原著者无关，《金瓶梅》不能承担淫书之名；他又认为《金瓶梅》的作者是王世贞。他的《金瓶梅考证》一书，主要就是讲这两个论点。但一般研究《金瓶梅》的专家们并不都同意他的观点。首先，谁都见过他所说的那种洁本，即后来所谓古本《金瓶梅》，但那书是张竹坡评本《金瓶梅》的删节本，并非如朱教授所说在词话本《金瓶梅》之前就有的洁本；第二，王世贞作《金瓶梅》之说，20世纪30年代已被吴晗反驳过，现在他也拿不出推翻吴晗论点的新论据。

不过，笔者觉得朱星先生晚年考证《金瓶梅》虽无新的突破，但他能在20世纪80年代的大陆重新掀起《金瓶梅》研究的热潮来，不能不说是个大胆的创举。近闻，新版本的洁本《金瓶梅》即将由人民文学出版社出版，朱星先生虽已逝世，他的愿望总算实现了。

商鸿逵和《赛金花本事》

如果我没有说错的话,商鸿逵先生逝世有一年多了。

20世纪40年代他是中法大学的教授,中国著名的明清史专家。他对康熙皇帝、清朝宫廷生活都有卓越的研究。据说逝世前他是北京大学教授,还担任了《清会要》一书的编辑。

我这里且不说他对于明清史的贡献,只说他年轻时所撰写的《赛金花本事》一书是部对于研究赛金花颇具价值的书。

1936年,商鸿逵是北京大学文学研究院研究生,刘半农是他的老师。刘曾说过,中国有两个"宝贝",慈禧与赛金花,一个在朝,一个在野;一个卖国,一个丢脸。为此,他曾和商鸿逵一同访问赛金花,由赛口述,商执笔写了这本书。为了写书,刘半农约赛金花在王府大街古琴家郑颖荪家中会面,参加谈话的有戏剧家余上沅等人,商鸿逵任记录。赛金花来时,由佣妈搀扶,赛虽年近六十,但薄施脂粉，尚绰约有姿。谈话时赛说苏州话，刘半农系江阴人，为了表示接近，也操吴语。谈到吃晚饭时刻，就共进晚餐。郑家离东安市场近，就在东安市场大鸿楼叫了几个菜。赛金花有阿芙蓉（鸦片烟）癖，晚饭后该吸鸦片烟提提精神，于是就到后室休息，烟榻横陈，喷云吐雾后再谈下去，如是者三次。

《赛金花本事》一书是赛本人口述其亲身经历，应该说有很大的可信程度。世人对赛的身世感兴趣的地方，一是她系洪状元的宠妾，出过洋，后来沦为妓女；二是庚子事变时，她与八国联军统帅瓦德西有染，传说中她与瓦德西同居三个月，一夕火起，两人裸体跳窗户外逃。对于这些情节，赛是矢口否认的。她认为这是写书人嚼舌头糟蹋她，她却承认确与瓦德西接触过数次，确曾为联军筹措过军粮，确曾劝联军勿蹂躏北京这座古城。但她要见一次瓦德西也不易，瓦德西那时已六十八岁，在联军中颇有威信，很知自重，没有同居的事。《赛金花本事》一书问世后，历史学家尹达、邓之城都予以肯定。

之后，上海影星胡蝶曾致函商鸿逵，要求商伴赛金花去沪，商量拍电影的事，被商婉言谢绝。北京大学文学研究院院长胡适认为研究生不该为妓女立传，要处分商鸿逵，商作了检讨才罢！

算了算，商鸿逵逝世时，大约是七十五岁。中国文坛又失一人，惜哉！

老舍巨著《四世同堂》

报载,老舍先生的名著《四世同堂》,自改编电视剧以来,内地已有十多个省市电视台播放。报刊发表评介文章百余篇,一致赞扬《四世同堂》是"激扬爱国主义的古诗",是"一幅热爱和平的生活画卷",是"雅俗共赏,老少咸宜的民族艺术之花",是"现实主义的杰作"。

这使笔者忆及四十年前老舍先生创作这部巨著的情景。那是济南沦陷前夕,老舍忍痛离开妻子胡絜青和三个幼小的儿女,只身逃亡武汉。1938年,胡絜青携子女从济南回到北平,靠教书维持一家人的生计。直到1943年日本兵加紧掠夺,实行强化治安,挨饿、受冻、恐怖使人无法忍受下去,胡女士才毅然带着三个孩子,历尽千辛万苦,万里寻夫,奔赴重庆。

到重庆后,一家人住在市郊的北碚。当时老舍先生刚刚割过盲肠,身体虚弱,新知旧朋都来探望,见到胡絜青来自北平,自然详细询问起北平的情况。胡絜青一遍又一遍地叙述老百姓的苦难，老舍在一旁默默地听了一次又一次。谁也没想到这些活生生的材料，使他长久以来构思的一部小说在心中逐渐成熟起来，终于在1944年元旦，忍着病痛开始创作起《四世同堂》。

老舍先生原计划用两年的时间写完这部一百万字的小说，但因他屡被疟疾折磨，常因贫血头晕而写得很慢，直到抗战胜利才写完第一部《惶惑》和第二部《偷生》，完成了全书的三分之二。

第三部《饥荒》是先生1948年应邀在美国讲学时写完的。然而，遗憾得很，从20世纪50年代起直至"文革"，全书最后十三章没有发表的机会。1966年，"文革"狂飙似疾风暴雨般席卷大陆，老舍先生被诬指为"资产阶级权威"，在劫难逃，这三部珍贵的手稿也像老舍先生的生命一样永远从世间消逝了。近年出版的十三章《四世同堂》，是从这部书的英文缩写本再译为中文找补回来的，但已不是先生原来的文字了。

综观先生的一生和创作，应该说，《四世同堂》是其写作时间最长、篇幅最大、耗费心血最多的一部，也是他的心爱之作。如今成功地拍摄与播放这部电视剧，使更多的人了解这部巨著的思想含义和艺术价值，也更认识世界闻名的作家老舍先生的伟大。先生九泉有知，当可稍慰于心矣。

文事折枝
wenshi zhezhi

《桃花扇》诞生何处

今年是《桃花扇》首演二百八十四周年,这是值得纪念的。孔尚任在《桃花扇本末》中说,这部作品"凡三易稿而书成,盖己卯六月也"。己卯为康熙三十八年(1699),那年孔尚任在京任户部主事、宝泉局监铸。《桃花扇》稿成,在士大夫中间广为传抄。是秋一个夜晚,康熙皇帝急于一阅。当时,孔尚任自己的缮本不在身边,只好在别处寻得一本,午夜送进了皇宫。第二年元宵节即由优伶演出了。

其实,《桃花扇》"买优扮演"以前,在孔尚任的寓所里已经清唱过一次。康熙三十九年正月初七那天,孔尚任邀请好友十人集"岸堂"试笔,席间饮酒赋诗,"小伶奏新声侑之",当时唱的就是《桃花扇》。"岸堂"是孔尚任寓斋的名字,在这座寓所里,孔尚任整整住了十一年,创作了《桃花扇》,并首次清唱了这出名曲。

那么孔尚任这座名为"岸堂"的寓所在北京的什么地方呢?笔者在20世纪40年代曾好奇地作过一番寻觅。

孔尚任在他的《燕台杂兴四十首》的序里说："蜗寓在宣武门外。"在另一诗集的注里又说："寓海波巷。"他的寓址当在北京宣武门外海波巷。

孔尚任在另一首七律诗序中对他的寓所的四周围作了一番描写："岸堂予京寓也，在海波寺街，其前分青厂，乃先朝牧马处。"其诗云：

> 朝朝吟啸此堂阶，一架藤萝惬旅怀。
> 青草官田邻马苑，海波萧寺接天街。
> 更翻题句无闲壁，缓急供茶少积柴。
> 弹指十年官尚冷，踏穿门巷是芒鞋。

由此可见，当年孔尚任旅居北京的寓所附近，有一座海波寺，海波巷即由此得名。而且海波巷又叫海波寺街。曾经牧马的青草官田"青厂"也相隔不远。

经过近三百年的人世沧桑，笔者寻访时，北京的地图上已没有"海波巷"或"海波寺街"了，海波寺的遗迹也早已无从寻觅。但是，当时出宣武门，有西茶食胡同，再超过一条南北向的方壶斋胡同，就到了一处"寻常巷陌"，名叫海柏胡同——这是不是孔尚任住过的海波巷呢？由此踪迹，继续寻访，附近又发现几条耐人寻味的胡同："前青厂胡同""后青厂胡同""西草厂家"等。尽管经过二三百年的变迁，牧马的草地已荡然无存，但那几条胡同的名字却说明了这里曾经是青厂、马苑。用不着怀疑了,而今的海柏胡同,在二百多年前,曾经住过一位伟大的诗人和戏剧家孔尚任。然而历经二三百个春秋,"岸堂"恐怕早已不复存在了。假如还在的话,在那里建一座孔尚任纪念馆,想是很有意义的吧。

且说北京的"四大"

早年居京,尝闻不少称"四大"者。其中,有因艺高而得名,有因医精而得名,有因美肴而得名,有因侠义而得名,有曾卖身求荣惯会欺压人民者,因奸坏而得名。

戏曲界,有"四大名旦":梅兰芳、尚小云、程砚秋、荀慧生。中医界有"四大名医":孔伯华、萧龙友、施令墨、汪逢春。在饭馆中有"四大名居",即广和居、万福居、同和居、砂锅居。四名居各有名菜:广和居以潘色、江豆腐著名;万福居有赛螃蟹、万鱼;同和居的拿手好菜是"三不沾";砂锅居是白肉馆,只以一味猪肉就能制作出各种口味不同的菜肴。

以作恶而闻名的则有晚清的"四大恶少":张君宜、岑春煊、左孝同、劳太乔。这四人都出自权门,少时依仗家庭的势力,横行霸道,胡作非为。在段祺瑞担任国务总理时,他手下的靳云鹏、徐树铮、曲同丰、傅良佐,矢志效忠段祺瑞,为段祺瑞"武力统一"政策的主要支柱,人称"四大金刚"。

此外,以"四"见称的,清末有所谓"四谏",指的是陈宝琛、张佩伦、宝廷、邓承修四人。当时以陈等为首,常在竹云庵集会,议论时政,直言弹劾,声震一时。后来陈宝琛做了溥仪的老师,更以老成稳重见称。戊戌变法时慷慨就义的六人,时人称为"六君子",而其中谭嗣同、杨锐、刘光第、林旭四人又称"军机四卿",因为四人在政变前光绪帝曾授以四品卿衔,又是新政的主要参与者。

还有陈三立、谭嗣同、吴彦复、丁惠康曾号称"四公子"。其中陈、谭二人均在戊戌政变时获罪。谭嗣同是湖北巡抚谭继洵之子;戊戌政变时,嗣同被处死,而继洵却因事先写信给嗣同有所训诫,得免于罪。陈三立是湖南巡抚陈宝箴的儿子,戊戌政变时,父子同受革职囚禁的处分;抗日战争爆发前,陈三立一度寄居庐山。

在袁世凯称帝时,还有所谓"嵩山四友",为赵尔巽、徐世昌、张謇、李经义。后来,李经义在丁巳复辟前,做了几天短命的内阁总理。徐世昌在丁巳复辟的后一年,被安福国会选为非法总统。"嵩山四友"的称号,脱胎于"商山四皓",实际上类比不伦。因为他们大多逆潮流而动,终被抛进了历史的垃圾堆。

湖南会馆杂忆

北京南城会馆棋布。报载"湖南会馆"被列为重点文物保护单位，当有其特殊意义。

菜市口迤南的烂缦胡同内，有两座湖南同乡的会馆。胡同中间路西有曾国藩营建的县馆"湘乡会馆"，计六层院落，房数十间，南行数十步即是省馆"湖南会馆"了。

清雍正始分行省前，湖南尚无专馆。同治十一年（1872），谭嗣同之父谭继洵等人在北半截胡同购置官房一所，为湖南合省公产；光绪十三年（1887）八月又购烂缦胡同房一所，设为"湖南会馆"。民国十二年（1923）编撰之《北京湖南会馆》载："馆共三十六间，内设戏台一座，文昌阁楼一座，东厅署、望衡堂、西厅及中庭均横敞，为平时集合之所。"会馆还辖有义园二处，一处在麻刀胡同，一处在永定门外马回子店；祠堂二处，及散落于各处之房屋数百间。该馆初为湖南进京举子安顿之所，民国后渐成为湖南同乡人旅居之邸舍。

笔者素爱丹青，少小时与当时被誉为中国画学研究会的湖南神童陈少梅交好，少梅彼时寓居湖南会馆，因此去过几次。会馆坐西朝东，高高的石阶，朱漆的大门，门首左右有石狮一对，很有些轩昂的气势。走进大门，拾级而下，经一座长方形天井，过垂花门，即到了东院，庭院宽敞，厅舍轩朗。记得南房壁上嵌有北宋苏东坡书《明州阿育王广利寺宸奎阁碑》，为光绪十年（1884）长沙徐树钧重摹镌刻的。会馆西院有戏楼，雕梁画栋，相当讲究；坐北一座两层小楼，即是文昌阁了，据说旧时供奉有文昌帝君。文昌帝君为主宰功名、禄位之神，多为读书人所崇祀，故北京的会馆大都供奉有他的偶像。

那时，少梅的父亲陈梅生老先生是会馆里极受尊崇的人物。陈梅生讳嘉言，为清末翰林院编修，民国首届议员，文名闻于南北。他须髯飘飘，慈眉善目，人极开明。他曾对我说，湖南有一些青年，抱负非凡，办事极干练。当地传说，有人见到衡山上走麒麟，湖南要出大人物了。此说虽不足取，但观这些青年办事，湖南肯定会出栋梁之才。他指着文昌阁说："我们那里有个毛润之，前几年在这楼上住过。"他还提到毛向他商借他主持的衡阳书院的院址和经费办自修大学，他欣然答应了。后来才知道，这位毛润之就是以后成为一代伟人的毛泽东。

京城店铺话匾额

北京是个历史悠久、商业云集、店铺林立的大城市。每个店铺的正门，过去称作"门脸儿"，或称"铺面"，主人一向认为非常重要，把它比作一个人的脸面，不但要装饰得体，而且要与其所经营品种、项目相称，还得有个响亮的字号，否则，就等于有脸无眉一样。而字号必须求知名人士和书法家来书写，写好后，还要请人精雕细刻，重漆贴金，制成牌匾，这样，才能衬托店铺的名气，招人注目。

例如坐落在和平门外西琉璃厂路北的荣宝斋书店，它主要是销售名人字画和文房四宝的店铺。其字号主要取"以文会友，荣名万宝"之意，其匾额是清同治年间甲戌科状元陆润庠题写的。坐落在宣武门外菜市口的鹤年堂国药店，据说开业于明嘉靖末年，距今有四百多年的历史，其字号是取《淮南子·说林》中"鹤年千岁，以极其游"之意，是请当朝的宰相严嵩书写的。

同时，前门外粮食店路西的"六必居"酱园，前门外珠宝市"花汉冲"香腊铺和新街口南大街路西的"柳泉居"饭庄的匾额，据说也是出自严嵩之手。严嵩虽系奸相，书法却颇具功力。在地安门大街的"百宝书局"（取《大学》"惟善以宝"之意）、北城的金城银行、琉璃厂的商务印书馆的匾额，都是郑孝胥所写，因为郑氏当过伪满"国务总理"，为日寇侵华效过力，成了出卖祖国的汉奸，所以，抗日战争胜利后，他写的匾额，都被抠挖磨毁了。

从北京的地区来看，名人写的匾额，以和平门外东西琉璃厂为多。如"宝古斋"古玩铺，系清末翁同龢所书；琉璃厂的"萃珍斋"古玩铺，为寿石公所书；"静文斋"南纸店，是大总统徐世昌所书等。

北京在日寇沦陷期间，新开业的店铺当中，它们的匾额以江朝宗、颜玉泰写的居多。其实江朝宗的字，也多是由颜玉泰代笔写的。旧时有所谓"名人嘱笔作"之说。

以上说的是比较有名气的知名人士写的匾额，还有比较小的店铺，他们请不起大名人，只好请一些小名人。如鼓楼东大街有个"裕民钟表铺"，它是请伪满教育总署一个叫厉俊峰的编审写的。

请名人题写匾额的习俗，古来有之。有的是因名而得字；更多的是因字好而得名。如今市面上启功、溥杰等名书法家写的匾额自不在话下，也有郭沫若于东单、西单菜市场和首都电影院所留笔迹。

更有较罕见的名人匾额，如辛亥革命百岁老人孙墨佛给阜成门内大街西来顺饭馆的题匾；老舍夫人胡絜青给北京幽州书屋题匾；国画家董寿平为北京医药大楼题匾；在西四北大街还有相声大师侯宝林给一家饭馆题匾，名字叫"小不点"。

隆福寺街的旧书业

近闻,经营古籍、字帖和画册的"文奎堂"已在琉璃厂恢复营业,其实"文奎堂"早年是开设在隆福寺街的。早年的隆福寺街同琉璃厂一样,也是一条旧书铺林立的街道。四十年前,这里除"文奎堂"外,尚有东雅堂、修文堂、修绠堂、粹雅堂、文雅阁、鸿文阁、稽古堂、三友堂、观古堂、宝荟斋、带经堂等书铺。

科举时代,考中做了官的,总爱在这些书市逛逛,买点书或字画之类;考不中的在返乡之前,也往往要去书市卖掉一部分书,以便轻装上路。相传有江西某氏三年应考不中,无颜回乡,便在京经营书业;以后同乡投奔者日多,逐渐形成了书业中的"江西帮"。当然,实际上在北京经营书业的人,大多是来自河北省南宫、束鹿(今辛集)、冀县等地,时人皆呼之曰"河北帮";尤其是在隆福寺街经营书业店铺者,更以这些地方的人居多。

辛亥以后,隆福寺街的旧书业开始繁荣。20世纪20

年代中期,北平图书馆建立,从这里购买了许多书籍。后来燕京大学曾出重金收购明清两代的地方志,运往美国哈佛大学和国会图书馆,致使大量珍贵古籍外流,实堪痛惜。

隆福寺街那块狭窄的天地,也曾吸引了不少藏书家,如傅增湘、邢之襄、伦明、曹岳峻、甘鹏云、张元济等。一些文化名人、大学教授,如阿英、何达、冯友兰、俞平伯等,也是隆福寺街的常客。仅以修绠堂为例,就曾为郑振铎提供过许多珍贵资料,如带有李白画像的《李太白集》、萧尺木编的《楚辞图》等,它们对郑编插图本《中国文学史》是有帮助的。

在隆福寺街的旧书业中,还有一种小书摊,他们坐地行商,往往是到外地用低价收购旧书,在这里零散出售。书摊虽小,书源却远及山西、山东的偏僻小镇。这些经商者多是内行,因此,书摊前也常有一些文化界名人光顾。

表面看上去这里的旧书店、书摊杂乱无章,但毕竟它是一门专业,那些店摊业主,对于古籍鉴别、修补、装订、查找、整理、上架、分类、保管等,还是很有专长的呢。

成文厚账簿店

早年的京华,账房先生有句口头禅:"北有成文厚,南有老立新。""老立新"是上海的账簿商店,长江以北要数北京的"成文厚"最有名了。

成文厚账簿店开张于何时,笔者不甚了了,但在20世纪30年代初就已经有了。当时铺面设在西单北路西,卢沟桥事变前又迁到缸瓦市附近。犹记从一座牌楼式的门进去,面西三间门面,是一家极普通的文化用品商店,卖一些文具、纸张、图书,也兼卖些条子账。那时内地流行的都是这种条子账,用毛边纸或东昌纸印上红色的竖格,用毛笔自右至左书写,亦称流水账。其时卖条子账的,首推前门外的"老公兴",成文厚是后来居上。

40年代初期,会计师贾德泉著了《改良中式簿籍》一书,介绍西方会计制度及记账方法,并在西四北路东开设了"德泉会记学校"。成文厚的掌柜刘国梁看到贾氏著述,深信西方会计制度和记账方法,将会在中国广泛应用,遂决定经营西式账簿。他请贾氏设计了国际通用之借贷式簿籍及西式记账单据等三十余种，每种均注明设计者姓名及"翻印必究"字样。于是一些商行、洋行纷纷找他加工簿籍。

这位刘掌柜，笔者曾有缘见面。他个子不高，胖胖的，满口山东话，人很精明。自经营西式账簿后，他的买卖日渐兴旺，并与安东（今丹东）的成文信、天津的义顺兴等文化用品商店建立起密切的业务关系。这些商店经营他的西式账簿，同时，成文信供应给他日本纸张、英国丁字笔尖、美国五五六笔尖等，义顺兴则供应给他鸵鸟墨水等文具。

这时的成文厚，门面装潢也逐渐洋气起来。门脸上方是吴兰第写的魏碑体玻璃板金字匾额，店前立起"鸵鸟墨水"大型霓虹灯广告，店堂里一排六个玻璃柜台，柜台上方左右各悬一霓虹灯，一边写"账簿"，一边写"凭记单据"。这在半个世纪前的北平店铺中，是颇令人注目的。

怪诞有趣书斋名

学者、文人都有书斋，书斋起名林林总总，气象万千，但也有一些十分怪诞有趣。

当代著名哲学家张岱年之兄张申府，其书斋名叫"名女人许罗斋"。这名很怪诞，不解释无人懂。

张申府是河北献县人，中国民主同盟的创建人之一。第一次国共合作期间，他在黄埔军校任蒋介石的英、德文翻译。1948年10月在国共两党的军事大决战中，他撰文《呼吁和平》。1949年后供职于北京图书馆。他的书斋名"名女人许罗斋"究竟是什么意思呢？

原来，"名"指"名学"，即逻辑之一门。他于1927年曾把奥地利哲学家维特根斯坦（罗素的弟子）的《逻辑哲学论》译成中文，书名即取"名理论"。"女"指《列女传》，他个人对此书有偏爱。"人"指三国时期刘劭写的《人物志》，这是一本他平生最为推崇的书。"许"是"赞许"之意。"罗"即西方著名哲学家罗素，他认为"罗素便是最哲学而又最科学的科学哲学家"。他还解释道："所谓最哲学的是最能辨析精微"，"最科学是最切实，是最客观"。他说他一生有"三大爱好"，即：书、女人、名声。

著名画家申石伽的画室名叫"泛珠室"，是为纪念他早逝的小女儿而起的名。原来在20世纪40年代，他的爱女小畹喜欢画菊，七岁时画一秋菊，申老赞不绝口。惜一年后即病逝，他悲痛之余即将画室取名"泛珠室"，以作纪念，并将此画精裱后珍藏，从此申老不再画菊。不幸"文革"中此画不知去向。惊奇的是1985年，著名书画家钱君匋在检查发还的查抄物品中竟发现此画，并派人送还。当申石伽获此画后，喜泪沾襟，感慨万千。随即在画上题写七绝一首云："岂仗儿魂护到家，遗笺历劫度虫沙。凄惶四十五年过，阿父从无画菊花。"

当代著名作家骆宾基，1936年由东北至上海、浙江等地参加抗日救亡运动，并主编《战旗》杂志，后由南方返回东北。1949年后任山东省文联主席。1979年，他惊闻与他一起工作的朋友周钢鸣在广州逝世，时夜阑人静，又闻大雁的悲鸣，感而赋诗云："岭南失战友，悲坐小阳台。今宵月如水，夜静雁声哀。"自此，他即以"夜闻雁鸣斋"为书室名。

著名学者柳诒徵的书斋名叫"劬堂"。"劬"是辛劳之意，取程俱"北上小集钞，和刘子厚读书"中"谁能三万卷，慰头苦劬劬"句，借以勉励自己勤奋治学。他伏案数十年如一日，执笔不辍，著有《劬堂全集》。

　　著名画家李苦禅的书斋名叫"遗诸斋"。他早年生活艰辛，半工半读，晚间靠拉洋车来维持生计。他怕遗漏太多的学习机会，为提醒自己，要时刻珍惜时间，遂取"遗诸斋"室以自勉。

知名作家办书店

作家一生一世都离不开书，所以，作家逛书店、泡书店是情理中事；而近代和现代的一些知名作家有的也办过书店，则鲜为人知。

邹韬奋办的"生活书店"当年很有名，他的代表作品《小言论》《萍踪寄语》都是由他的"生活书店"出版的。他因癌病逝世后，"生活书店"与"读书""新知"两个书店合并，这就是现在仍存的资深的"三联书店"。正因为邹韬奋著述出名，办书店出名，所以现在内地新闻界设"邹韬奋奖"，声誉很高。

美学大师朱光潜，声名显赫，海内外皆知。但是，许多人不知道他也办过一家书店，朱光潜早年曾在上海创办过一家开明书店，同时出版了《中学生》杂志（叶圣陶一度主持过该杂志的编辑工作。这个杂志至今还在内地出版，发行量很大）。朱光潜创作的《给青年的十二封信》《谈美》，似乎已经是他远渡英吉利海峡以后的事了。他的《文艺心理学》是我国第一部有系统从心理学角度研究文艺的理论作品，这也正是由开明书店出版的。

张资平曾是20世纪二三十年代颇有知名度的作家，他的三角恋爱小说风靡一时。1928年，张资平与郭沫若、成仿吾、郁达夫的"创造社"脱离之后，自己创办了"乐群书店"。可是，他并不细心经营，只出过他的《石榴花》和少量译作，就关门停业，他又去搞其他事去了。抗战之后，先是因汉奸罪被国民党逮捕，后又因汉奸罪被共产党判刑，终于死在狱中。

"飞去的诗人"徐志摩也办过书店。1927年，他同胡适、梁实秋等人创办了"新月书店"，他早期的《翡冷翠的一夜》《云游》及与陆小曼合著的剧本《卞昆冈》，也都是新月书店出版的。胡适著名的《白话文学史》，也出自新月书店。梁实秋因为在新月书店出版了《浪漫的与古典的》，竟引发一场激烈的论战。梁实秋是反对文学的阶级性的，结果遭到鲁迅和不少左翼作家的严肃批评。当年的这次论战，至今在文坛上还有争论。

原北京大学图书馆馆长、李大钊的秘书孙伏园，曾一度为军阀所迫南下上海，创办了"嘤嘤书屋"，并主编《贡献》旬刊。但是，没有见过出版过什么有价值的书。孙伏园一生重于编辑著述无多，仅有少量散文游记，倒是他的老弟孙福熙又写又画，作品很多，至今内地仍有再版。

诗人邵洵美，从英国剑桥毕业后，回国创办了一家

"金屋书店"。他的诗集《花般的罪恶》《一朵朵玫瑰》出版后多是自产自销。他写的诗是"唯美诗","几乎是野蛮的直感的单纯,同时又是最近代的颓废"。

作家办书店,跟藏书家有许多相似之处,也有许多不同。作家可以自己写书,自己出书;藏书家可以自己校勘,自己刻印,这有相似之处。不同的是,作家的书卖出去越多越好,藏书家则是买进来的越多越好。

清代的两次反盗版

现在,畅销书刊出版后,总有一些不法之徒盗印,以获暴利。国家为了维护著作权人的权益,制定出反盗版对策。其实,书刊的盗版反盗版,古已有之。清初和清末两次反盗版便是例证。

清初著名戏曲家李渔,是中国古代最早提出并身体力行反盗版的人。他的小说集《十二楼》和《无声戏》影响甚广,当时购者云集,一时市面上"洛阳纸贵"。不法之徒见有利可图,竞相翻刻盗印。最厉害的是当时苏州的不法书商,正版书尚未在当地上市时,盗版书已经出台。李渔见状,非常气愤,他凭借本人名气大、交际广,亲赴苏州请苏松道台孙丕承出面,查处这一盗版事件。

但是,盗版问题屡禁不止,其中最猖獗的是金陵(今南京市)。1662年,李渔从杭州移家金陵,营造芥子园,并建立了自己的出版社——芥子园书肆。这家私人出版社后因李渔组织人整理、编写并作序的《芥子园画传》而名垂千古。面对盗版，李渔依然处于一种屡败屡战的局面。他曾在一封信中悲愤地说：

> 倚富恃强，翻刻湖上笠翁之书者，六合以内，不知凡几。我耕彼食，情何以堪？誓当决一死战……彼焉能夺吾生计，使不得自食其力哉！

清末的刘春霖，在反盗版问题上更是付出了果断的行动。刘春霖是清代末科状元，生于1872年，卒于1942年，直隶肃宁人。他的小楷书法造诣很深，考中状元前就曾为慈禧抄写佛经，深得慈禧赏识。他考中状元的当年（1904），其好友雷雨琴将刘春霖书写的《大唐三藏圣教序》《文昌帝君阴骘文》《闲邪公家传》和《灵飞经》四种小楷墨迹带到上海拓印，印成帖本发行。这四部佛经小楷，都是刘春霖考状元前为慈禧抄佛经时的副本。

小字帖一出版，供不应求。于是，有些不法之徒为获取暴利便私自翻印出售。雷雨琴见到这种情况，请求清政府保护出版权益，对盗印者予以查办。为此，清政府于光绪三十一年（1905）农历十二月十一日出告示，警告不准翻印。告示全文是：

> 钦加四品衔赏戴花翎候补清军府办理，上海公共租界理事府关，为给示谕禁事，据北京职员

雷雨琴禀称：窃职存有甲辰科状元刘春霖殿撰所书《大唐三藏圣教序》、《文昌帝君阴骘文》、《闲邪公家传》、《灵飞经》亲笔四种，于光绪三十年带沪付诸石印，装订成帙，批销发售。与书局订定版权，不准私自代人翻印。诚恐渔利之徒翻本冒印图利，有碍销售，附呈书样，禀乞备案。布示严禁翻印，以印利权，等据。特此，除批示并予备案外，合行给示谕禁为此示，仰各书坊铺贾人等，一体知悉。尔等毋许私自翻印前项书籍。如敢故违，一经告发，定予究惩不贷。其各凛遵毋违。特示。光绪三十一年十二月十一日示发实帖。

当雷雨琴呈请清政府保护权益时，曾将这四部小字帖样本呈送清政府存案。小字帖的每册前第一页印有雷雨琴的半身道装肖像，最后一页印有隶书大字"版权所有翻印必究"。由是，制止住了盗版。

印有李白名篇的钞票

辛亥革命武昌首义后,各省纷纷响应成立军政府,发行地方性货币;其后民国成立,但由于新旧军阀混战,各省又先后印铸发行了地方性的银两票、银圆票、金币、银币、铜币、钱票、铜圆票、军用票、公债券等,以资流通而利军需。在这一批名目繁多、大小不一、形式各异、琳琅满目的货币文物中,有一张印有李白名篇的钞票最为奇特,堪称绝品。这张钞票就是云南省发行的"云南靖国军军用银行兑换券"。

1915年12月25日,蔡锷、唐继尧、李烈钧等人在云南发动了反对袁世凯复辟帝制的护国战争。云南都督唐继尧为护国军政府都督。但护国运动和护国战争因袁世凯的自毙宣告结束。在此过程中,云南实力派唐继尧接过孙中山关于"宜设川、滇、黔三省靖国军总司令,由唐担任"的通电,扩张军力,自号为"云南靖国联军总司令",成立了靖国军军用银行,发行了面额为一元、五元、十元的兑换券，流通市面。它没有收兑的期限，也没有发行条例，一切都由军用银行负责。

这批钞票有两个特色，一是钞票上的官印多，计有"靖国联军总司令官之章""云南督军章""督军官署军需课长印""军用银行长之印""陆军官署军需课长印""军用银行行长之印""陆军军需局局长之印"，在一元券背面有"继尧"的签字（俗称花押），五元、十元券也有中文签字，笔致苍劲，显系不是一般人的手笔，但尚未查出是何人所签。

第二个特色就是券的背面印有一方很大的朱色篆刻印章，印文竟是唐代大文豪李白《春夜宴桃李园序》的全文：

> 夫天地者，万物之逆旅；光阴者，百代之过客。而浮生若梦，为欢几何？古人秉烛夜游，良有以也！况阳春召我以烟景，大块假我以文章。会桃李文芳园，序天伦之乐事。群季俊秀，皆为惠连；吾人咏歌，独惭康乐。幽赏未已，高谈转清。开琼筵以坐花，飞羽觞而醉月。不有佳作，何伸雅怀？如诗不成，罚依金谷酒数。

后接"时在壬申季夏上浣制"数字，合计一百二十六字。此印何人所刻？为什么要在货币上印上这篇流传千古的散文？迄今还是一个谜。笔者臆断，从唐继尧兼长诗文、并酷爱李白的文学作品的情况来判断，很可能是唐继尧这位执掌军政大权的风云人物的主意。唐著有《黰陆主人言志录》诗集，所作《七月黑龙潭养疴》诗："秋来何时怒龙鸣""日驭回天鞭有力"，就出自李白《独鹿篇》中"雄剑挂壁，时作龙鸣"、《长歌行》中"大力运天地，羲和无停鞭"等句。又如其作"饭罢从容理钓舟，浮生大梦尽风流"诗句，更是援用了李白《春夜宴桃李园序》中的"浮生若梦"名句。

　　云南靖国联军为期不长。随着孙中山护法运动的失败，这批军用钞票也随着靖国军的结束而绝迹了。

集邮戳票多趣味

中国幅员辽阔,各处地名,名目繁多。收集地名戳票,是中国邮人固有的韵事,而这其中的乐趣,亦非他国人所可梦想。

集地名戳票趣味多多,更有根据地名、字意的异同分成不同类别,如:

倒对的地名:西安,安西;东安,安东;福安,安福;广安,安广;宁安,安宁;方向的地名:北京,南昌,西安、东安,北苑,南宁,西宁;

树木的地名:榆林,桐柏,枣强,柳泉,梅桥,木兰,桃木,桂东;

颜色的地名:白水,乌海,青岛,赤水,黄石,黄岩;

金属的地名:金井,金村,铁山,铁岭;

动物的地名:虎林,鹿邑,马尾,牛庄,鹤庆,鸡泽,龙潭,凤翔,凤凰城,羊角沟;

数字的地名:一面坡,二廊庙,三姓屯,四平街,五里店，六家子，七树庄，八角台，九江泡，十间房，十二墟，二十四顷屯，百官，千金寨，万县；

累字的地名：大沽，小站（二字）；佳木斯，吐鲁番，桃思兔（三字）；巴彦乌苏，齐齐哈尔，和睦井镇（四字）；哈拉木格台，苏尼特左旗，冯郭楚王村（五字）；乌布林家拉嘎，郭尔罗斯前旗，天津宫保马路（六字）等。

邮戳票中被视为珍品的当属"元年戳"。

百年之前，由于朝代更替，在邮戳上共出现过三种元年戳，即宣统元年戳、民国元年（1911）戳、洪宪元年戳。在中国早期邮票中，这三种元年戳虽屡见不鲜，可是在邮戳上加植年号却极为稀罕。如有"洪宪元年"字样的邮戳存世量极少，有"民国元年"字样的邮戳更属凤毛麟角，而有"宣统元年"字样的邮戳迄今尚未发现。

集邮家张赓伯对此进行过专门考证。刻有"光绪""宣统"年号的邮戳是有的，通常见到的均为长方形木戳，寄发、到达的年月日空格由邮局人员用毛笔填写。此三种元年戳，如果带有年号，自然易于辨识，但常见的元年戳都无年号，这就需要联系盖有元年戳邮票的发行年月等具体情况作出判断了。如盖在帆船邮票上的元年戳，必定是"洪宪元年"戳，因为帆船邮票在民国元年尚未发行。盖在加盖"中华民国"的蟠龙邮票上的元年戳是民国元年戳固不待言。

三种元年戳中，"洪宪元年"邮戳为时最短。袁世凯继孙中山之后，出任临时大总统，正式大总统，犹不满足，又僭称皇帝，篡改国体。这个短命的洪宪王朝，只有八十三天，在邮政史上却留下了它的痕迹。"洪宪元年"邮戳，将五年改元年的邮戳几乎各地皆用，所以在民国邮戳中，从民国五年（1916）1月1日至3月24日这八十三天的邮戳便断缺，反而求之不易了。这是由袁世凯称帝造成的一个小插曲。

众所周知，宣统皇帝在位三年，清政府就被推翻了，但有"宣统九年"的邮戳。民国六年（1917）6月14日，张勋以入京调停时局为名，乘机通电复辟，并由张公布上谕，改民国六年7月1日为宣统九年阴历五月三十日，定君主立宪国。但遭到全国讨伐，至7月12日，这一幕复辟丑剧便以失败告终。故此种复辟日戳，实际使用仅三五天而已。如今这一邮戳已价值连城，甚为珍贵。

"书乡"自古出人才

位于赣、皖、浙三省交界处的江西省婺源县,历史上原是古文化发达的徽州八县之一,这里历代文风鼎盛,人文蔚起,代有名流。据史料记载,自唐宋以来,婺源曾先后涌现出文人五百四十六位(指中进士者),出任仕宦的达二千六百五十五人,文人仕宦列入《中国人名大辞典》的有一百五十多位,著作二千一百八十多部,其中选入经、史、子、集四库全书者一百七十五部。

在婺源县龙山乡坑头潘村一幢明代建筑的"尚书第"内,有这样一副对联:"一门九进士,六部四尚书",一查,原来在明朝一代,该村有一户人家竟出过四位尚书,十一名进士。再一查,该村从明成化到崇祯的二百多年中,中进士的就有四十人之多,一百多户人家,平均四户出一个。一时间,该村冠盖云集,钟鸣鼎食,车来人往。当时,族人为了炫耀本族的显贵,制定了一条族规,凡族中各堂各房出了九品以上的官员,允许在村中溪河上建圆洞拱桥一座。结果一算,九品以上的竟多至百位,那得建一百座桥,于是,便改为七品以上,一算,也须建三十六座之多。据说现在,这三十六座圆洞拱桥依然保存完好,成为当地人值得炫耀的一大景观。自明以后,这个村子一直人才辈出,清朝出了三十七位进士和举人,有的官位达到二品,民国年间出了三个留学生,台湾著名红学家潘重规就是该村的后裔。

婺源不独人才辈出,且有不少是出类拔萃、在国内外深具影响的人物。南宋著名理学家、教育家朱熹和近代著名铁路工程师詹天佑,就是其中的佼佼者。

此外,像宋代被称为"江南二宝"的文学家胡伸、汪藻,明代金石篆刻家何震,清代天文学家齐彦槐,经学家和音韵学家江永等人,都是历史上卓有成就的人物。而在近代和当代,婺源籍的教授、专家、学者更是数以三四百人计。

古人云:婺之山水,精诚抽毓,灵秀所钟,系文人发脉之地,墨皇浩瀚之邦。千百年来,婺源一地,能够孕育出众多如朱熹、詹天佑这样的杰出人物,有其悠久的历史渊源。婺源自古有"书乡"称誉,所谓"山间茅屋书声乡","读书风气甚浓,十家之村,不废诵读",民间历来重视教育和对文化知识的学习。自宋至清,婺源县内除有规模较大的紫阳、福山等书院二十余所外,类似当时书院集贤讲学的县学、医学、义学、精舍、书塾、学社遍布乡里,这为婺源养育了大批的人才。古文化的发达，也使婺源自唐宋以来就成为文人荟萃之地。唐代李白，宋代苏轼、黄庭坚等人亦游于此，该县的游览胜地灵岩洞群至今仍保留有历代名人的题词刻墨两千多处。

两通"家训"昭后人

家训,是中国历史上的家长们用于训诫、教育子弟后代的文字,是中国伦理道德的集中体现和解说。从周文王的《诏太子发》算起,至今已有三千年的历史。

中国古代家训很多,诸如诸葛亮的《诫子书》,陶渊明的《与子俨等书》。隋唐出现了《颜氏家训》《帝范》。宋以后古代家训全面繁荣,如范仲淹的《义庄规矩》,司马光的《家范》与《家仪》,陆游的《放翁家训》,朱熹的《朱子家训》,《郑氏规范》,《温氏女训》,包拯的《戒廉家训》。清代曾国藩的《教子书》,左宗棠的《致孝感、孝宽》,张之洞的《与儿书》等。

综观大量家训,笔者认为北宋包拯与民国时期于右任的家训最为深刻动人。

包拯在历史上以刚正清廉彪炳史册。这位"包青天"一生严于律己,秉公执法,晚年回到老家合肥,想到铡了犯罪的亲侄包勉,应让子孙后代引以为戒,坚持延续包氏家风。于是把夫人、儿子、儿媳叫到病榻之前,谆谆告诫:"后世子孙仕宦,有犯赃滥者,不得放归本家;亡殁之后,不得葬于大茔之中。不从吾志,非吾子孙。仰珙刊石,竖于堂东壁,以昭后世。"因家训内容辞正言切,已载入《宋史》。此家训虽带有浓厚的封建色彩,但毕竟出于公心,故光照千古。

于右任逝前任国民政府监察院长达三十四年。他比包拯晚死九百多年,思想境界大大高于包拯。他是草书大家,在花甲之年用草书致信其子望德,现摘录部分:

> 奉中央命,政府将西移,国事至此,更当自勉,终夜不寐,起而为汝写数字。国事到为难处,我每感痛苦者,即所学不足以应变。欲报国家,有心无术,皆涉空想想。我常说,学无用之学,等于痴人吃狗粪。汝此后将自己所学,要切实检查一过。以后用功,要往切实处做才是。

这份手札《家训》,现藏淮阴市博物馆,写于1937年,计二百四十四字。在国难当头之际,日寇长驱直入逼近南京,于右任想的是国家,痛苦的是"即所学不足以应变。欲报国家,有心无术,皆涉空想想"。指出"学无用之学,等于痴人吃狗粪"。哲理极深,昭示后人。遗训训诫儿子要节俭,"也可以减少几文开支"。最后谈到个人前途,愿儿孙继承复兴大业,世世代代为中华繁荣昌盛而坚持不懈地奋斗。

两通"家训"的时代虽然相差九百多年,但都是一心为公,尤其后者,更跳出了"小家"的圈子,伸张了民族大义。

话说鸳鸯蝴蝶派

辛亥革命后到"五四"期间,上海的一些作家,以成双的鸳鸯和比翼的蝴蝶为比喻,专写才子佳人悲欢离合的小说,形成一种被称为"鸳鸯蝴蝶派"的文学流派。

这一流派的成员,以江南、特别是苏州文人占绝大多数。他们的创始人有徐枕亚、关双热、李定韦等人,以《小说业报》《小说新报》等期刊为中心,大量发表以文言文描写才子佳人的哀情小说。后来又在上海出版一种夹用白话文的《礼拜六》周刊,销路极广。当时,上海两大报刊《申报》《新闻报》副刊的主编和写作者多数由这一派文人操纵。其他如周瘦鹃主编的《紫罗兰》、包天笑主编的《小说时报》、范烟桥主编的《珊瑚》、严独鹤主编的《红玫瑰》等杂志,也都属于这一流派。

后来,这一流派的文人及著作又闯入电影圈,取代了中国电影创始初期的文明戏。据知,上海20世纪二三十年代拍摄的影片六百多部,其中大多数由该派文人编剧,或者是根据他们的作品改编拍成影片的。1924年，明星影片公司郑正秋根据徐枕亚的小说改编的《玉梨魂》，就是这一流派的第一部搬上银幕的作品。

提起《玉梨魂》，还有一段趣闻。当时清朝末代状元刘春霖的女儿刘沅颖，读了轰动一时的《玉梨魂》后，竟着了迷，于是写信给徐，要拜他为师。从此，两人诗书往还，鱼雁传情，以致终成眷属，传为佳话。

鸳鸯蝴蝶派文人中，享誉最高的，当然要属张恨水了。多产作家张恨水生平创作的小说超过百部，而且大部分都是长篇。他的小说也多数是先在报刊上连载然后出版的。张氏小说改编成电影的也有多部，最有名的是《啼笑因缘》《似水流年》，后者还是作者亲自动手改编拍成电影的。其余风靡一时的，尚有《金粉世家》《夜深沉》《秦淮世家》《落霞孤鹜》《满江红》《欢喜冤家》等等。

鸳鸯蝴蝶派创始初期，是三五友好，在茶余酒后，利用报刊杂志发表作品而后形成一种文学流派。"五四"运动后，该流派一些早期作家先后退隐，然而影响还在，故崛起不少新人，他们在上海控制了很多报纸副刊和杂志，作品也多数是先在报刊上连载，然后再汇编出版。

1931年，鲁迅在一篇题为"上海文艺一瞥"的讲演中，对鸳鸯蝴蝶派作了抨击，指出这种流派是才子和佳人的小说。对鲁迅的批评，鸳鸯蝴蝶派中大多数人都不承认自己是属于这一流派的。然而从作品来剖析，实属此种类型。当然，鸳鸯蝴蝶派也受到新文化的影响，作品也有一定的时代意义。如张恨水等所写的小说，不仅在当时受到读者的欢迎，时至今日，仍然拥有相当市场。而在中国电影早期，鸳鸯蝴蝶派的作品能打进电影圈，编写了许多反映时代气息和历史风貌的题材，打破了文明戏的控制，应该说，在中国电影发展史上，还是占有重要一页的。

摄影初传紫禁城

中国最早的摄影术是从清宫开始的。大约19世纪中叶才从西方传入,当时欧美国家的照相技术已臻成熟。第二次鸦片战争之后,一些外国摄影师及爱好者,先后把摄影术带进了中国。对这一新奇的事物,清室的王公大臣是由惊异转为赞美。兵部侍郎崇厚在《脱影奇观》序中称之为:"开数千年不传之秘……"刑部尚书崇实也赋诗称绝:"光学须从化学详,西人格物有奇方。但持一柄通明镜,大地山河无遁藏。"

在咸丰、同治年间,清宫中学会照相和留过影的人寥寥无几。人们熟悉及向往的依然是传统的肖像画。当时清统治阶层一度把照相视为异端邪术,排斥于紫禁城外。他们认为,用镜头对着皇帝、后妃取影,乃是冒犯龙颜,有失体统的逆举。这种观念一直延续到20世纪初。同治七年(1868),办理洋务的道光皇帝第六子恭亲王奕䜣,请英国的约翰·汤姆森为他拍照。光绪十一年(1885),醇亲王奕環受命总理海军事务，于是年4月赴天津巡阅海防，让人照了一些相片，由醇亲王进呈皇帝御览。这样，摄影照片便首次进入宫中。

紫禁城内最早尝试摄影的人，当属光绪皇帝最宠爱的珍妃。她十三岁入选进宫，聪明美貌，性情淳厚，能书擅画，与光绪意趣相投。当时摄影术传入中国虽已有数十载，但在宫中仍属严禁之列，珍妃却对照相独有偏爱，兴趣极浓。她不顾慈禧的淫威，捷足先登将摄影术引入宫闱，实属难能可贵。

光绪二十年（1894）珍妃暗中从宫外购进一套摄影器材。每天给慈禧请完早安之后，便一头扎到她的寝居景仁宫潜心研习摄影。据当年光绪大婚充任喜婆、后伴随珍妃左右的宫女刘氏回忆：珍妃不仅自己喜好摄影，也给光绪皇帝照相，还教太监使用照相匣子。而且她拍照时任意装束，姿态各异。但好景不长，此密外泄，慈禧闻之命用板笞打珍妃，并将她身边两名太监发配黑龙江充军。豆蔻芳龄的珍妃又自解私囊，暗使身边一姓戴的太监出宫，在东华门外开设了一家照相馆。不久，此事又透露出去，并被光绪的皇后隆裕密告慈禧，当即将太监传来严讯。酷刑之下，戴隐瞒不过，和盘招出，当场被乱棒活活打死。珍妃也被囚禁起来。

由于珍妃"屡次犯上"，"违背祖制，大逆不道"，再加之隆裕皇后的妒忌，专横跋扈的慈禧太后于庚子年八国联军入侵皇室外逃之前,下令将其推入井中溺死。

慈禧虽然以残酷的手段严厉扼杀了清宫早期的摄影活动,她晚年时却突然心血来潮,对照相产生了浓厚兴趣。曾传旨在颐和园乐寿堂前搭席棚,以布景屏风为衬,按寝宫内御坐间的豪华制式加以摆设,进行拍照。并将其中得意之作放成巨照,着以色彩,嵌入镜框中,悬于慈禧寝宫内。

应该说,珍妃无疑是清宫早期进行摄影活动的第一人。

风流遗韵话南社

清末民初的著名诗社南社,诞生于辛亥革命前。该社成立于苏州虎丘,到辛亥革命前夕,已有诗人二百余人参加。民国以后,发展至一千余名社友。其中名人有于右任、邹鲁、叶楚伧、陈去病、柳亚子、高天梅、陈范、苏曼殊、黄宾虹、胡朴安、马君武等,后期加入的,还有蔡元培、陈望道、曹聚仁、徐蔚南等,都是文化界的一时名宿。

据高天梅的回忆,南社创立的动机是以文字革命为旗帜,而意识不在文字之间。盖因当初社友均为中国同盟会会员,他们认为一般入同盟会者,爱国思想有余,而学问不足。故倡立南社,借以加强同盟会会员的文化素养。

马君武的寄南社同人诗最足代表南社的艺术主张。他的诗写道:

唐宋元明都不管,自成模范铸诗才;
须从旧锦翻新样,勿以今魂托古胎。

柳亚子的《金缕曲》词则代表了南社社友的反清意志和叱咤风云的英雄气概。他写道：

> 宾主东南美。集群英，哀丝豪竹，酒徒沉醉。指点湖山形胜地，剩有赵家荒垒。只此事从何说起？王气金陵犹在否，问坐中谁是青田子？微管业，付青史。大言子敬原非戏，论英雄安知非仆，狂奴未死。铁骑长驱河朔靖，勒石燕然山里。算才了平生素志。长揖功成归去日，便西湖好作逃名地。重料理，鸱夷计。

南社社友的诗，不同于遗老或士大夫的酬唱之作。他们在文学上也自有见解，提出过"诗唱唐音，不尚西江；文喜揿藻，亦非桐城，不树宗派"等有见识的话。有部分社友则喜效当时颇有影响的龚自珍体，发扬所谓"我手写我口，古岂能拘牵"的新风格。南社之词则以宋代豪放派词人苏轼、辛弃疾为榜样，抒写感慨，以激发民族精神为主。与当时崇尚形式的同光体诗派激战甚烈。

辛亥革命前后，在以孙中山先生"驱除鞑虏！恢复中华"的号召之下，创办报纸，出版刊物，鼓吹革命，宣传民众，拥护共和之声浪，遍及全国各大城市，势如潮涌。在数十家报刊中，其创办人、主持人、编辑和负责撰述重要文稿的南社社员，计有百数十人，故南社荣获同盟会宣传部表彰，时有"文有南社，武有黄埔"之盛誉。

"五四"运动兴起后，南社迅速分化解体，陈望道、曹聚仁、陈德征等人先行投入了新文化运动。后柳亚子、叶楚伧、邵力子、胡朴安、余十眉与之联合，于1923年在上海成立"新南社"，旨在推动新文化运动，社员有两百余人。廖仲恺、何香凝、朱季恂、沈定一，还有新文学家沈雁冰、教育家杨贤江等人，也是它的成员。

翌年，主张保存国学的部分南社社员，以傅熊湘为首，又组织了个"南社湘聚"，参加者百余人，其中有的竭力反对新文化运动，有的主张新旧文化兼容并包。

1935年，为纪念南社"借诗文号召天下，鼓吹革命"的精神，由柳亚子出面，联络南社、新南社的部分社员，又成立了"南社纪念会"，并吸收了社外热心支持者蔡元培、章乃器、钱昌照、曾虚白、赵景琛、刘海粟、黄苗子、郑逸梅等人参加，会员近四百人。

南社经数十年的沧桑变故，社友大多作古了。记得最后一次的聚会，是在抗日战争即将胜利的1945年春。由于右任先生在重庆曾家岩陶圆约集了柳亚子、刘成禺、陆丹林等十余位南社旧友午宴。于老即席分赠他新印的《标准草书》，并亲自写了二十件屏联，由客人自选，当场加题上下款面赠。风流遗韵，四十年前事，恍如昨日。

一次面向农民的文物展览

1941年,国民政府"中央"研究院和"中央"博物院在四川省宜宾市李庄镇联合举办了一次面向农民的特别文物展览,当时颇为轰动。消息传开,吸引了在重庆的郭沫若、江安国立剧专的曹禺以及流寓成都、乐山、宜宾的社会名流,纷纷专程赶赴这个西南小镇参观、研究。

"中央"研究院和"中央"博物院何故要在李庄举办这样一个千载难逢的展览?故事还得从头说起。

李庄位于长江之滨,距宜宾十九公里,有"万里长江第一镇"之称,李庄历史悠久,是四川省的历史文化名镇。抗日战争时期,大量的沦陷区机关单位、学校内迁,李庄便成为理想的选择地。因此,自1939年起,陆续有同济大学、"中央"研究院、"中央"博物院、中国营造学社、金陵大学文科研究所等单位迁入李庄。这样,在当时艰难困苦的条件下,进行教学和科研,一大批名人如傅斯年、陶孟和、梁思成、梁思永、李济、吴定良、周均时、童第周、丁文渊及外籍教授等会聚到了李庄。

那时的李庄,还是一个民风淳朴、民智不开的地方,人们孤陋寡闻,思想守旧。同济大学于1941年3月开课,医学院开设有解剖课,当地菜农出入这些院落,给他们送菜、干活等,解剖用的人体和研究所的研究院对古人类骨骼、化石进行研究的情景难免被他们窥见,于是"'中央'研究院吃人"谣传便在附近农村传开来。

时值春夏之交,天气多雨,"中央"研究院所在的张家大院有几处漏雨,便请了几名民工上房检漏。当其将人类体质研究所的大房子瓦揭开时,透过瓦格,猛然发现室内一具具白骨,一些戴眼镜的人围着这些人骨不知在做什么,一个个吓得魂不附体,面色如土从房上连滚带爬地跌下来,边跑边喊:"'中央'研究院吃人了!'中央'研究院吃人了!"

事情非同小可,这不仅关系到众多科学家的安全,且关系到"中央"博物院上千箱文物及中央研究院十几万册图书资料的安全!情况迅速报到专署,再转报到了内政部。研究会上,傅斯年等专家学者认为,过不在民众,实乃内地偏僻、教育落后,民智不开所致。何不启发民智,公开举办一次科学展览,普及科学、文化知识?此建议得到与会首脑人物的普遍赞同。

于是,经过精心筹备,举办了一次以当地农民为主要对象的文物展览,展出内容有古代战车模型、古代兵器、历代衣冠甲胄、国外进贡的文物和文表以及引起无知民众误解的出土的古人类骨骼和化石等。以李庄偏僻小镇之民,如何见过这等档次的珍贵展览?立即轰动四方,远至成、渝两地之学者、学生均络绎不绝地前往参观、研究。"'中央'研究院吃人"的谣传便不攻自破。以后,这样的展览还举办了多次,在同济大学三十周年校庆时,还同几个研究机构联合举办了一次科普展。这在当时传播科学知识、开启民智确实起到了不可低估的作用。

学府剪影
xuefu jianying

古代"最高学府"国子监

从中国古代教育史中可以看到,由国家办学已有悠久的历史传统。据《礼记》记述,西周国学盖由前代学制发展而成,可见在两千年以前,中国就设立国学了,西周时,设于王城及诸侯国都的就有大学和小学,周天子所设的曰"辟雍",诸侯所设的曰"判宫"。西汉时更是大兴太学,晋武帝时设国子学,与太学并立,南北朝时亦设国子学或设太学,北齐改名为国子寺。隋文帝时以国子寺总辖国子、大学、四门等学。炀帝时又改国子寺为国子监,唐宋仍袭前制。元代设国子学、蒙古国子学、回回国子学等,亦分别称为国子监。明清两代仅设国子监,为教育管理机关,兼具国子学性质,清光绪三十一年(1905)改设学部,国子监遂废,虽然历代学制有所变化,名称亦有不同,但国子学或国子监都具有最高学府的地位。北京的国子监建于元成宗大德十年(1306)。明初建都南京,在南京鸡鸣山下建国子监,洪武年间,北京的国子监改为北平府学，至永乐时迁都北京，乃改北平府学为国子监，故南北两监并存。到了清代，废南监，北京国子监就成了清代唯一的最高学府了。

北京国子监设在东城安定门内成贤街路北，建筑宏伟，房舍达数百间，主要建筑有集贤门、太学门、琉璃坊、辟雍、泮池、彝伦堂及二厅（绳愆、博士）六堂（率性、修道、诚心、正义、崇志、广业），还有御书楼和敬一亭。监外附近设有学生宿舍"斋号"几百间，所设的职教诸官有祭酒、司业、监承、博士、助教等。皇帝有时还亲自到国子监去讲学或视察，叫作"临雍"或"视学"。学生称为监生，据史料载，明代天顺六年（1462）在监的学生达到一万三千多人，此外还有"外番"（外国）留学生，如高丽（今朝鲜）、琉球、日本、暹罗（今泰国）和俄罗斯等国家都派来过学生，还有当时的蒙古，也派来学生，但不算"外番"，由此可见，当时的北京国子监规模之大，学生之多，颇为可观。

国子监作为古代的最高学府，在社会上是极受人尊重的。皇帝就叫人在成贤街的两端，用汉满两种文字刻在石碑上："官员人等，至此下马。"车马都得停下来，只许步行而过。

作为封建主义的高等教育，自然以孔子为鼻祖，以儒教为宗旨，所以在国子监东侧建了规模相似的孔庙，与国子监连为一体，整个庭院真是翠盖撑空，苍苔绣径，庭阶肃穆，风日幽闲。在这里，为封建王朝培养出大量的人才，仅在国子监里竖立的清代进士题名碑上，从顺治三年（1646）丙戌科至道光十三年（1832）癸巳补行正科止，共有进士一万九千四百多名，固然平均起来每年只不过一百多名，但对于当时的知识分子来说，也是最主要的"仕途"了。因此，就曾有过这样一位名叫黄章的儒生，他快四十岁了，还只是一个博士弟子，六十多岁才进入大学。康熙年间的一次考试时，他已到了百岁之年，大概是感于夙愿未偿而又壮心不已，便让他的曾孙子提着灯笼，并在灯笼上着意写上"百岁观场"四个大字，颤颤巍巍地来到国子监，这样可笑的事情在当时却被当作佳话来颂扬哪！

国子监除了它的宏伟壮丽的古建筑外，重要的文物算是它的藏书和石刻碑文了。它所藏的书很多，最珍贵的是历代铁制（皇帝批准的）版本，有的是稀世典籍。它的石刻也很多，但最珍贵的是石刻十三经和十石鼓文，中国历代曾有多次大规模的刻经，但不齐全，而且因年代久远而诸多失散以至湮没，残留无多。唯清代的石刻十三经尚完整无缺，它是由江苏金坛贡生蒋衡用十二年的时间，楷书写成的，后来于乾隆五十六年（1791）起，用四年时间刻成的，共有刻碑一百八十九块，约六十三万字。

十石鼓文是在十块鼓形石上。分别刻一首四言诗，歌颂秦国君游猎情况，是现存中国最早的石刻文字。历来对其书法评价很高，由于年代久远，文字大多剥落，清高宗时曾重新收集。并新刻十鼓,谓之"国朝石鼓"。

据闻北京国子监原址。20世纪50年代经过修缮后,办了一个"首都图书馆",藏书及文物皆妥为保存,那幽雅静谧的环境对于读书人来说,倒是值得向往的难得所在。

昔日北平五大学

"北大老,师大穷,燕京清华好通融;辅仁是座和尚庙,六根不净莫报名。"这是笔者当年在北平上大学时经常听到的几句歌谣。

有人认为,这歌谣指的是当时的一些名门闺秀或某些女学生的择婿标准。按如此说,则北大、师大、辅仁皆难入选;只有燕京、清华可以"通融"。

其实,这歌谣如仅仅是指择婿标准,绝不会流行得那么久远,妙在寥寥几句,又恰恰概括了这五所大学的特点。

提起"北大老",确是如此。北大的历史,可以上溯到前清的译学馆,即使在全国的高等学府中,也算得上是老大哥。倘若到北大去看看,学生的年龄也比别的学校大。这是因为北大一向没有严格的点名制度,谁都可以坐进去旁听。这些旁听生有的已经工作多年,年龄自然大一些。这样出出进进,就很难分清谁是正式生谁是旁听生了。鲁迅在《为了忘却的纪念》一文中所提到的柔石,后来以办《世界日报》出名的成舍我，都曾做过这样的旁听生。

"师大穷"：师大学生是免费入学，这就给那些家庭经济情况不好的学生开了方便之门。那时，北平的大学生多，没有钱而想到私立中学兼点课的也多。有些私立中学就乘机压价，教一小时课，一般不过两毛钱左右。有些师大同学为了两毛大洋，风尘仆仆，来去匆匆，就更显得师大穷了。

"辅仁是座和尚庙"：辅仁属天主教会，既是天主教，当然男女有别，只收男生不收女生。至于"七七"事变后，于校外另设女部，那是后话。学校不但没有女学生，工作人员也没有女的，真是目不斜视，修身养性的地方。此所谓"六根不净莫报名"也。

燕京、清华，一个由美国教会捐款，一个当初由美国所退庚子赔款建校。清华校园内不但清幽宜人，还有时髦的游泳池。燕京则有秀丽的未名湖，湖畔还有条"情人路"。往远里说，清华通过研究院有横渡太平洋镀金的希望；燕京与美国哈佛大学合作，有时可以直接送学生出国；终南捷径，人人艳羡。也难怪有些女士在择婿标准中，把燕京、清华的男士放在优先地位，此所谓"燕京清华好通融"也。

半个多世纪已经过去了，当年五大学同学，天各一方。每一念及旧日同窗，则水木清华，影事犹存；未名湖畔,踪迹尚在;红楼的旧梦依稀,什刹海的蝉声在耳,怎不令人思绪万千,三复低回!

水木清华八十年

清华,是北京学界中的"天之骄子"。"庚子"一役,中国给"八国"赔款白银四点五亿两。美国应分到三千二百多万两,合美元两千四百多万元。美国把这笔钱中的一部分分三十年"退还"中国,指定用于文化教育事业。当时正是张之洞以军机大臣兼领学部的时候,他是讲洋务的元老,于是外务部和学部合议,以此款选派人才留学美国,并在西部清华园兴建校舍,筹办"留美预备学堂"。1911年春学堂建成,因校舍在清华园,便叫"清华留学预备学堂",分中等、高等两科招生,考生名额按省分配;1921年停办中等科,1925年改为大学,1928年正式定名为"国立清华大学"。

清华校园的景色是极美的,人们以"水木清华"四字来赞美它。这四字出自南朝人谢昆《游西池诗》中的句子:"水木湛清华",清华园是当得起这句诗的。北京西部的自然环境得天独厚,玉泉山一股水流至瓮山(即今万寿山)

下一大片平原上,不但形成了粼粼碧波的昆明湖,而且形成一个小小的水网地区。早在明代,万历生母李太后的父亲武清侯李伟,就在这里修了一座大花园,因其有水有木,景色宜人,便用谢朓这句诗,名之为"清华园"。从此,西郊留下了"清华园"的地名。到清代雍正、乾隆之际,以"万园之园"的圆明园为首,在这片小小的水网地区,建起了一个园林群,有澄怀园、蔚秀园、承泽园、朗润园、镜春园、熙春园等。清华大学即建在"熙春园"的旧址上,至今已整整八十年了。

清华在"七七"事变以前,每学年招生,报名人数大约都有几千人左右,而录取只是四百名。不要看比例数不大,要知道这几千名报名者,都是各地的高材生,因清华录取标准较高,不具备一定水平的人是不会报名的。但是,"强中更有强中手",在这几千人的角逐中,要高登金榜,可想是多么不容易了。20世纪30年代初,是旧时清华角逐的鼎盛年代,当年荣登金榜的得意少年,现在都已是古稀之人了。

1937年"七七"事变后,清华师生负笈南行,先是到湖南长沙,再是到云南蒙自,最后在昆明,和北大、南开三校组成西南联大,直到抗战胜利后复校。

"清华园"走不了,留在日本侵略者的铁蹄下,敌人一度把它作为日军医院,在体育馆里喂养战马,在明斋、新斋等处住伤兵。在那些年代里,工字厅前的丁香、海棠含泪；静斋南边荷塘中，菡萏萎谢，翠盖凋零；礼堂的罗马式的圆顶默默地对着燕云；图书馆前的意大利式大理石台阶上，再没有夹着讲义的人站在那里眺望西山落日。旧日的工友，不少都住在附近的成府街上，有些没有跟着流亡到昆明，他们见到人就想说说清华昔日的繁华。

抗战胜利，"清华人"又回到了清华园，一别九年的清华园，又是水木明瑟，花柳宜人，闹闹嚷嚷，弦歌不辍。

清华，清华，这所已有八十年历史的高等学府，"水"涓涓而不息，"木"欣欣以向荣，正如二六级校友赠给母校的那幅大匾上所书"人文日新"。她是永远不会老的。

清华的毕业生，估计应不少于五万人，可以说遍及世界各地。最早的老前辈，如以年龄计算，都是近百岁的人了。不知现在还有几位姗姗玉骨犹驻人间，在此谨向他们寄以遥远的祝福吧！20世纪20年代的"清华人"，现在都是九十岁的老人了，还有不少健在者，而且有的人还在孜孜不倦地工作呢，如陈岱孙老先生即是其中之一。他1920年毕业于清华，现任北大经济系主任，听说不久前，北大为他举行了任教五十四周年和八十寿辰的庆祝会。此外，中国科学院副院长周培源，现任清华大学副校长的赵访雄，也都是20年代的清华毕业生。

30年代的清华人，那就更多了。年纪大的，七十来岁，年纪小的，也有六十多岁了。至于六十岁以下的，那在清华校友中，还是小弟弟呢！

说清华的校友中人才济济是当之无愧的。著名的学者、教授、科学家很多，科学家如竺可桢、段学复、叶企孙、萨本栋、钱三强、张子高、杨石先、梁思成、钱伟长、吴仲华等；文学家如洪深、闻一多、曹禺等，语言学家王力等，都是大名鼎鼎，卓有成就的人物；此外，一些知名的学者如熊庆来、华罗庚、马寅初、朱自清、吴有训、陈寅恪、钱学森，以及现在美国的学者赵元任、李政道、杨振宁、林家翘、陈省身、任之恭，也分别是清华各期学生或培养的公费生、资助生。清华的成就及其贡献之大，在中国各学府中，可说是屈指可数的。

水木清华八十年，清华的游子怀念着西山的秀色，怀念着清华园的涓涓流水和葱茏草木。春天到了，工字厅前的丁香和海棠，又是烂漫枝头的景象了吧。

难忘的燕园之夏

溽暑炎夏,常使我想起四十多年前,留在燕大过暑假的生活来。那一段燕园度夏,终生难忘。

燕京大学的校园夏景是美丽的,眺望西北,有隐隐约约的西山,勾抹出一片远景;颐和园的万寿山佛香阁,圆明园废墟的断壁颓垣,点染为清晰的近景。清华园校舍高楼和燕大的水塔遥遥对峙,成为北京西郊这两座最高学府的标志。在燕园之内,东大地、燕南园的幢幢洋房与西侧的蔚秀园、北面的郎润园等古老园囿相配合,簇拥着校园内的楼台亭轩、湖光塔影、蔚绿青翠、树影婆娑,真是处处赏心悦目,令人陶醉。

那一年暑期,我住在未名湖北岸的男生宿舍北楼。黎明起床,迎晓风,戴残月,先跑到临湖轩南面的球场上玩一会儿网球,然后回宿舍沐浴,早餐后,又到湖畔垂钓,待到艳阳爬上坡,略有热意,便收拾钓具而归,这时正是8点多钟,该是工作时间了。乃去图书馆,查资料、填卡片,伏案疾书,撰写文章。

午后,在去图书馆之余,偶与留校同学结伴,骑车去颐和园龙王庙天然游泳场游泳,其时东北短跑名将刘长春正在那里任场长,这位田径赛元老的体态已发胖了。有时会遇到校务长司徒雷登先生,他暑期生活是清晨骑马郊游,午后也来游水。六十多岁的老人还能和我们青年同学一起游到石舫。

晚饭后,有时去燕南园教授住宅楼拜访邓之诚、齐思和诸教授,观赏邓老珍藏的清末民初风物照片,聆听齐老谈古论今。这都非平日上课时间所能享受到的文化陶冶,时或去朗润园拜访吴雪川教授。吴老是清末翰林,在燕大是挂名校长,也给学生讲几篇古文,孤身一人,有个孙儿也不在膝下,可是门生甚众,不断有人前去承欢。他一见学生来便放下手中的书卷或正挥毫题字的笔,欣然畅叙起来,虽已白发苍苍,还是不谈到深夜不散。

新闻系主任刘豁轩,他早年毕业于南开大学,曾在天津《益世报》任过多年总编,与主笔罗隆基珠联璧合,把《益世报》办得有声有色。离开《益世报》后,即到燕大新闻系任教,他是我的良师益友,那个夏季,我是常去拜谒的,有时也在园内巧遇。

时光匆匆,一去已是四十三年。负笈燕园的游钓乐趣,培育我成长的良师硕德,不会随时间的流逝而忘怀的!

张伯苓的一次讲演

20世纪30年代,燕京大学经常邀请名人到校讲演。校务长司徒雷登和南开大学校长张伯苓是朋友,有一次他把张校长请来了。记得讲演那天,听讲的人特别踊跃,因为张伯苓的声望太高,谁都想见见这位名人,听听他的高论。

等他登台开讲,人们一听他满口天津腔,语调平淡,缺乏名人讲演时的气魄和博学的派头,有些失望。甚至交头接耳之声竟压不下去。但是,听了一段之后,大家被他所讲的内容吸引住了,逐渐安静下来。

他讲着讲着,忽然从衣袋里掏出一团绳子,叫了五名同学走上讲台,分别站在他的左右和面前,把绳子的五个绳头拉开。每人拿一根绳头;五根绳子的另一端,则握在他自己手里。然后。他喊了一声:"拉!"五个同学在不同的角度各自向外拉,结果,却被他一使劲,把五个人猛拉得都向里进了一步。大家莫名其妙,只以为是炫耀他有力气呢!但他哈哈大笑说:"不是我力大,是因为你们没有团结起来朝一个方向使劲,力量分散就没劲儿了!如果你们站在一起向一个方向拉,力量集中,我是绝对拉不过你们五个人的!"台下听众恍然大悟,立即报以热烈的掌声。

掌声才住,他又接着讲:"中国人为什么受外国人的欺侮?就是因为中国人不团结,不心齐。一盘散沙怎么会有力量呢?"

掌声又热烈地响了起来。

那天,他还讲他是如何办南开中学、大学和小学的。他说:"南开是私立学校,学费收入有限;从修建校舍,购置设备,到经费开支,都是募捐来的。"

他一本正经地说:

"我不偷,不骗,不抢,只靠到处求助,到处化缘。"

天津名流严范孙、芦木斋和徐世相等人,在南开创办初期,一次就捐过白银两万六千两。南开大学的图书馆就是芦木斋捐款建造的,所以叫"木斋图书馆",后来在"七七"事变时,被日寇飞机炸毁了。

张伯苓为南开募捐立过不少名目。他募集奖学金,一次就募到七万元。只要有人肯于解囊相助,他都乐于接受。江苏督军李纯捐过六十万大洋,他用来修建了"秀山堂"大楼。后来也随"木斋图书馆"一起被日寇炸毁。

张校长生活俭朴,全心全意办学,连他做寿日得到的亲友送来的祝寿礼款,也拿出来添补学校的经费。

协和医院话沧桑

"协和"这个名称在北京存在七八十年了。翻阅民国八年(1919)商务印书馆编印的《实用北京指南》,就载有"协和医学校",地址在东单牌楼石牌坊南;"协和道学院",地址在鼓楼西大街;"协和女子大学校",地址在灯市口佟府夹道;"华北协和女医学校",地址在崇文门孝顺胡同。但是在医院栏内,没有"协和医院"的名字。可见在六十六年前,这家在20世纪30年代名闻中外、有远东第一大医院之誉的"协和医院"尚未诞生。

"协和"学校也好,医院也好,都是美国基督教会办的,同后来的燕京大学有密切的联系。教会也有很多派系,如"圣公会""美以美会""长老会""公理会"等。"协和""燕京"都是公理会办的。其庞大的经济开支,均来自教会和美国各大财团,如煤油大王、钢铁大王、摩根财团、洛克菲勒财团等,对"协和"和"燕京"都有大量的捐款。这四个"协和"学校的名字,现在莫说一般北京人不知道，即一般的介绍北京学校历史的书上，也很少查到了，但当时都是很有名的。培养出来的学生现在还有不少健在的知名人士呢！胡适的日记，1921年5月20日记云：

> 三点半，到协和女子大学讲演，题为"什么是文学"，略如我答玄同信里的话。是日见着协和的学生谢婉莹女士，她是很能做文章的。曾有好几篇小说在报上发表，署名"冰心"，她是福建人。

现在冰心已是文坛上的老前辈了，而这段日记所记的谢冰心女士还是刚入协和女子大学，初登文坛的小姑娘呢；赴美留学、给孙伏国办的《晨报》副刊写《寄小读者》，还是在此后好几年的事。当时男女大学生不同校，其后不久，"协和女子大学"即并入"燕京大学"了。

协和医院全称应该叫"协和医学院附属医院"才对，因为它是协和医学院的教学医院。前面所说四个以"协和"命名的学校，除协和道学院是宗教性的，与外界关系不大而外，协和女大并入燕京；另外两所则合并发展为"协和医学院"，还成立了规模庞大的教学医院，之后又在清豫亲王府建筑了有名的协和大楼、协和礼堂等富丽典雅的建筑物。

"协和"是豫亲王府拆除后兴建的。据说，协和盖新楼时挖出了整缸的金元宝、银元宝，以及其他金银财宝，数额颇巨。甚至有人说，掘出来的窖藏，不但超过了购买此府的房价，而且抵得上协和大楼的造价了。这样的王府，窖藏上二三十万两白银，万把两黄金，是很平常的事；想想当年老豫亲王多大的声势，是摄政王多尔衮最宠信的亲王，其府邸窖藏之富，自在想象中。而后代子孙年代久远，不知埋在何处，自然卖房时也无法挖掘了。这所王府当时卖价十万两银圆左右，不过只合三万多美元，不足两千两黄金耳。这点房价，拆几根金丝楠房柱就可抵不少，更不用说窖藏了。

协和大楼是十几座五层、四层、三层连在一起的楼宇建筑群，全部绿色琉璃瓦，大屋檐宫殿式。楼面都是青砖水磨对缝。内部装修为当时最考究的西式设备，包括水汀管、门锁、抽水马桶等，都是一色从美国运来的。在这楼群的四周是一条围墙，也是磨砖的。围墙除东南角毗邻其他建筑而外，其他三面都是走得通的胡同。

这座在王府废址上新建的协和大楼，真是气度非凡。东西南北四个门：南面正门是医学院门；西面大门是医院门；东面后门，出入医生、护士，通护士楼、教授宿舍；北面边门通机器房、厨房，也是进煤出灰的门。

协和最热闹的是西门，每日车水马龙，看病的人都由这个门进出。这个门正对帅府园，出来就是王府井大街；而且门前出路成"丁字形"，南北都通；南面通东单三条，北面通小马神庙、煤渣胡同、金鱼胡同。西门进铁栅栏门，沿高台阶到汉白玉"丹墀"月台上，如宫殿般，三面都有楼，正面进去便是挂号门诊，往南往北进去是各种病房，不过里面也都连在一起，各处都可走通。而进铁栅栏门不上台阶，左右包过去，是平的环形路，通底层正门，汽车或救护车，可直接由左首进去，停在底层门前。病人可乘电梯到各楼诊病及进入病房。

现代医疗技术，离不开电，协和有自己的发电设备，电机房在东北角，有锅炉供发电和冬天水汀取暖用。高大的烟囱在楼群东北角，是当年东单一带最高的烟囱。

协和是在美国纽约州立案的，它的毕业生发纽约州长签字的羊皮文凭。协和医院有医学系、护育系，但都不直接招生，学生要先在燕大读三年生物系（即医预）。考入协和医院之后，先读四年书，再做四年临床实习医生，然后完成论文。再取得学士或硕士证书。考进协和医学院固然不易，读完这八年也是很艰巨的。前两年刚刚去世的著名妇科专家林巧稚大夫，就是这样艰苦地完成学业，又毕生献身于医疗事业的。

协和当年的医生和护士，除去一部分美国人而外，大多都是协和毕业生。这些毕业生，有的去美国留学，有的留在协和，还有少数在中国香港及南洋一带行医。医学系毕业生很少，从开办到旧协和医学院结束，只毕业了六十几个人。那时一进协和门，等于到了美国，由挂号一直到看病、住院，全部文件用英文；医生、护士谈话全部用英语。挂特别号，大洋十元；普通号，大洋一元；施诊号，两角，费用是相当可观的。

当年协和有远东唯一的一台"铁肺"。煤油大王的儿子于1927年春去北平游览，突然发病，用上了这铁肺，保住了生命。协和派一名医生、两名特别护士护送他从北京挂专车去天津塘沽，再坐他父亲派来的邮轮回美国。这件事当时成为中外各报头条新闻。这是"七七"事变前夕的事了，有谁还记得协和此事呢？

中国最早的外语学院

在北京"中国历史博物馆"陈列室里,有一块高约一米的石碣,正楷五字深刻,文曰:"京师译学馆",放在"同文馆"史料之次。许多参观者不明来历。原来,"京师译学馆"并非翻译单位,乃是中国在七十七年前创办的第一所规模完备的外国语言学院,在教育史上占有地位。

据该馆第一届毕业生蔡璐先生早年回忆,译学馆筹备于光绪二十八年(1902)壬寅,同学上课于翌年之9月14日,校址设在东安门内北河沿路西(徐用仪尚书的旧宅)。这是在"同文馆"基础上发展起来的一所教授外语的专门学校。同文馆为何要改为译学馆?有过争论。据说,同文馆并非美名,在宋代为监狱。宋史载,奸臣蔡京残害忠良,有异己者,即下之同文馆狱。因此才把名改了,并作彻底的整顿和扩大。

首任的译学馆监督(等于校长),由清廷委派湘乡曾广铨(京卿)充当,修治校舍,购置图书资料仪器,延访中外学者为教习，拟定招考新生计划等，开办费为白银四万多两。事未竟，曾以丧母辞职，奏以开州朱启钤（大令）接其任。

招生对象是从学有根底、略懂外文、年幼聪敏的男性中选拔（没有女生），并将师范、仕学两馆学生之能习外文者，隶入译馆内就读。学制五年，科目以中文和外文为主，外文分英、法、俄、德、日五国文字，其他课程有中外历史、中外舆图、算学、物理、化学、博物、植物、生理、卫生、体操、图画。后再增人伦道德；又有勤学、立品两门德育训练。三年，普通科学院，所余重点改授专业：教育、理财、交涉三科。学生还参加京师大学生的运动会。

从开办到辛亥革命后停办，十年中招生五次，考入六百三十五人；毕业五届，只有三百五十人。毕业生经外务部复议，均以大学生一样予以出身，奖给举人。最优等（成绩八十分以上）内用呈事，外用直隶州知州，分发通商口岸省份，尽先补用；优等七十分，内用内阁中书，外用知县；中等（六十分以上）内用七品小京官，外通判。译学馆还派出留学生，前后四次，计前往英、德、法、俄、奥、比、美、日等八国，共留学生五十人。

学生分正额和附学两种，正额生不收学膳等费，附学生各学期缴费六十元，有的附学生读了一个学期，第二个学期就升为正额生，不用交费了。正额生书籍，服装一切由公家供应。平日穿蓝布长衫作为制服,名曰"学衣";出操时发冬夏操衣和皮鞋、哑铃、步枪。晚上发照明的蜡烛,至于生活津贴,按学生籍贯由各省筹寄,广东湖南两省给学生的津贴较多;浙江省每月每人给八元;有的省也不发。

学校的监督和教习,有许多名流,如蔡元培、黄绍基、许寿裳、何橘时、陈云诰、王寿彭、范沅濂等都曾任教于此,教习中还有来自英、美、俄、法、德、日等国的"洋老师"。

当时清廷摇摇欲坠,严禁学生干政,只准埋头读书,不得过问国家大事。但历史潮流不可抗拒,译学馆内也闹学运。如发动爱国运动的捐款,参加抗议虐待华工的宣传,反对学校歧视学生的罢课等。

这所译学馆开办时间虽短,但也培养了质量较高的外语人才,在为中国介绍欧美科学文化中,起过不少作用。

北大红楼的变迁

说起老"北大",人们自然想起沙滩"红楼";说起"红楼",人们又自然想起沙滩"北大"。在北京,红楼几乎成了北大的代名词。其实老北大原本并不在"红楼",而且也不只限于"红楼",红楼是1918年才建成的,到现在也不过六十多岁。在红楼之前,人家都知道"马神庙(即后来的景山东街)大学堂",就是1898年成立的京师大学堂的原址,后来的北大理学院,也是红楼建成之前的北京大学的本部。其他还有南河沿的清代"译学馆"旧址,习惯称作"三院",长时期是北大法学院所在地。

红楼是一所砖木结构的五层楼建筑,所谓五层,是连地下室都算上,不过它的地下室特别高,而且只有一半在地下,再加上上面四层,便是五层楼了,如看平面图,它是凹字形的。六十多年前,北京内城基本上没有什么西式楼房,因此红楼一建成,便成为庞然大物,有雄视一方之势了。这种局面,一直持续了三十来年,由于这三十多年的"雄视一方",而且又在东西城的要道上,所以"红楼"便成为北京大学的代名词了。

红楼是蔡鹤卿老先生做校长时盖的。原来盖这所房子的目的,是做学生宿舍,所以一走进楼道仍可以看出当年的意图,即房门特别多,每间有一扇门。后来二楼、三楼改作教室,三间打通做一间教室,中间一扇门关起,前面一扇门进来就是讲台、黑板;后面一扇门出入学生,坐三四十个学生听课,宽宽大大正好。容庚伯、顾羡李、赵裴云等先生都在此讲过课,这已是红楼岁月的后期了。底层一直是图书馆,李守常先生做文科学长兼图书馆馆长,当时就在这里,20世纪30年代初,西门里盖起图书馆新大楼,才搬了过去。

红楼有一段很悲惨的伤心史,就是"七七"事变之后,做过六年日本宪兵队部,地下室全部成为囚牢,直到1943年才交还当时的伪北大。当时地下室楼道两头很粗大的木栅栏还未拆除,阴森森的,仿佛还能听到铁镣声。

伪北大时,楼下东面是院长及各系办公室,楼梯两边是教务、总务等办公室。胜利后,红楼改作教职员宿舍,一些单身名教授,如冀贡泉、向达、游国恩几位先生,有段时期,都住在这里。几十年了,仍历历如昨啊!

建校九十年的北洋大学

今年是天津北洋大学建校九十周年。居住本港的旧友中,有不少北洋大学的校友,他们之中有人去天津参加庆祝校庆大会近已归来,听他们谈起旧同学耄耋相遇时的喜悦情况,非常快慰。我虽没有在"北洋"读过书,但从前有几个好友在那里念书;20世纪30年代初期,我曾赴津访友在北洋大学盘桓半个多月,至今仍留有清晰美好的印象。

北洋大学在天津城北八里的西沽村北,北运河西岸。校舍之南,有桃林长堤,春天桃花盛开,是天津当时的游览胜地。

校舍是利用清代武库旧址改建的。记得在北洋大学门前还有旧炮两尊并立在武库门洞里。所谓武库,原是清代在天津的驻军老三营的兵器库。甲午战争前,李鸿章在此设立水师学堂,建造船厂和火药厂,存放军械武器,义和团战役中,遭受从杨村败退的英国侵略军的破坏,仅存库房数座。

北洋大学始建于光绪二十一年（1895），首任校长盛宣怀（当时称为督办）。校舍原在天津大营门外梁家园村，八国联军侵入后，校舍为德国侵略军所占据。庚子后，清政府决定将北洋大学迁至武库，除利用旧库房改建教室和宿舍外，并新建一座带有钟楼的正门楼，1903年学校在此复课，校名为"北洋大学堂"。可惜这座钟楼于1929年因火灾焚毁，我到天津访友时所见是新楼。

学校环境幽静，校舍宏伟，师资多国内外闻名的学者，加以课程体系完整，教学认真，实验设备丰富充实，莘莘学子，于此攻读，诚乃一生幸事！

早在清末民初，北洋大学堂和北京高等实业学堂、唐山路矿学堂、上海南洋公学，并称为四所著名的工业学校。北洋大学则以治学谨严，校风朴实而名声尤著。

在将近一个世纪的年代里，北洋大学的教师和学生中，出现了不可胜数的为工程技术和其有关的教育事业做出贡献的优秀人才，如桥梁专家茅以升、矿冶专家孙越崎、水利专家张含英等，均已是国内外知名的科学家。至于我国早期的外交家王宠惠、王正廷，政治家陈立夫、曾养甫等，以及中国共产党的早期活动家张太雷，"五四"运动时期和周恩来在天津组织革命团体的谌小岑等，也都出身于北洋大学。

抗日战争时期，北洋大学西迁离津，辗转各地历经改组，有分有合，直到抗战胜利，才返回天津复校。20世纪

50年代初,改名为天津大学,在南开大学毗邻的七里台新建巍峨校舍。现在已发展成为多学科的综合大学,学生上万,在采矿、冶金、土木、水利、机系、电机、航空、化工、建筑等科系,为国家培养建设战线上的骨干力量。这所古老的大学又年轻了!

辅仁大学与贝勒王府

当年北京的辅仁大学位于西城定阜大街,是1925年由罗马教廷天主教会设立的。那时,它的全名是"私立北平辅仁大学"。初创时,筹措的校方以十六万元租金,永租了李广桥西街清廷的涛贝勒府。

说到涛贝勒,即载涛,系清代醇亲王奕譞之子,光绪皇帝载湉的胞弟,三岁就封为二等镇国将军,宣统年间曾任军咨府大臣和禁卫军训练大臣。涛贝勒府府第阔绰,雕廊画栋,被租为校舍后,便聘教师,购图书,买仪器,置桌椅,办体育器材,当年教学设备俱已筹齐。

后来,学校利用涛贝勒府西院花园空地扩建,自1930年后便成今天的定阜大街楼房校舍。主楼设办公室、图书馆、实验室、礼堂、教室等。楼房的中心和四角为三层。其余为两层。楼后庭院,静谧幽美,游廊亭舍,闲雅宜人。后在街南辟运动场,并建造学生宿舍楼,以供学生体育活动或课后休憩之用。

定阜大街东头隔着一条小河是恭王府，它是咸丰皇帝的六弟恭亲王奕訢的府第。咸丰去世后，奕訢帮助慈禧夺权有功。为此，曾被慈禧委以议政王兼军机大臣的重任。

据考证，恭王府原为乾隆、嘉庆时大学士和珅的故宅。和珅虽然被黜，奕訢也被革职，但宅院的气派一如旧日。1935年，辅仁大学又购恭王府作为校舍，遂称其为"女院"。这座旧式王府，按格局可分为"府邸"和"花园"两部分。府邸部分按东西可划为三组院落。东院为五进院，无匾额。中轴院的宫殿式的嘉乐堂为王府正厅。东院和中院被学校用作教室。西一组以"天香庭院"为主，北面大厅仿照故宫的宁寿宫建成，设计精巧，布局庄严。后楼东西长一百七十米，楼上东悬"瞻霁楼"匾，西悬"宝约楼"匾，此楼被学校长期用作女生宿舍。而天香庭院曾作过在校任教的外国修女的宿舍。

恭王府花园部分，曲廊亭轩，山石花木，渠塘岸柳，皆布局精巧，错落有致。东北有戏楼，西北有水榭，由什刹海引水入园，环园一周而出，堪称中国庭园建筑的代表作。

由于恭王府宅中多处格局与《红楼梦》描写的大观园相仿，红学家中就有人演绎曹雪芹是游览过和珅故宅才写出《红楼梦》的。亦有人说奕訢曾大事装修过花园，装修前读过《红楼梦》，有意模仿也未可知。

因此，应该说，还是启功在1979年校注程甲本《红楼梦》的《序言》中说得好:"大观园如果确是某一家第宅园林的样子,难道作者就不怕那一家主人向他问罪吗?如果说是大观园偶合某家的园林,又怎能那么巧呢?无论南北,各地的园林都有它的特点,很少重复的。那么今天北京某人残存的某府第园林,又怎能便指为即是大观园呢?"

陈垣校长题词见大节

抗日战争胜利已四十多个春秋,追忆陈垣先生当年处于腥风血雨的沦陷古城,大勇大智,对残暴的日寇和无耻的汉奸口诛笔伐,以民族大义勖勉青年学子,那种浩然正气,今天思之犹如昨日。

陈垣先生1913年起定居北京,曾任北京大学研究所导师、师范大学史学系主任、燕京大学国学研究所所长,1926年出任辅仁大学校长。

辅仁大学原先是美国教会本笃会创办的,因为经费拮据,罗马教廷改派美德两国圣言会接管,从1936年起,教务长由德国人雷冕担任。德国和日本当时是同盟国,所以辅仁大学抗战期间得以坚持下来。卢沟桥事变后,日本人细井次郎以校务长首席秘书兼日本语言文学系主任,带进一批日籍教师,网罗和派遣进特务学生,对爱国师生加以监视;另一方面又用读经尊孔、钻研国故麻痹学生爱国意志。于是陈垣先生巧妙精辟地运用孔子的遗教箴言,鞭策学生保持名节操守，勿失爱国之志。从给各届毕业生的题词中，可见他的苦心孤诣，语重心长。

他在给1938届毕业生的题词中写道："毋事浮嚣失礼于人，毋徒顾目前，毋见利忘义，永保汝令名。"

1940年的题词是："子张问行，于曰言忠信，行笃敬，虽州里行乎哉！今诸君毕业远行，谨书此为赠。"

1941年的题词是："品行第一（人之生也直，罔之生也幸而免），身体第二（父母唯其疾之忧），学问第三（不患无位，患所以立）。近来同学颇知向学，是好现象，但每轻重倒置，故以此告之。"

1942年的题词是："毋徒事佚游宴乐，是谓之辅仁。"

这种爱国之情，也贯穿于先生这一时期的著作中。在《明季滇黔佛教考》《通鉴胡注表微》等书里，先生曾写道："人非甚无良，何至不爱其国？特未经亡国之惨，不知国之可爱耳！"对历史上的汉奸，他写道："人之恨，不比人类！"

陈垣勤奋严肃的治学态度，博大精深的才识，爱憎分明的气节，一直为朋友和学生所爱戴。记得沈兼士曾为他题写过诗句："吾党陈夫子，书城隐此身。不知老将至，希古欲弥珍。傲骨撑天地，奇文泣鬼神。一编藏颂鼎，风雨感情深。"

30年代的教授生活

在20年代末、30年代初的那些年代中,北京因政府南迁,再加受到当时世界经济萧条的影响,所以市面比较冷清。能够用以点缀的,就是一些中学和大学了。尤其是大学,国立的"三大""二专",即北京大学、北平大学、师范大学、艺专和体专,每月南京教育部有一笔固定款项汇京。清华也是国立,但用的是"庚款",是另外一笔;燕京、辅仁、中法、协和医学院,都是教会办的,款由教会拨。另外还有私立的中国大学、民国大学、华北大学、京华美专等。一些著名的大学,经费充足,讲师、教授的工薪都比较高,因而就生活优裕,颇为大家所羡慕了。

《爱曼罗兰传》一书的译者鲍文蔚先生,曾留学法国,回国后20世纪30年代初在中法大学做教授,另外又在东华门孔德学校兼课,收入在三百元左右。当时物价便宜,面粉只要三元左右一袋(二十二公斤),有些牌子的面粉(如兵船、炮车)一袋只需一元五。三百元收入就很可观了。当时鲍先生住家共有两个小院，八间北屋，有盥洗间，有浴缸，有庖人、女佣，还有自己的包月车。书房、客厅四壁书架上有由法国带回来的千种精美书籍。这在当时还是一位普普通通的教授，其生活之优裕可以想见。

有些留学国外的教授还娶了外国夫人。有的外国夫人自身也是教授，他们住的往往是有花园的房子，生活水准之高，是可以想象的。

20世纪30年代初，北京国立大学还有"部聘教授"的名称，即聘书由教育部发，如刘半农、钱玄同、徐志摩几位先生都是，薪金高达五百元。可惜好景不长，"渔阳鼙鼓动地来，惊破霓裳羽衣曲"，"七七"事变之后，教授生活每况愈下，一落千丈了。

在1937年至1945年北京沦陷期间，"有四大贱物"之说，就是"坐电车、吃咸盐、买邮票、请教员"。因为别的东西都因纸币贬值，不断涨价，而这四样东西，却迟迟未曾涨价，因而谓之"贱物"。教授虽是"请教员"中的最高档，但其为"贱物"，则是一样的。

教授的生活水准，是随着纸币的不断贬值而下降的。在谢刚主先生给徐一士先生《一士类稿》写的《序言》中有几句道："在一两年前的生活，尚不至于像现在这样贵，我们所约的地点，总是喜欢在中山公园上林春吃茶，顺便吃一点点心。后来上林春是吃不起了，就跑到来熏阁闲坐，有时光请他们老板买一点烧饼和面条，就当晚饭。"

这就是由战前的吃馆子,到沦陷初期只吃点点心,再到买烧饼当饭。不过这是家中人口少,有余力的。在最艰难的吃混合面(用玉米茎、花生皮、各种"仓底"等磨成)的年月里,家中儿女多的一些人家,即以一等教授之尊,想每餐吃一碗素热汤面或两三个芝麻酱烧饼,也都是要煞费苦心,甚至是很难办到的。

冯承钧老先生是国内外都闻名的历史学家,瘫痪在病床上,形容憔悴,但为了生活,为了学术,也为了青年,还要支撑着为同学们上课,同学们就到家中围着病床听先生用微弱的声音讲授《西域史》。这正是吃混合面的年代的事,其后不久,先生就去世了。《中原音韵》的作者,著名音韵学专家赵荫堂先生,穷得在冬天只穿一件破羊皮袍子,破羊皮像面条一样从袖口落下来,上课时不好意思,一会儿塞进去,一会儿又落下来,扯扯拉拉,弄个不停;几支最次的卷烟,还要限制定量与夫人分着吸。现在还健在的甲骨、金石学专家容庚伯老先生,到学校时坐不起车,冬天,顶着大北风,骑着破自行车从宣武门外老墙根到沙滩上课。就如前文说的鲍文蔚先生吧,这时在沙滩文学院做法文系主任,家搬到东板桥小胡同中,再也用不起庖人、女佣等,只好由鲍师母自己做饭。先生也无力坐车,只好天天"开步走"去上课了。

学府往事

多而杂的私立中学

我读中学的时候,北京的私立中学(不算教会的,只说中国人办的),确实不少,现在记得起名字的有志成、四存、成达、宏达、北方、中华、山东、求实、燕冀、春明、明德、华光、平民、艺文等,这些学校,各有派别。在教员中,主要是两大派,即师大派、北大派。而师大派的实力雄厚,在地域上,也各有派系,如志成是冀东派,四存是河北高阳、蠡县派、它是讲求清初颜习斋、李恕谷学派的四存学会办的。如北方、宏达,都是东北人办的,也是师大派,有的资格很老,如求实中学,在光绪末年就办起来了。当时中学男女分校,大的私立学校,有男校也有女校,有的则只有男校或只有女校,如春明,在宣外大街路西,光华在西单白庙胡同,翊教在西单堂子胡同,这些都是女子中学,著名的已故名伶言慧珠,就曾在春明读书，演电影的白光，在光华女中读过。

私立中学，都有一个董事会，选一个在政治界、教育界有声望的人做董事长。志成中学的董事长，就是在20世纪20年代末、30年代初做过北京师范大学校长的邓萃英氏，也就是美籍原子能加速器专家邓昌黎氏的父亲。30年代中叶，滦县李蒸氏由法国深造归来，为河北高阳籍的李石曾氏所看中，就支持他当了北师大校长。志成中学校长吴鉴同李蒸有亲戚关系。因而李蒸对志成十分支持，师大附中的好教员，如教数学的萧佩荪、申介人等，都在志成兼课。两边赶场，一部包月洋车，跑来跑去，这边早下点课，那边晚上十分钟，中间再加十五分钟课间操，在三四十分钟内，可以由和平门师大附中直跑到小口袋胡同志成中学。

私立学校经费全靠学生交学费，它又要广收学生，又要培养能考上名牌大学的学生来为它做活招牌，以广招徕。办学者想出窍门，即按程度分班，成绩最好的班级，人最少，只有五十人，教员也好，而成绩差的班级，人却多，八九十个，教员也差。实际就是用差的班级的钱来培养好的班级的学生，再用好的班级的升学率为学校制造声誉。

教会中学话春秋

教会学校登招生广告时，也说是私立，并不说是"教会"立的，当年这些学校的数字也不少。而且居然也会有派系，什么圣公会、公理会、长老会等，各有各的学校。

教会中学中，资格老的要数汇文中学，学生最多；最热闹的，要数育英中学了。汇文在船板胡同，育英在灯市口。男女分校，汇文、育英只有男生，而在它们旁边，又都有女中，汇文旁边是慕贞，育英旁边是贝满，好像是标准的一对儿。著名女作家冰心是贝满的老校友，现在也已八十多岁了。当年在《晨报》读《寄小读者》的小读者，如今也都六七十岁了，时间是一个多么令人感到吃惊的怪物呢？

教会学校中崇德、崇慈也是一对儿，不过两校离得较远，崇慈在交道口，崇德在绒线胡同。天主教办的中学，首推辅仁附中男女校，男校在什刹海西，女校在太平仓。此外，西什库教堂前有所学校，和万桑酱院对门，校名记不清了。还有一所很少被人知道的天主教中学，就是宣武门里顺城街天主教南堂的首善中学，办得无声无息，几乎被人遗忘了，要不是我做学生时替它改过一个时期卷子，我也不知道有这么一个学校。

有一所非教会学校，却与天主教有密切关系，那就是以法国哲学家孔德命名的孔德中学，这也是中法教育文化基金会提供经费的学校，它还得到北大文学院一些名教授的支持，如马隅卿、沈尹默、钱玄同、周作人等都在这里兼过课，而且马隅卿主持过这里的图书馆，买过不少好书，而且不少都是孤本，当年在琉璃厂、隆福寺买旧书的大户，"孔德"也算一家。

北京私立中学大多都比较穷,房子很差,不是设在破庙,就是设在破会馆或破大院。而教会学校则不同,它们经费充足,房子也较好,在当时北京人看来,已是很了不起了。如汇文,校舍大,全是灰色砖砌的洋楼,还有风雨操场。再如崇德,在绒线胡同中间路北,有很大的足球场,有三层教室大楼,而且它还有一个小游泳池,这真是了不起的事!当时全北京市只有中南海有一个公用游泳池,而崇德竟以一个中学也有游泳池,多么难得呢?

各有千秋的公立中学

公立中学包括国立、市立、省立三种。国立的有师大男附中、师大女附中。师大男附中在和平门外新华街,这处校址原来是清代邮传部尚书陈璧建造的学堂,林琴南由杭州来北京,最早就是到这个学校教书的。

师大女附中,在西城辟材胡同。两校同属师大,都是师大毕业生"试教"的中学,但各自为政,各校有各校的领导。这两所学校,一直是北京中学中的天之骄子,教学质量最好,学生出来大都能升入清华、北大等最高学府,现在在世界各地师大男、女附中的校友,一定不在少数吧!自然也有没有升大学,走了另外途径,后来取得很大成就的。如抗战时,有"重庆程砚秋"之称的京剧名伶赵荣琛,就是师大附中的学生。

北京当年市立中学,男校有五所,即市立一中到五中；女中有两所，即市立女一中、女二中，另外市立的中等学校，还有市立师范、高工、高商等。其中北京市立师范影响最大，有一个时期，几乎北京的小学教员，十之八九是北师毕业生。北师在西城北沟沿祖家街，出过一个著名人物，那就是《骆驼祥子》的作者，本名舒庆春的老舍先生。他在国内的最高学历是"北师毕业生"。北师毕业的学生，不能直接考大学，要当几年小学教员之后才能考，因为它是免费又管饭的学校。

五所市立男中，一中在南长街，二中在内务部街，三中在祖家街，四中在西什库，五中在交道口南府学胡同。女一中在北长街南口，女二中好像在方家胡同，后来又在西四历代帝王庙办起了女三中。在这些市立中学中，男中以四中最好，几乎可以和师大附中一较轩轾。已故著名留德历史学家朱契，就是四中的老校友。女中内女一中较女二中出名，也培养过不少知名之士，市立中学都是由北京市教育局提供经费的，经费有限，所以当时发展也不大。有的市立中学还比不上教会中学或私立中学呢。

省立有一所河北省立第十七高级中学，简称"十七中"，只有高中，经费由河北省提供，这是一所著名的学校，学生成绩很好，基本都能考上国立大学。

令人难忘的小学

北京当年作为文化古城，大学、中学不少，小学也很多。而且有不少著名的特殊的小学，现在海内外不少知名人物中，都是在这些小学中度过他那美丽的童年的。"千秋万岁名，不如少年乐。"即使做大总统，恐怕也不会忘记他背着书包第一天上学时的情景吧？

在北京的小学中，几十年首屈一指的，还是师大第一附小、师大第二附小。第一附小就在和平门外师范大学对门，校舍最好，师大没有礼堂，常常集会要到附小礼堂举行。二附小在西单东铁匠胡同，在某种程度上，它比一附小的名气还大。这个小学的毕业生后来不少都成为著名人物，王光美就是师大二附小的老校友。它在20世纪30年代时，很有点特殊性。当时各小学都规定穿黄咔叽布的童子军制服。只有师大二附小例外，它的制服很特别，夏天女生穿月白士林布大襟小褂，黑裙子，领子上镶两条红线，戴白布做的小边帽子，像运动场上裁判戴的一样，也有两条红线。有谁还记得这特殊的儿童制服呢？穿过这种制服的人，现在还有几人呢。

北京师范附属小学办得也很好，地址在甘石桥红庙胡同。这个小学是北京师范的"试教"小学，办得很活泼。当时在学校中有一种活动：成立模拟的市级机构，曰"拂晓市"，在同学中选举"小市长"，各局"局长"。老同学张中和，荣任过1935年到1936年度的"拂晓市市长"，前年见面，还谈往事说，一下课就到"市长办公室"料理"市政"。口气很大，大小也是拿过印把子的人了。可是后来，他从来也没有当过市长。

不少教会中学，也都有附属小学，如育英、汇文都有小学。孔德小学也是很有名的，这是陈香梅女士的母校。东单三条的法国学校，更是特殊的学校。当年大诗人徐志摩的夫人陆小曼女士就在这里读过。自然是十分贵族化的了，西长安街艺文小学，也是特殊的，它用的是奥地利人夸美纽斯的"导生制"，由学生自治，成绩好的同学教成绩差的同学。相对的四存小学，则用的是老的读"四书"的办法，各有千秋，都教育出不少好学生。

香山有个熊希龄氏办的香山慈幼院，也是小学。甘石桥有个洁民小学，校长是章宗祥氏的女儿，办得很有成绩，是私立小学中的好学校，办了不少年，现在很少人知道了。

北京最早的师范学校

早年的北京,只有一所师范学校,即北京师范学校。如果从它的前身京师督学堂于光绪三十年(1906)建立算起,到1958年北京师范学校停办,它应该是度过了漫长的五十二个年头。

鸦片战争后,国难日深,民族危机日趋严重,一些开明人士提出了兴办教育的主张,如康有为、梁启超、谭嗣同等人就曾上书光绪,奏陈"改良政治,振兴国事,变法维新",其根本在于"教民"。康在《公车上书》中指出:"夫才智之民多,则国强;才智之民少,则国弱。""学则智,群则强。"梁亦提出"变法之本在育人才,人才之兴在开学校,学校之立在变科举"的主张。北京师范学校是在这种形势下创建的。当时京师督学堂选派了有新文化及科学知识的归国留学生夏锡麟为校长;后由留学生陆钧为第二任校长;第三任校长是方还,方是著名的书法家;后来曾给冯玉祥讲过课的史学家李泰也当过校长。

京师督学堂经费充足，考试制度严格，校风良好。由于学校的设备完善，学生所需书籍、纸张、文具，以及食、宿、制服都由学校供给，招生范围又不限地区，且毕业后任小学教师，在当时不仅待遇不错，还极受社会尊重，故常常报考人数超出录取名额的几十倍。据笔者所知，1928年前，作文试题曾有《好学近乎智》《勿曲学以阿世》之类；1930年有《论自治应从学生做起》等，可见题目之难。其师资也远非一般中等学校所能企及。建校初期多数是留学生；稍后，则多为大学教授兼课。中期以后也有不少名教师，如熊佛西曾教戏剧理论及导演，黎锦熙曾教"国语文法"，白涤洲讲汉语语音，著名画家李苦禅、王雪涛、于非闇、李智超、谢时尼等教国画，著名西画家孙信教西画……

北京师范学校的考生大多为贫苦人家子弟，所以学习备极刻苦，因而成才者颇多。现在体育界著名人士钟师统，即是1931年考入该校的十一届学生；著名作家老舍及其夫人胡絜青女士，也都是该校的高材生。还有第四届毕业生朱恩德，1919年曾作为中国田径队队员，参加在菲律宾首都马尼拉举行的第四届远东运动会，以顽强的毅力夺得了十项全能和五项全能冠军，为祖国争得了荣誉，震撼了东方体坛。另外，音乐家老志诚、王洛宾，作家丛维熙等，也都是在这所学校的培养下成长起来的。

北京师范学校是当年北京唯一培养小学师资的学校，

该校毕业生大部分从事小学教育工作，它为北京的基础教育所做出的贡献是永载史册的。

戏剧学校旧事

李和曾、李世济等这次来港演出,备受好评。李和曾是前"北平戏剧学校"的学员,是"和"字辈的,同王和霖同科。当年戏剧学校旧事颇有可忆者。

北京在过去培养京剧演员,只有"科班",没有学校,如早期的喜连成(后改名富连成),以及尚小云办的荣春社。教授方法也都是老式的,而且出科成为名角,要有相当长的时期,所以有"三年出个状元,三年出不了个戏子"的谚语。在20世纪20年代末,程砚秋和焦菊隐等筹建了一所戏剧学校,想用较新式的教育方式来培养京剧演员,这就是"北平戏剧学校",还请了陈墨香、齐如山等人为教习。其实说是新式教育,可在教法上仍同科班差不了多少,只是增加了一些新式文化课;另外除招男学员之外,还招一些女学员。不过这是北京历史上正式以"学校"为名培养京剧演员的园地,其承前启后之意义是不容低估的。而且老科班师父教戏,常常用打的办法。戏剧学校对这种陋规,基本上革除了,这在当时,不能不说是一个不小的进步。

戏剧学校一共办了五期,按字排是"德、和、金、玉、永",成绩不错。在这五科中,生、旦、净、末、丑都出了不少名角。"德"字辈中,当年知名的有傅德威、宋德珠;宋德珠轿工好,那时是很出名的"刀马旦",和李世芳、毛世来等被誉之为"四小名旦"。"和"字辈有王和霖、李和曾等;王和霖唱做极像马连良,故有"小马连良"之称。"金"字辈则有武生王金璐,以及沈金波等。"玉"字辈女演员出名的极多,如李玉茹、李玉芝、侯玉兰、白玉薇等,当年有戏校"四块玉"之名。"永"字辈中有一青衣陈永玲,也很不错。也有原来是戏校的学员,中途因故离开,后来又成为红角的,那就是吴素秋,其《人面桃花》一剧,唱、念、做工都是不可多得的。

昔日京华忆"孔德"

现在位于北京东华门大街路北的二十七中学,原是清皇朝宗人府的孔德学校。校名"孔德",是来自法国哲学家奥古斯特·孔德,因与当时的北大三院紧邻,所以受其影响颇深。

宗人府原来的红大门很神气,约有三间大。进门后经过一个小门,旁有台阶进入正厅,便是学校的办公室、图书馆和客厅,有门可直通后院。后院正厅是礼堂,礼堂后边有三间房是音乐教室。左边小门进去是高小,再后院是木工房,沿东房有一大排是库房,然后往北是小学的操场,再往里走是初小部,一个朝南大教室是幼稚园。往东是个小院,东房住的是钱玄同,开后门是北河沿。后院右边往西是中学部分,最西是两个操场,中间隔有教室,美术室亦在其中,最北面有高墙。

早期孔德学校的校长,一直是蔡元培,有许多北大的知名教授,如钱玄同、沈兼士、马裕藻、周作人等,都曾在孔德任过校董。

但当时作为中、小学生，对孔德这位哲学家，一般都没什么兴趣，除了在校歌中提出"孔德、孔德，他的主义是什么"能涉及孔德的内容外再无其他可言，况且这首校歌大多数学生也不喜欢唱。

孔德学校的办学方针，与其他学校相比，有着显著的不同，虽然没有明确提出"爱校如家"这类口号，可实际上是朝着这个方向努力的。如师生关系、同学关系、高低班关系等，都要求做到亲密无间。

当时的孔德也有许多大家子弟，如给梅兰芳编剧的齐如山，至少有八九个子弟是孔德毕业的；还有沈尹默、沈兼士的子女，钱玄同的三个儿子也都在孔德上学。当时孔德的学费相比一般的学校还是比较低的，大约是灯市口育英中学的一半。

孔德为了鼓励学生好好学习，对取得优异成绩的，从小学起，学校就给以免费学习的奖励，全班得第一名的，全免学费，得二、三名的半免学费。

日本人侵占北平时，孔德又有了自己的校刊，主要是受北大新文化的影响。这种校刊一年出三四册，只要学生的作文有特色，就可登在校刊上发表，并奖励校刊两本。学生看到自己的作文登在了校刊上，感到格外自豪。

孔德学校的考试都非常认真，每学期考试都是打乱班次，公布考场。让考生都处于陌生的群体中完成试卷。如此严格、正规的考试,为的是让学生经历孔德考场之后,再进入到其他学校考场以后,不至于惊慌失措。

孔德学校很重视学生的课外活动与美育,每周的星期六下午举办各种活动班次,而且聘请了一些知名的教员任教,如油画家卫天霖就在孔德执教多年,他不仅教绘画,而且还带领学生参观画展。女生另有刺绣组,可以学刺绣和织毛衣,男生另有木工组,可以自己做些小物件。

往事如烟,昔日在孔德毕业的学生如今有许多已经成为名人,如钱三强、吴祖光以及在美国的陈香梅等。

贝满女中状元多

曾在北平贝满女中任教的大学同窗，寄来该校《建校一百二十周年纪念册》，大开本，一百七十页，彩照一百一十张，印刷装帧都十分精美；封二是老舍夫人、名画家胡絜青画的巨松，题诗曰："东风骀荡育青松。"此外还有曹禺、冰心、冯友兰、臧克家、黄宗洛、李默然等知名人士的题词。曹禺题："拼却老红一万点，换得新绿百千重。"冯友兰题："振兴中华，再接再厉，修整园地，日新又新。"臧克家题："一百二十年树人，栋梁之材何止百千？回顾悠久历史，瞻望前程广阔无限。"

翻阅其中介绍，贝满女中培育出的状元可谓多矣！如冯玉祥夫人、20世纪50年代曾任卫生部长的李德全，系1915届校友；全国妇联副主席、中华护理学会理事长、南丁格尔奖章获得者王秀瑛，系1926届校友；中国科学院学部委员、上海复旦大学校长谢希德，系1938届校友；中国科学院十五位女学部委员中，就有三位出自该校。此外尚有著名戏剧家孙维世、钢琴演奏家鲍蕙乔等。其中,教授、研究员、工程师、艺术家、作家、画家、新闻工作者,以及厂长、经理等遍布海内外,无计其数。

笔者记忆中,该校在灯市口附近。校园很美,鲜花颇多,地铺草坪。训怀堂前有玫瑰花,东夹道有长长一排松树,中院有紫色的藤萝,后院有排排翠竹。还有几棵洁白的丁香,生长茂盛,花儿虽小,但香气浓郁。总之校舍整洁,窗明几净,学习环境清静幽雅。

贝满女中,因1864年美国公理会教士贝满夫人创建而得名。当时教师多系传教士,学生大多为教徒,圣经课为必修课。至20世纪30年代后,学校之宗教气氛才日趋淡薄。

学校以"敬业乐群"为校训,并订有明确"学则"。对考勤、成绩考核、升留级制度都有严格规定。无故旷课,既扣操行成绩,亦扣学科成绩。学生衣着要求庄重朴素,在校穿"学衣",体育课换"操服",穿硬底鞋不能穿过操场,院内穿行不能践踏草坪,若有违反,则给予批评甚至处分。当时教师皆大学毕业高材生,一旦发现不能胜任教学或不足为人师表者,则下学期不复聘请,故教学质量高且稳定。

每届高中毕业生举行辞别会,常常排演大型剧目。犹记曾演出过话剧《雷雨》《日出》《万事师表》和京剧《孔雀东南飞》等。虽系业余,亦十分精彩。

同窗寄纪念册时附函云,该册主编拟陆续出海内外校友回忆录,尚在征集稿件。笔者亟待一读。

南开学校的"格言"

在北方最有名的中学之一是南开中学。从南开毕业的校友,在事业上获得成就者大有人在,提起南开学校,就会想起学校东楼走廊内悬挂着的"容止格言"。这格言是被学校列为"新生入学须知"中注意事项的第一条,张伯苓校长在讲话中也必多次训导的。格言共四十字,至今还能记得起来。那就是:

> 面必净,发必理,衣必整,纽必结。头容正,肩容平,胸容宽,背容直。气象勿傲勿暴勿怠,颜色宜和宜敬宜壮。

这格言的内容,虽仅系对学生仪容和举止的要求,但在道德修养上具有丰富深刻的意义,对成长中的青年的优良气质情操的培养,起过很好的作用。这格言的撰写者是南开学校的创始人严范孙先生。

严范孙是一位为人所敬重的教育家,从给南开撰书的格言,也体现了他个人的道德修养。他严以律己,行必践言,他认为"惰既废事,慢亦败德,二者终身戒之,惟恐不力"。因而在他的日记中常有自愤、自省之语。他三十岁戒赌,四十岁戒烟,五十岁戒酒,六十岁因病从医嘱才稍进酒。严范孙对于社会上的陋俗恶习与不良风气,也常常褒贬劝诫。1910年李石曾出版《吸烟与经济卫生实业上之关系及戒烟之法》一书后,他立即为之翻印一万册,并亲作序言,痛斥麻雀牌是"恶道",彩票是"罔民",吸烟为无形之害。呼吁人们除此三害。

他也反对冶游狎妓。参加友人宴会时,遇有征妓侑酒者,即借故辞去。1916年得知北京有一"社会改良会",反对纳妾,他即加入该会为会员,并投寄文稿,为之声援。

严范孙生活朴素,自奉俭约,但乐于助人,在乡里扶危济贫,多行善举。特别是他居官清廉自守,虽曾任贵州学政和学部侍郎,但却两袖清风。

蔡元培曾说,严范孙"对于旧道德素称高贵"。胡适称颂他是"中国旧道德传统和学识渊博最可敬佩的代表人物"。严范孙的为人如此,他所撰书的南开格言也自然体现他的道德修养了。

六十春秋的耀华学校

不久前,居台湾地区的一老友到天津探亲归来,途经本港,带给我一本《耀华学校建校六十周年纪念专刊》。去年9月20日,是天津耀华学校成立六十周年纪念,学校邀集历年毕业同学,举行了盛大的庆祝会,编印了这本专刊。翻阅之下,几十年前的天津旧事,重现在眼前。

天津耀华学校的前身是"天津公学",成立于1927年6月,原是专为英租界内居住的中国少年儿童求学而设立的。

初创办时,校址在英租界戈登道,招收学生四十六名,于1927年9月1日开学,为初级小学,仅有教员四人。第一任校长为曾任北洋大学学监的王龙光。其后入学学生增多,学校迁至红墙道,扩充为高初级两级小学。严松章继任校长。

随着学校的发展,校舍不敷应用,学校董事会决定由壮乐峰负责筹建新校舍。遂在英租界内墙子河畔二十九号路择定洼地五十三亩，请英国人建筑师安德森设计，按照发展为中学的规模，从第一校舍至第五校舍，1938年全部竣工。学校扩大招生，英租界以外的市区居民子女亦可入学。

在建筑新校舍期间，陆续招生入学，1935年改名耀华学校，寓意为"光耀华人"，并定校训为"勤朴忠诚"。此时的校长为赵君达。赵在北洋大学毕业后留学美国，取得哈佛大学博士学位，返国后曾任北洋大学校长。他治校认真，在天津教育界声誉卓著。1937年抗日战争爆发，天津沦陷，他坚持民族正义，在租界地区内继续对学生进行爱国教育，遭到敌伪势力嫉恨，不幸于1938年夏被暗杀殉国。

耀华学校历年多知名教师，如数学教师王瑜庭、语文教师陶继安、音乐教师张肖虎、体育教师姚思汉等人，都令毕业的学生常常怀念。六十年来，毕业生有一万五千多人，人才辈出，遍布海内外。有"美国电脑大王"之称的美国王安公司华裔总工程师朱傅矩教授，即耀华学校20世纪40年代的毕业生。

熊希龄创办慈幼院

熊希龄氏，字秉三，因他是湖南湘西凤凰县（在清代建制为直隶厅）的人，所以人称"熊凤凰"。多少年前，誉之者称他为慈善家，毁之者称他为"慈善起家"，加了一个"起"字，意义便大不相同。

熊氏自光绪十八年（1892）点翰林之后，做了一阵子庶吉士，后来回到原籍湖南，和陈三立（陈宝箴子，名诗人，陈师曾、陈寅恪之父）、黄遵宪、梁启超、谭嗣同等筹办"南学会"时务学堂。戊戌时，本来和江标要补"四品京堂"，人都引见，不料让王先谦参了一本，戊戌政变后，以"庇护奸党，暗通消息"的罪名，受到革掉庶吉士，永不叙用，并交地方官严加管束的处分。到了庚子之后，赵尔巽为他奏请免了处分，以二等参赞官的身份，跟着载泽等人出洋考察，从此熊又走上仕宦的道路。民国二年（1913），出来组阁，担任国务总理兼财政部长，袁世凯称帝，熊氏去职，住在天津。袁世凯死后，正遇上京南、冀中一带闹大水，灾情严重，熊氏以在野身份，出来督办水灾河工善后事宜,这是熊氏从事"慈善事业"的开始。

水灾之后,无家可归的儿童极多,熊氏广泛募集经费,筹备资金,在香山静宜园边上盖西式房子,建立"香山慈幼院",收容这些无家可归的儿童。1920年,校舍全部盖好,请来教师和工作人员,有名的香山慈幼院正式在风景秀丽的静宜园边上成立了。一直到抗日战争爆发止,香山慈幼院在北京一共存在了十六七年,北京沦陷之后,便无形中关闭了。

香山慈幼院办院之初,是收容水灾后无家可归的儿童,但因后来办得很有成绩,校址又在风景优美的香山,所以不少阔人也把小孩送到香山慈幼院上学,因此香山慈幼院中,便有两种学生,一是孤儿,一是阔人的子弟,因为学生都是住校的,学习专心,所以学习成绩一般说是很好的。学校后来不但有自己的校舍,而且有自己的果园、小工厂,还发行院刊,熊氏一直是慈幼院的董事长,抗战前夕,曾著有《香山慈幼历史汇编》二十二篇,香山慈幼院遂闻名于世。

值得一提的是,在香山还有一所建校更早、声誉卓著的公立小学,校址在香山买卖街南不远的红山头,校舍全为中式建筑,古色古香。清末为八旗子弟学校,专收八旗贵族子弟,民国后改称香山小学。红山头小学教学育人向来都很有特色,是一所办得很有成绩的老校。这些未免偏离本篇的正题,故不多叙。

临清"武训义塾"

"武训先生终身行乞兴学,是我们教育史上一位奇特伟大的大人物",这是当年冯玉祥先生撰写的《千古奇丐武训先生的生平》一文的开头语。

《清史稿》列传孝义三有武训传:"武训山东堂邑(今属冠县)人……孤贫从母乞……稍长且佣且乞,自恨不识字,誓积资设义学……积金千余建义塾临清。"

在武训家乡冠县柳林镇和他曾办过义学的临清都曾流传过许多武训行乞办义学的故事。武训筹资办义学,不惜为别人干苦活重活,吃最差的饭食。甚至为省钱剃头仅剃半边,还唱道:"左边剃,右边留,修个义学不犯愁!"他为了多得点工钱,为人推磨时,故作驴状,学驴叫,还蒙上"眼罩",唱:"不用格拉不用套,不用干草垫磨道!"以博主人笑,多收点工钱。他外出行乞时,也常念念有词:"我要饭,你行善,修个义学你看看!""黑狗白狗你别咬,义学症憨豆沫来到了!"以引起人们对他办义学的关注和同情。有时他为得几个小钱,竟吃蝎子、蛇、碎砖烂瓦,还唱:"吃蝎子,吃蝎子,修个义学我的事!""喝脏水,不算脏,不修义学真肮脏!"他五十多岁时,已积了一笔钱,有人劝他娶妻生子繁衍后代,他却说:"我活一天,就办一天义学,有了老婆孩子,他们的衣食都要用我的钱,碍我的事,违我的心愿!"还是唱:"不要老婆不生子,修个义学才无私!"

经过他超乎常人的不懈努力,他积累了一些资财,也感动了一些乡绅。在他恳求下,堂邑乡绅杨树芳才答应出面为其理财,筹建义学。

光绪十七年(1892),他已建成义学两处,又来到距他家乡几十里远的临清乞讨筹资。临清曾是卫运河沿岸重要商业城市,他想在此地再修一处规模大些的义学。

当时临清钞关街有绅士施善政,闻武训来到临清,敬佩他的精神,主动把他从破庙中接到家中,而武训竟借机恳求施先生为其在临清筹建临清"武训义塾"。施善政也未推辞,约请了友人冯长泰等人着手筹办。他们先在城内中州御史巷内耗资四百余两,购宅院一处,又拨银六百两交冯长泰承管利息,做办学经费。后来义塾逐年扩充,规模已超过原来柳林、陶馆义学,临清义塾延聘了王丕显先生为教师。王先生字绍文,为人笃实好义,深得学生爱戴。

光绪二十二年(1897)4月,武训病倒在临清义塾檐廊下。

千年学府翰墨香

　　岳麓书院位于湖南省长沙市，因岳麓山而得名。它和江西白鹿洞书院、河南睢阳书院、嵩阳书院并称为中国古代四大书院。据考，早在唐末五代即有寺僧智璇在此处读书。宋太祖开宝九年（976），潭州（现长沙）太守朱洞采纳刘鳌的建议，创建了书院。大中祥符八年（1015），宋真宗赐书"岳麓书院"匾额，从此书院名闻天下，声誉大振。南宋时，朱熹曾两次来此讲学，授徒达千人，是岳麓书院的鼎盛时期，有"潇湘洙泗"之誉。明初，由于朱元璋推崇官学，书院地位下降；明中期以后，才重新受到重视。到了清代，康熙、乾隆都曾御赐匾。1903年，在引进西学、废书院之风的影响下，岳麓书院改为湖南高等学堂。

　　岳麓书院曾几经灾毁，又几经修复。现存书院是清代所建，为中国迄今保存最完好的书院建筑。它坐落在岳麓山青枫峡出口处，背倚层林叠秀的赫曦峰，面临碧波粼粼的湘江，有"大泽深山龙虎之气"，可谓地势不凡。书院内，飞檐流彩、青石铺地、白壁红柱，互相辉映。整个书院清雅、幽静，实为读书养性的佳处。在书院的建筑格局上，体现了讲学、藏书、供祀三大功能，历代相沿发展，大体未变。

从正门步入书院，迎面便是赫曦台。台左右两壁各有一个一丈多高的大字：右壁上是"寿"字，左壁上是"福"字。只是"福"字与"寿"字相比，总觉略为逊色。

下赫曦台，穿过大门、二门，对面就是讲堂。讲堂是古代书院讲学的地方，厅中悬挂有两块金字木匾：康熙御书的"学达性天"和乾隆御书的"道南正脉"。讲堂左右两壁嵌有朱熹到书院讲学时手书的"忠孝廉节"四字石刻，每字足有一米见方。讲堂中央摆有红漆木椅，是大师讲学之位，听课的生徒则在讲堂前的石板地上置草团而坐。有趣的是此处并排摆着两张木椅，而非一张。原来，宋乾道三年（1167），朱熹白福建崇高来长沙拜访当时的山长张栻，两人观点不同，主张"格物"的张栻和主张"唯心"的朱熹在讲堂会讲、争论，吸引了上千生徒，一时书院外的"饮马池立涸"，开了书院不同学派自由讲学的先声。因此，在讲堂设置两张椅子也一直沿袭下来。

书院右侧的诸贤祠、文庙是祭祀之所，北面最高处的御书楼是书院藏书之地。清时藏书达六千卷，可惜抗战时全毁于战火了。

岳麓书院素称人才荟萃之地。不少历史人物,如王船山、魏源、左宗棠、曾国藩、郭嵩涛、黄兴等都曾就读于此。书院改名学堂之后,大批爱国志士如陈天华、邓中夏、蔡何森等来此求学。毛泽东早年也曾多次寓居书院的半学斋,主编《湘江评论》。

清代殿试的阅卷

封建时代的科举制，是步入仕途的阶梯，其考试、阅卷非常严格。举人经过会试，再进行殿试，殿试后由阅卷大臣（俗称"读卷官"）开始阅卷。

阅卷在殿试后翌日进行。这一天，监试大臣和阅卷官齐聚在文华殿。阅卷官位前是一条长案，收管官把卷箱取来开封，将试卷先取出一捆打开，按照阅卷官的官职，依次一卷一卷地分送到他们面前。分完后再取来一捆，直到分完为止。每个阅卷官分多少，视考生多少而定。

每个阅卷官收完卷子后，即开始阅卷。看完一份，便在卷子上写下自己的姓氏（不写名），同时写上优劣符号。待把自己分到的卷子看完，再阅评他人看过的卷子。这样，轮流传看，每个阅卷官都能看到每个考生的卷子，均写出优劣评语。这种阅卷法，旧时叫"转桌"。

评定卷子的优劣，用一定符号标示，而不用文字。"殿试"规定，标示符号分为五等："圈""尖""点""直""叉"，即画"○""△""、""｜""×"五个符号。众阅卷官在评阅同一份卷子时，有不同的评价，这是正常的，但这种差别不能太大，即只有上等与中等、中等与下等的差异。如果发现同一个卷子评价悬殊过大，就得另派大臣查看试卷，以防"各存成见，有上下其手之弊"（《钦定大清会典》），查明后要受处分。由于有了这种制约，在同一卷子上，如第一个阅卷官画的是"○"，以后再阅的绝不能用"、"（可以用"△"）；如第一个用的是"｜"，以后的不能用"△"，即所谓"圈不见点，尖不见直"，阅卷官们怕受到处分。

八个阅卷官"转桌"毕，最后总核，由首席阅卷官专司其事，其他阅卷官可参加意见。但是，名列一、二甲的卷子必须是八个"圈"。如卷子中有圈有尖有点的，即是三甲；有"直"的就排在三甲之后了。阅卷时间，规定在两天之内必须阅完。评定检核完毕，将前十名进呈皇帝钦定名次，前三名为一甲，后七名为二甲。皇帝评定发下后，再把其余的卷子依照名次列出，交由填榜官正式写榜。

榜用黄纸裱成里、面两层，称为"金榜"，有"大金榜""小金榜"各一份。由中书四人写"大金榜"，四人写"小金榜"。写好后，"小金榜"由奏事处呈进宫中保存，"大金榜"由内阁大学士捧到乾清门，加盖"皇帝之宝"，待到宣读典礼时，宣读公布。宣读后用红线张挂在太和门，悬挂三日，照例交与内阁。

考生望榜谐趣谈

时光如流,暑假在迩。当此骄阳在天,灼人肌肤之际,静坐小室,扇不停挥,犹觉盛暑侵人;而参加考试的莘莘学子,数十百人济济一堂,专心致志,握笔凝思,更不免汗流如雨。等到放榜,幸而榜上有名,还算不负苦心;如果名落孙山,那就益形懊恼,徒唤奈何了。

唐代诗人孟浩然有落第诗:"题诗怨还怨,问易蒙还蒙。本望文字达,今因文字穷。"对照他的登第诗:"昔日龌龊不足夸,今朝放荡恩无涯。春风得意马蹄疾,一日看尽长安花。"一悲一喜,跃然纸上。

科举时代,北京地区的乡试、朝廷的会试,都在北京的贡院举行;今天北京东城的贡院东街和贡院西街,即其遗址。乡试是地方性的,发榜地点在鼓楼东大街顺天府衙署前;会试是全国性的,发榜地点在前门内西侧礼部衙署前。发榜之日,万头攒动,翘首企足,盼望殷切,自不待言。

考生望榜有过很多趣话。清代书法家王梦楼（文治），中举人后到北京参加会试，才高学富，应付裕如。发榜之日，梦楼自忖名次当列前茅，来至礼部门前忙看榜首，恰好被前面一位山东口音身材高大的汉子挡住。梦楼用手拍了一下大汉说："吾兄山东人，请往后看或有尊名！"这位山东大汉不慌不忙答道："兄弟正是山东人，今科侥幸名列第一。"梦楼仰面望榜，第一名诸城王克畤，就是此人。梦楼的名次反而远在王克畤之后。

北京的乡试虽然是地方性的，但参加考试的并不限于北京的旗、汉考生，各省的士子也可按照一定手续参加考试，实际上也等于是全国性的。大体说来，北京乡试的考生，仍以北京旗、汉和河北省籍的居多。河北任丘县大姓边氏，世代书香，科第连绵，有"无边不开科"的谚语。某科，中试的边某和同年聚会，彼此互问姓字。边某出身名门，即曰："兄弟是任丘边。"身旁一同年，状貌猥琐，嗫嚅久之说："寒族是曲阜孔！"讽刺幽默，兼而有之。

20世纪三四十年代北京大中学校暑期考试新生，除在校门张榜，还在报上刊登。老报人徐凌霄先生最喜浏览考生名单，以为从中可以看到许多新颖别致的名字，为长夏消遣之一助。

文玩赏珍
wenwan shangzhen

古玩杂谈

北京琉璃厂的古玩铺也是一大行业。古玩原叫"古董"或"骨董",它是指古代流传下来的器物。这些器物,既可使后世人从中了解古代文化,又可供玩赏。

古玩有个特点就是没有"定"价。一件古玩值多少钱,几十几百,成千论万,谁说了算?买主拿钱买走就是"定价",此即所谓"无价之宝"。古玩要价不在器物大小,而要看"值不值"。远的先不说,就以清朝末年为例,一对雍正款胭脂水小花瓶,价值银圆一万块,一个雍正官窑款霁虹小茶壶价值银圆三千块,这就是古玩的价钱。那些古玩铺或许一年半载没有买卖,但要做成一宗生意,就可赚笔大钱。因此,这行业里有句谚语:"三年不开张,开张过三年。"购买太贵的古玩,一般人的经济实力是达不到的。大凡去古旧店铺的人,多是买书、买帖一类,在购买古籍、碑帖、古钱之外,兴之所至,往往也要欣赏这里的古器物。古玩也有些便宜的,如明器、旧砖、瓦当、造像等。明器,是古人陪葬的器物。最初的明器是死者生前用的器物,后来转为死者死后的陪葬品,如口内含的珠子、肛门塞的玉块等。鲁迅先生在小说《离婚》中就写过一位"七大人"用过的"屁塞"。所谓屁塞,是古人死后,常用玉石等物塞入肛门,当然也有将玉石塞入口、鼻、耳里的,相传可以防止尸体腐烂。殉葬的金、玉等物,出土年代久远的叫"旧坑",出土年代不长的叫"新坑"。古人入殓时,常用水银粉涂在尸体上以防腐,出土殉葬物浸染的水银斑点,称之为"水银浸"。

古玩中的明器,常被行外人误为明代遗留下来的器物,其实,实在是"冥器"的谐音。瓦当是古代瓦背向上的滴水瓦的瓦头,呈圆形或半圆形。造像是用泥塑成或用石头、木头、金属等雕成的像。除此几种外,还有小件物品,俗称"小玩意儿",如铜镜、带钩、箭镞等。

琉璃厂除古玩铺这一大行业外,还有刻字、裱画、墨盒、图章、笔、墨等铺。这些铺里卖的东西,有的也可以列入"古玩"一类。琉璃厂有一家很有名的墨盒图章铺叫"同古堂",地址在西琉璃厂路南。创始人是河北新河县人张福荫,字樾臣。他精通仿古篆刻,名气很大,刻图章,也刻墨盒,是琉璃厂一绝。他曾为藻玉堂书铺主人王子霖刻一墨盒,上刻梁任公(梁启超,字卓如,号任公)所书"龙飞虎卧"四字,十分精致。胡夔文在《困知斋诗存》中有一首诗说:

厂甸西头张樾臣，

手拈铁笔仿周秦。

满腔中有燕邯味，

不似寻常市上人。

钱玄同先生在文章中也提到过他。

墨盒是琉璃厂的特产，"同古堂"墨盒上刻字、刻画亦可称之为"玩"。笔者手中收藏着一个墨盒，盒面刻有刘春霖临赵孟頫字帖，在宽三寸、长两寸的面积上，刻有四百八十三字帖文。只有在放大镜下才可见其笔墨圆润，苍秀朗逸，不是真迹，胜似真迹。

砚，也可称一"玩"。砚有《砚史》，专论砚石，北宋书画家米芾著。其中"用品"一条，论砚石当以发墨为上；"性品"一条，论石质之坚软；"样品"一条则备列晋唐以及宋代砚石形制的不同，载有玉砚、蔡州白砚等二十六种，对于端、歙二石辨说尤详。"端砚"因产地端州（今广东肇庆）而得名，石质坚实、细润，发墨不损毫，书写流利生辉，且雕琢精美。"歙砚"因产地歙州（今安徽歙县）而得名，石质坚韧、润密，不吸水；发墨如油，不伤毫；雕刻精细，造型浑朴。

故宫标卖黄金器皿

溥仪在《我的前半生》中，记载了他命宫中内务府几次变卖黄金的事。清宫把很精美的金佛像，按分量卖给前门外金店，还要除去成色和焊药的重量，不但破坏了珍贵艺术品，而且大大便宜了金店，经手人也从中赚了不少钱。

不过那座美丽的紫禁城中，黄金太多了，明卖暗盗，连偷带骗，直到溥仪被赶出故宫，也不过盗卖了很少的一部分。故宫博物院成立之后，也卖过几次黄金。笔者仅就所知，谈谈五十多年前，故宫博物院标卖残破金器的事。

1929年，故宫博物院在南京的理事何敬之（应钦）等开会决议，因故宫博物院经费无着落，准将院藏无关历史文化的器物出售作为建院基金。决议经行政院核准，由院方邀请地方法院、市长、卫戍司令、理事、北京各大学代表，成立临时监察委员会监督执行。在这样的背景下，故宫有计划地标卖了不少金器。1932年以七八两标卖永寿宫、景仁宫两处库房的残破黄金器皿，就是以这项决议作依据的。

标卖的器皿有金火锅、金盆、金盘、金碗、金八宝、金如意、金八仙、金筷、金勺、金炉、金杵臼、金蜡扦、金盒、金盆架等共计三十六种，共重五千数百两，都是咸丰以后的制品，且均为残缺器皿，如火锅缺两个环，筷子少一根，金碗缺个盖，八宝少一样等。

在标卖之前，故宫工作人员先把这些器皿从永寿宫、景仁宫提取出来，原册账号注销，再另编账号，手续十分严密。然后将其集中于延禧宫，召集监察委员会委员周大文、刘瑞琛、程千云、易培基、俞同奎、吴翰、程星龄、江翰等查视鉴定，提出决议，确定哪些可以招标出售；如发现有雕刻精美，或年号在咸丰以前的，则剔除，不得随便处置。

经监察委员会议鉴定，准予招标出售的黄金器皿，分作十标，向各金店、银号、首饰楼、商会发出通知，公开出售；最重的一标为八百余两，最轻的一标只一百余两，投标商人可任择一标或数标投标购买。投标人须先交纳保证金，每标三百元，并在规定看货日看货，以试金石验看成色。投标时标单上必须注明所按各标两数、成色，填写商号及铺长姓名，并加盖水印（即图章）。得标人于两日内到故宫博物院交款取物，过期不来，以放弃得标权利论，三百元保证金院方没收。

第一次投标，7月21、22两日看货，到了金店五十二家；第二次投标，27、28两日看货，到了金店六十五家；第三次投标，8月11、12两日看货，到了金店四十五家。第三次投标后，即由各监委到场监察开标。得标商号即于当天与故宫博物院共同衡量金器重量，并当场用夹剪剪开，如发现有灌银、铜、锡者，照数剔除分量。最后折成纯金足赤重量，按照当天东交民巷英商汇丰银行所挂黄金牌价行市折合价款。

那时北京金店很多，大都集中在前门外廊房头条、二条、珠宝市街一带，大大小小有一百三十多家，资本都很雄厚。著名的有三阳、开泰、天宝、中源、宝华、全聚、宝兴、三聚源、宝兴隆等。这次得标的商号是宝昌、宝善、仲记、乾泰、义聚、富聚、富源、中源、天聚兴、天聚、天益兴等。投标单是故宫印刷厂自印的，上面印有"故宫博物院处分物品投标单"字样。

金店得标，经故宫守门警士检查后，将物品运走。故宫这三次标卖黄金器皿共得款三十八万八千一百余元，存放于银行，作为基金。抗日战争爆发后，此款去向如何，则不得而知。

沈阳金佛被盗疑案

1946年，沈阳曾发生过一起爆炸性新闻，位于北市的皇寺丢失了一尊价值连城的金佛。事发之后，警察当局闹闹哄哄地找了一个多月，后来不了了之，致使此案成为一桩历史悬案，至今仍是个谜。

记得当时报载，这尊金佛名叫"嘛哈噶喇"，是元朝初年蒙古族大喇嘛拿出弟子们数十年化斋积捐的一千多两黄金，请金匠精工制成的。佛高一尺三寸，两腿半蹲，双臂交叉于胸前，右手操一柄月牙斧，左手执一把双刃剑，神态威武，十分精美。

金佛铸成后先是在五台山供奉，后移至内蒙古萨思遐、察哈尔奉祀；几年后，为躲避清兵，大喇嘛墨尔根率众逃跑，命人用一头白骆驼载着金佛，千里迢迢直奔盛京。行至沈阳北市附近，白骆驼突然卧倒不起，这是佛门的"吉兆"。喇嘛们又惊又喜，把白骆驼卧地处视为佛教圣地，定为他们的"生根"之处。清太宗得知后，立即降诏，在这里设佛教，造寺院，这就是后来的皇寺。从此金佛就供奉在这里，声名远播，皇寺成为东北的佛教中心，四方人士纷纷前来朝拜，就连西藏班禅大喇嘛也于1931年秋不远万里，专程到此参拜金佛，并在这里住了近两年。

据寺里的喇嘛说，金佛被盗的前一天，即3月30日，沈阳佛教会社居士李槃西，陪着一个三十来岁的姓兰的青年人来到皇寺。此人自称是辽宁省政府主席徐箴派来的，一是代表徐箴前来献礼，二是告知，徐箴第二天上午来拜佛，随后提出要到佛楼上看看金佛。

金佛供在二楼的神龛里，一般人不得上去。但省主席的"特使"不好得罪，大喇嘛只得陪同。那位居士在金佛前看得十分认真，那兰"特使"转来转去显得心神不安，眼睛总是扫视楼外院墙和参天古树。

这天晚上，老更夫伊庆阿巡夜格外细心。到午夜时分，隐约听到寺院东北角有老鸦起飞惊叫声，他赶忙走过去，查了大半天，但是什么也没发现。

第二天早上五点钟，一位老喇嘛来到佛楼，正想掏钥匙开门，顿时惊呆了——佛楼大门上的锁已被锯断。他顾不得多想，赶忙检查第二道门，锁也被锯断；又慌忙去查看楼梯口的两道锁，同样都被锯断。他浑身颤抖地爬上楼，朝佛龛里一看，立刻傻了眼——那金光闪闪的大佛已无影无踪了。

与金佛一起不翼而飞的还有徐箴奉献的月牙斧和金弢

跎巴。佛龛旁只剩下盗贼作案时用的半把锯片和两根生铁炉条。这位老喇嘛一边捶打地板，一边哭喊。众喇嘛闻讯赶来一看，都吓得掉了魂似的。大寺格听此消息，战战兢兢地来到佛楼，遍寻金佛不见，连忙向沈阳市警察局第六分局报案。

当天下午两点多，正当寺院一片混乱的时候，徐箴在一些大员们的陪同下来朝拜金佛了。他进了山门，招呼也不打，直奔佛楼而去。全寺的喇嘛都慌了手脚，大寺格双膝跪地，涕泪交流，向徐氏禀报金佛被盗之事。徐听后，并不惊慌，只是小声地自语："看来金佛与我无缘啊，佛爷不在我也要拜！"说完，他快步登上佛楼，冲着空佛龛叩了三个头。之后，他声调平静地安慰大家，不要着急，金佛一定会找回来的。

徐箴去后，六分局来了一伙警察，把皇寺的三十多个喇嘛统统抓起来。白天在班房里反省，晚上挨个过堂，押了一个多月，又不声不响地给放了。释放那天，六分局的局长特意训话，要他们出去后要识抬举，不要到处胡说。

众喇嘛回到寺里，谁也不敢议论此事。但时过不久，徐氏又亲自带着官员来到寺院，名曰"慰问宗教团体"，并说既然金佛难以查寻，大家就不要费心劳神了，家丑不可外扬，以后别再提它了。果然此后再没人提起金佛。

有个喇嘛曾留心过李檠西的行踪，多次去盯梢，却始终没见到他。有人说他出远门了，也有人说他暴病死了，总之金佛被盗后,他和兰"特使"都失踪了。

还有一件蹊跷事。金佛被盗的第三天早晨,皇寺突然起了一场大火,由于扑救及时,只烧了几间库房。起火原因尚未查清,谁知五天后,又起了第二场大火。这场火是夜里起的,寺院的人都抓去受审了,眼睁睁地看着牌楼和山门被烧塌。两场大火过后,警方从未追究过起火原因,喇嘛们都觉得是个谜。

笔者曾风闻徐箴情况:他是辽宁新宾县人,字士达,早年留学日本,攻电机工程。1947年秋,他携眷由海路外逃,由于轮船超载,又遇大风,船上人员全部丧生。如果那尊珍贵的金佛也带在他身边的话,也许一起沉入大海了。

小金像让位大铜佛

北京的雍和宫是座喇嘛庙,从一进门的三牌楼直到最后一层殿宇万福阁,朱墙碧瓦,金碧辉煌,气势庄严雄伟,具有独特的民族风格。对这种中国气派的建筑,外国游客赞赏不绝,中国游客引以为豪。

笔者早年尝游览法轮殿。法轮殿殿堂宽敞,共有八十一间,连建为一个整体,俗称九九相连。殿堂中供着一尊黄教祖师宗喀巴的铜像,佛像前同时可容一百零八个喇嘛席坐奉经。

提到雍和宫法轮殿,不禁回忆起一桩往事。在1929年以前,雍和宫法轮殿里所供的佛像,并不是笔者所见的宗喀巴铜像,而是一尊身披哈达的西藏喇嘛式的释迦牟尼像。像体较小,由纯金铸成,中空,里面装满了珠宝珍品。这座金像是在乾隆十年(1671)正月由西藏达赖喇嘛向乾隆皇帝进贡,送到北京来的,供在雍和宫佛殿内。由于殿高佛小,很不协调,便在殿内建造了一座雕刻有宝像的曲栏大法坛，坛上又陈列一座鎏金千叶莲台，那尊释迦牟尼金像就被供在莲台之上。乾隆皇帝特意写了一首佛赞，因为其中第四句有"是则名为转法轮"之句，所以该殿便命名为法轮殿了。

到了清代宣统元年（1909），雍和宫喇嘛白普仁向当时的王公大臣们募捐集资，铸造一尊佛体高大的宗喀巴铜像，准备撤下小金佛，改供大铜佛。铜佛铸成后，适值辛亥革命，接着便是军阀连年混战。原来所捐款项，已然用尽，白普仁无力换装铜像，于是这尊体形高大的铜像，就被弃置于雍和宫街西一所民宅院内。

1928年，曾经一度叱咤风云、号称五省联军总司令的孙传芳，被打得一败涂地，只好留寄津门皈依佛教。一次他来到北京雍和宫朝拜，当来到法轮殿时，也有殿高佛小之感，当即找来喇嘛询问情况。白普仁详细叙说了募捐铸佛，无力安装的经过。孙传芳听后马上叫白普仁领看了在民宅院内弃置的铜佛，并答应由他自己独自出资，将这尊宗喀巴大铜像遍体贴金，雇工匠抬入法轮殿中，把原来小金像替换下来。1929年5月21日，在雍和宫举行了"宗喀巴开光大典"，当时军政各界人士纷至沓来。此后，每年有一百零八个喇嘛在法轮殿里奉经四十九天。这件事迄今已五十多年了，回顾往事，也算是一段趣闻吧。

稀世珍宝大玉佛

北海公园南门外西侧的团城,是北京人熟悉的古迹,它已有八百多年的历史。团城内建筑以承光殿为中心展开,点缀有山石、曲廊、亭台和古树,其中最令人叹为观止的是"渎山大玉海"和"大玉佛"两件稀世珍宝。供奉在承光殿内木龛中的释迦牟尼玉佛,系由整块白玉精雕而成,高一米六,重约一千二百公斤,全身洁白无瑕、色泽光润,雕刻精美绝伦。玉佛左臂披袈裟,头顶及衣褶上都镶嵌有红绿宝石,其形态慈祥端庄,栩栩如生。唯右臂上有一处刀痕,是1900年八国联军留下的罪证。

据传,这尊玉佛是僧人明宽于光绪二十四年(1898)由缅甸募化得来,进贡给慈裕太后的。迄今已有一百多年的时光了。

当时,北京西郊海淀关帝庙,有僧人明宽,于光绪十八九年间,与广东僧人智然及弥勒院住持惠通结伴出国,赴安南(今越南)、暹罗(今泰国)、缅甸各地旅游,寻访佛家圣迹。明宽学识渊博,通晓佛经典故,沿途讲经明善,介绍中国佛门净土之事,颇受各地僧侣欢迎与尊重,遂由缅甸僧人赠送了一尊大玉佛和一尊小玉佛。明宽等人获此珍宝,万分荣幸,遂请仰光一家照相馆拍了一张纪念照片,然后起运玉佛回国。

从缅甸至北京,起运一吨多重的大玉佛,在当时绝非易事。为避开沿途官府的盘查、纠缠,遂打出为慈禧赴南洋"请佛"的旗号,所雇车辆上挂着"奉旨请佛"字样的黄旗,从而一路还较顺利。南洋玉佛送至北京,各界人士闻讯而至,争相瞻仰,鼎沸一时。然而,步军统领衙门内有人提出责难,谓明宽和尚犯了"冒旨罪"。

明宽和尚素与西直门内伏魔庵住持灵辉友善,而灵辉和尚收了许多宫内太监为弟子。明宽便通过这层关系,请求慈禧的心腹太监李莲英说情,并表示情愿将大玉佛献给慈禧太后。慈禧听了十分高兴,不仅没有治明宽和尚的罪,还赏了他五百两银子,然后择吉日,把大玉佛送到团城,供奉在承光殿内。

满族首饰——扳指与戒指

满族作为曾经统治中国长达二百六十七年的一个少数民族,其文化至为丰富且流传甚为绵长。在其与汉族逐渐融合的过程中,彼此之固有文化融会贯通、相得益彰。

原属于满族特有的首饰——扳指与戒指,虽非九鼎大吕,但就其渊源与文化微妙论,则颇值得涵咏玩味。

扳指亦指"板指",又称"班指"或"梆指"。为满族男子套于右手大拇指上之短管状饰物。考其源,出于实用而始制此物。满族八旗子弟于弱冠前,照例要到本旗弓房锻炼拉弓,由"一个劲儿"(二十市斤拉力)循序渐进为"二十个劲儿"甚至"三十个劲儿"。拉弓时佩戴扳指,借以保护手指并可减少手指运动量,故昔年之八旗子弟对此物甚为重视,人手一枚,因而成习。初时因重实用,大小扳指皆选韧涩材质制作。其宽窄肥瘦不一,因人而异,以便套带。

本是辅助习武的扳指,由于满汉两族广大男士的欣羡与效颦，竟使之成为一种极为时髦的佩饰品，上自皇帝与王公大臣，下至满汉各旗子弟及富商巨贾，虽尊卑不同而皆喜佩戴。其质地亦由原来的犀角、驼骨发展为象牙、水晶、玉、瓷、翡翠、碧玺等名贵滑润的原料。

普通旗人佩戴的扳指，以白玉磨制者为最多，然就其质量而言，优者与劣者相较，骤观之并不相上下，而骨子里竟判若霄壤。贵族扳指以翡翠质者为上选，其色浑澄不一且花斑各异，满绿而清澈如水者价值连城，非贵胄而不敢轻易佩戴。以其大小厚薄论，又有文武之分，武扳指多素面，文扳指多于外壁精铸诗句或花纹。

戒指又名"约指"，俗称"镏子"。清朝兴盛时期，旗家男女皆喜戴此物。其式样甚多，以光面戒指（即无花者）为最普通，或做扁圈式，或做圆筒式，或做面部（即指盖部）之凸起式者不等。上有铸字者，如"福寿绵长"，或单个的"福"字或"寿"字。

八旗子弟有其友朋之投契者，与戒指一物，多有用其表示团结精神，彼此各戴一枚，皆铸有"二人平心"之字样，夫妻间亦有借用此种戒指以表示心地无二者。

按戒指之意义，戴于指上，含有警戒之告示，其上镌有"戒烟""戒酒""戒色"之字样。及后，汉族人士亦多效此风。凡劝人戒烟、戒酒、戒色者，聚资为之镌一戒指赠之。八旗子弟最普通之戒指，多镌有自己的姓名，此风历久不泯。

戒指之质料，满族贵胄有翡翠质者，蔚为贵品。其次为金质镶嵌宝珠玉石者，戴于指上璀璨夺目，亦非贵胄不敢如是夸张也。普通者则为金、银二质，而尤以银质者为最普通。有在银质戒指上加以"包金者"，与金质戒指鱼目混珠，北京的老旗人谓之曰"穷人美"。

"喷水鱼洗"天下奇

杭州的孤山,不仅是西湖风景的精华所在,也是西湖文物荟萃的地方。单说孤山南麓的浙江博物馆,就珍藏着不少举世闻名的国宝。

在诸多的国宝中,有一件稀世文物,叫作"喷水鱼洗"。它是用黄铜制造的,样子很像一个铜脸盆。盆高约十厘米,盆口内径约三十二厘米,盆底内径约二十八厘米。盆沿宽三厘米,沿的上面竖有两只对称的铜耳,称为"双耳",或叫"两弦"。盆内底部铸有长约十厘米的鲤鱼四尾,鱼鳞俱全,首尾相接,按顺时针方向排列成方形。每条鱼嘴前铸有七至九条凸纹,成放射状沿盆的内壁向上延伸,称之为"喷水线"。"眼似珍珠鳞似金,时时动浪出还沉。"(唐·章孝标诗句)"好去长江千万里,不须辛苦上龙门。"(南朝陈·阮卓诗句)中国民间向以"鲤鱼跳龙门"寓吉祥喜庆之意,故鲤鱼也就铸入了盥洗生活用具。

"喷水鱼洗"在表演时,将它放在一座特制的木架上,其间垫上一层软垫，注入大半盆水，然后用蘸有水的两只洁净无油腻的手掌，缓慢而有节奏地摩擦盆边两耳，盆就像受击撞一样振动起来，发出"嗡嗡"而有力的声响。"拂水宜清听，凌空散迥音。"（唐·郑黛诗）好似在寒夜听到了回旋的钟音。与此同时，盆内水波开始荡漾，在鱼洗水面靠周壁四个喷水线处，就有水花飞溅而起，喷涌上蹿，形成四道水柱。在每道水柱附近的水面上，水珠跳跃，水泡翻滚，喷射的水柱最高时达七十厘米以上。整个水面，酷似元代诗人李祁在《题赤鲤图》中所描绘的："风翻雷吼动乾坤，赤鲤腾波势独尊。无数闲鳞齐上下，欲随浪春过龙门。"确实十分奇妙有趣。如果停止摩擦，音响和喷水现象也随之消失。这一奇特现象使"喷水鱼洗"闻名中外。近几年来，浙江博物馆的"喷水鱼洗"曾两次到日本，一次去美国展出，观众如潮，新闻竞相报道，将其誉为"中国稀世之国宝"。

"喷水鱼洗"这一罕见文物，据科学家研究，是符合物理学的共振原理的。当两手搓"鱼洗"双耳时，便产生两个振源，振波在水中传播，互相干涉，使能量叠加起来，所以这些能量较大的水点，会跳出水面直至喷射。由此也可知，我们中华民族祖先对世界文明的卓越贡献。

浙江博物馆所藏的"喷水鱼洗"，原为上海文素松的藏品。文素松，江西萍乡人，字舟虚，保定军校毕业生，曾任黄埔军校教官、教导团营长、大本营参谋、广州卫戍司令部参谋长、国民革命军总司令部军械处处长、中央兵工试验厂厂长、总司令部高级参谋等职。文先生平时喜爱古物，工余从事考古学研究，撰有《寰宇访碑录校勘记》《校补五朝鎏本书目表》《金石镜》等论著。此"喷水鱼洗"为文素松从云贵高原购得，据传系明代文物，文先生珍藏了二十余年，于1946年去世后，由当时的西湖博物馆买下这一文物，保存至今。

石雕瑰宝"天后宫"

在湖南省芷江县城芷水河西,有座乾隆十三年(1748)建造的画栋飞檐式的"天后宫"。宫门楼的青石浮雕,是中国罕见的石雕艺术瑰宝。

这座宫门楼高十二米多,宽六米多,门楼正面由一百二十八块精雕细镂的大小青石嵌砌而成,坐落在十五级台阶之上,门前由青石雕花栏杆围成台状,两侧雄狮蹲踞,石鼓对峙,每只重三千多斤,栩栩如生。

整座门楼用四根方形巨柱支撑,上面叠架着斗拱飞檐的屋顶。门楼正面的上下左右镂镶着五十二幅大小青石浮雕,或一幅一则故事,或数幅合成一典。门楼正面的上方正中,为镂空透雕的五龙四凤和双鱼跃龙门的竖形框幅匾,刻工精巧异常,形象惟妙惟肖。匾上镌刻"天后宫"三个大字,浑厚圆润,施斧凿亦不失书法之妙。相传为清代江南才子陶澍所书。楼顶两层瓦檐上有十二条金色鲤鱼翘尾伏首。在宽两米三、高两米七的弧形正中拱门门楣上的石帘摹绘着孙悟空大闹天宫的壮景,悟空与东海龙王厮杀,搅得丹凤引颈悲歌,两条蛟龙惊恐不安,八大天王亲率各路骑狮、坐象、乘龙、骑马、乘牛的将士凌空而下,把个猴子围得水泄不通,好一派激昂的场面。

门楣上边的石雕画"永庄升平",生动地再现了当时的民间生活情趣:在一棵合抱的古柏下,两老翁捋须对弈,一群秀才品玩着一画友的丹青,地头歇息的农夫、樵夫也探过头来观望,四个顽童拍手凑兴……这一幅太平世界的极乐情景,寄托着人们对祥和安定生活的向往和渴望。拱门两边的石柱上,镂着茂林修竹,别有一番"琅玕满径绿沁人"的情趣。石柱的石框内雕有一幅别具一格的楹联,"重新庙貌威灵远振潭阳,庞锡天章德泽宏敷闽海",相传是乾隆皇帝南巡"武蛮邑地"时,乘酒兴来到天后宫门前,极目远眺,触景生情,脱口吟了上联,却怎么也想不起下联来。旁边一福建秀才方容,略加思索对了下联。乾隆皇帝酒醒后,对方容倍加赞赏,让他做了福建学政。从此,这对联流传于世。

楼正面的石柱上,还有"八仙过海""阳桥夕照""狮子滚绣球"等石刻图,运用传统国画写意手法,构思别致,虚实得体,独具神韵,建造精工又一气呵成,高大庄严,朴实美观,显示18世纪芷江青石浮雕镂空技艺十分高超的杰出成就,不愧是中国石雕艺术宝库中的一颗灿烂的明珠。如今,它已成为国家重点保护文物,修缮一新,供人们参观。

青田石名扬四海

浙江省青田县盛产青田石,自古以来就因石雕而扬名四海。早在元朝时已有石雕问世。一千六百年前的青田石雕作品《卧猪》至今还收藏在浙江省博物馆内。

青田石色泽素雅,温润优美,质地细软纯净,脆硬度适宜,极易雕刻,石色五彩缤纷,有青、白、黄、红、绿、紫、棕、黑等色,尤以青色居多,花纹有的似云霞,有的如鸟兽,美妙奇特。青田石品类有一百多种,其中温润如玉的"灯光冻""封门青"价等黄金,同福建寿山的田黄石、浙江昌化的鸡血石合誉为"中国印石三宝",也是海内外收藏家青睐的奇珍异宝。

"灯光冻"质地如玉,以灯照耀,会闪闪发光。该石以产于山口镇封门一带为正宗。封门青产于山口封门矿,该石呈淡青色,微透明,素以石质晶莹、色感雅丽、硬度可人著称于世。其治印性能优于天下所有石才,毛料经艺人锯料、精镂、磨光、上腊等制成图章石,便呈现美丽的腊光或油脂光泽。

明朝以来青田石印材便一直是金石家们的最佳石选。明代大文学家文徵明之子文彭偶然购得青田石四筐，试做印材，发现比金属治印更加得心应手，消息传开，天下文人墨客、丹青妙手、金石奇才竞相刻石，推动印坛从流传两千年之久的铜印走进石章时代。许多治印高手如董其昌、赵之谦、钱谦益、王冕、唐伯虎等用的都是青田石。连名动一时的"秦淮八艳"也从相契的文人那里喜欢上了青田石章。乾隆皇帝八十大寿时，大臣选用青田石刻制一套六十枚"宝典福书"印章作为寿礼，每枚印章上都有一个"福"字。乾隆爷见了，龙心大悦。这套印章现珍藏在北京故宫博物院。在《西泠后四家印谱》所用石材中，青田石占百分之七十，青田石的地位由此可见一斑。

在长期的艺术实践中，青田石雕的题材日见丰富，技法日益多样。石雕艺人们吸收木雕、玉雕、牙雕等特有的艺术风格。五谷六畜、神仙佛像、帝王将相、巾帼仕女、腾龙飞凤、吼狮啸虎、鹊鹿蜂猴等无不形象逼真、层次分明地出现在石雕艺人的刻刀之下。

1920年，青田石雕在南洋劝业会上获得银牌奖章，从此更是名声大振。流传千百年的青田石雕造就了一代代艺术名师。1992年，邮电部发行一套四枚青田石雕特种邮票，收录了青田四位国家级工艺美术大师的代表作：周百琦的《春》，林如奎的《高粱》，张爱廷的《丰收》和倪东方的《花好月圆》。

北京景泰蓝

朋友赠我一对北京景泰蓝花瓶,十分浑厚持重,古朴典雅,真是百看不厌。

记得20世纪40年代时,一个偶然机会,我曾见到过元代至正年间的景泰蓝产品,以为是最早的了。但景泰蓝究竟创始于何年代,至今尚未查到可信资料。据说这种工艺技术是元代忽必烈西征时,从西亚、阿拉伯一带传进中国的,先是在云南地区流行,后来才传到北京。

景泰蓝,又称珐琅。它是用细扁铜丝做线条,在铜制的胎形上捏出各种图案花纹,再将五彩珐琅点填在捏好的花纹内,经烧制、磨平、镀金而成,一般在器皿底部都凿刻有当朝皇帝的年号,如"大明宣德年制""大明景泰年制"等。

明宣德时期的景泰蓝,风格自然豪放,制品以仿青铜器的罐、觚、炉为多,这些均属宫廷寺庙的祭器。到景泰年间应该说有重大突破,达到一个高峰时期。它继承、发扬了宣德时期的精华，又创造了新的水平。其造型愈加端庄富丽，胎骨厚重，丝工粗犷有力，纹样丰富大方，内容常有缠枝莲、饕餮纹，此外还有花、鸟、果实等。釉质优美沉着，坚实浓郁。因大量以蓝釉作底，故称景泰蓝，一直沿用至今，为国内外所共认。

其实到清代乾隆时期，景泰蓝又进入了一个辉煌阶段，不仅产量多，规模大，而且品种多，技术精细。在工艺材料上也进行了一些改革，不再使用青铜作原料，而采用延展性能较强之纯铜作原料，应用了新的打胎、掐丝技术，因此胎骨比明代制品匀实、周正，造型多变，铜丝细薄均匀，使捏出的丝流畅委婉、纹样也显得灵活精巧。制品实用范围更为扩大，除大量制作宫廷寺庙祭礼法器外，帝王后妃们活动的大殿、寝宫内，景泰蓝制品比比皆是。制品种类增添有围屏、屏风、桌椅、床、枕头、茶几、鼻烟壶、筷子等实用物，并开始在建筑的门、板壁上作装饰，其技艺又提高一步了。

北京的料器

孙儿过生日，我把一套十二属相的料器小动物送给了他。这套料器还是20世纪30年代北京著名的料器行"志源号"的掌柜蒋文亮（人称蒋二先生）送给我的，色彩鲜艳，造型生动，一直是我的爱物。

料器古称"琉璃"。它和玻璃一样，采用硅酸盐和其他金属氧化物作原料，经过高温熔化，拔制成各种规格的料棍，然后在灯下烧软，以手工制成。和玻璃比较，它没有底胎，全靠艺人在灯火中手工制作；它的熔点低，颜色多而鲜艳。

料器起源于何时，尚不得而知，但远古时，已有女娲炼五色石补天的传说，古籍中亦有"销烁五石，铸以成器，磨砺生光"之记载。两千多年前的"中山王"古墓陪葬品中，就发现有琉璃碗和料器珠子。

北京是元、明、清几朝的都城，各种工艺匠人云集，也是料器的主要产地。据民间传说，明朝时，有一位广东张姓秀才，赴京应试，屡试不第，衣食无着。一天闲逛，偶拾一只残破的料镯，无意中在火上烧烤捏拽，竟烧制成宝石般灿烂夺目的石头，便把它送到银楼去碰运气，果然被当作首饰料收购。从此张秀才再也不进考场，买点"广料"，专门做起了首饰石头。

清代时，北京的料器业已经十分发达。康熙年间命工部在琉璃厂设置御厂，派官员监制玻璃和琉璃制品（"玻璃"者，即料器，非今日之玻璃），专供内宫玩赏，时称"宫料""御琉璃"。

生产料器的工具十分简单。北京人称料器艺人为"吹料活的"。艺人把各色料棍放在火灯上烧烤，待软化后用嘴吹气，边烧，边吹，边用镊子等小工具拉、拽、按、粘，就可以捏塑出玲珑艳丽、姿态万千的工艺品来。由于长年用牙咬着抻管吹气，许多艺人的牙都掉了。

辛亥革命后，江朝宗曾出资兴办"北京光明玻璃料器厂"，数年后因销路不好而倒闭。20世纪30年代著名的料器行有两家，一家是蒋文亮先生的"志源号"，一家是汪福长先生的"长丰号"。据说现在内地料器行业已大非往昔可比，且成为出口工艺品了。

北京内画鼻烟壶

最近看到法国出版的《茱都夫人鼻烟壶收藏品图案集》，因而引起一些有关北京内画鼻烟壶的联想。

所谓内画鼻烟壶，就是通过只有黄豆粒大小的鼻烟壶嘴，在壶的内壁上作画。由于它小巧精致，便于把玩，所以成为独具一格的工艺美术品。

吸鼻烟是意大利传教士利玛窦在明朝万历年间从西方带到中国来的，而内画鼻烟壶却是中国的发明。据说在清朝，有一个地方小官进京办事，因无门路，困在一寺院中。这天，他愁眉不展，躺在床上吸鼻烟，但发现壶中鼻烟已吸尽，只在内壁上残存有一些烟末，他便从炕席上抽出一根席篾插进鼻烟壶，向壁上刮去。之后，从透明的烟壶外壳观看，壶壁便出现了道道印络。这情景被寺院的一位老僧看在眼里，从中受到启发，便专门制作了一种代笔的细竹签，蘸上墨在烟壶内壁作起画来。于是，他便成了内画鼻烟壶的祖师。

内画鼻烟壶的壶料，多为玻璃和水晶的，也有采用料器的。画笔则是竹签制作的，每支长约二十厘米，笔头尖细，呈钩状，所以叫"钩竹笔"。作画前，先要在壶内装上铁砂球和金刚砂，用手摇晃，使内壁发乌，叫作"串壶"。作画的第一道工序是勾线，即打轮廓；第二道工序是上色；最后是题词，落款，盖印。由此可知，制作此物的技师，必须在绘画、书法、篆刻上都有相当的造诣。

19世纪末到20世纪初，是内画的"完善时期"，内画行业形成多种流派，出现了一批杰出的艺人。其中周乐元、马少宜、叶仲三、丁二仲四人最为著名，时人称为"京派"。其特点是诗画结合，色彩淡雅，古朴浑厚，粗犷无羁，行书草法，墨饱字圆，对后来内画技艺的发展影响很大。

现在内画鼻烟壶，日益受到各国工艺品收藏家的喜爱。中国香港即设有国际鼻烟壶协会，并有画刊杂志进行专门研究和介绍，每年还要举办展览。法国的茱都夫人，从十六岁开始搜集中国鼻烟壶，现在已是欧洲无与匹敌的鼻烟壶收藏家了。1981年她收藏的一百五十个鼻烟壶在巴黎公开拍卖，每个至少售价一千法郎。我想，现在北京内画鼻烟壶也不多了，物以稀为贵，若要买一个，恐怕也需要上千元吧。

漫话"北京皇宫花"

近闻，美国旧金山举办的一个展览会上，裕华公司经销的"北京皇宫花"博得好评。所谓"北京皇宫花"者，即"北京绢花"也。

绢花在中国，据说已有一千二百年的历史，北京制作绢花始于元代，至今也有六百多年的历史了。当时专供皇宫内苑妃嫔、宫女做头饰花，后来，王公大臣家的小姐亦多佩戴，进而传至民间，及至清代，北京女子皆以头戴绢花为美，并示吉祥。因之绢花艺人日增，北京崇文门外还形成了绢花之集散地，此即"花市大街"之由来。

清光绪年间出版的《燕京岁时记》中记载："崇文门外迤东，目正月起，凡初四、十四、二十四日有市。所谓花者，乃妇女插戴之纸花，非时花也。""花有通草、绫绢、绰枝、摔头之类，颇能混真。"其所举多指头花，另外还有枝花、盆景、戏剧花等。除花市外，西城之护国寺，东城之东安市场、隆福寺等处，亦有绢花产销。

由手绢花空前的繁荣，随之出现了行业性活动——白缦献花会。花会以东药王庙为会址，每年农历正月十五，绢花艺人将制作精美的枝花、盆景、花环等敬献佛前；同时，将上好的头花，进贡皇宫内苑。皇宫也要派出太监参加这一盛会，以示祝贺。

随着绢花生产的兴旺发达，制作工艺亦愈加精湛，分工也愈加精细。如有的专做供皇宫内苑用的"宫花"，有的专做供舞台演出用的"戏剧花"，有的专做民间妇女戴的"头花"等。花商也五花八门，资本较多者均设前店后厂（作坊），亦有专卖外商"洋花"的；小本作坊制作的绢花，或卖给花店，或每日清晨到花市设摊零售。山东、河南、东北各地，每年都有"花客"到北京订货，使北京绢花流布全国，颇负盛名，被誉为"京花"。

绢花的兴旺一直延续到清末，后来由于战争频繁，便日趋萧条。许多京花艺人被迫外流谋生，而留京者亦多在冬3月做花，其他季节只好另谋生计。

沈阳三彩熠生辉

光绪二十五年(1899),陇海铁路修到了洛阳。在探测路基时,工人们发掘出一批唐代的墓葬,墓葬中有许多色彩斑斓、姿态各异的三彩马、骆驼、人物俑和各式各样的日用陶器。这批出土的三彩器物,在洛阳引起了轰动,后来运到北京,请文物专家们品鉴。著名古器物学家罗振玉和王国维看后,给予极高的评价,并根据其色彩特点将其命名为"洛阳唐三彩"。一些外国古董商和古物收藏家风闻此事,争相出重金购买。于是,"洛阳唐三彩"之美名便远播海内外了。

其实,早在光绪六年(1880),在洛阳北邙山的古墓中就出土了第一批唐三彩,只是当时没有引起人们的重视,故知者甚少。李健人在1935年曾写过《洛阳古今谈》一书,书中说:

> 陶器(洛阳)出土最多。或素烧,或彩釉绘,制造精美,具美术之价值。最使人感兴味者,实

莫如唐代殉葬之人物与马。其人物，如妇女上服均反领，犹若西装，足着蛮靴，跨上马，风致潇洒，体态健美，绝不类今日女性之盈盈然如风中摆柳也。而马又特高大，亦不同于今马。

"三彩"是多彩之意，与单彩相对而言的。中国古代陶器分素陶和彩陶两种。唐以前，彩陶多为单色陶。到了唐代，三彩陶异军突起，以其斑斓的色彩，生动传神的造型和精巧的技艺，将中国陶瓷艺术推到一个崭新的时代，因而也有人称它为"盛唐之陶"。

北邙山古墓中出土的唐三彩器物，有的残缺不全，需要进行修补和仿制。最初是邙山一带农民自行修补，缺什么补什么；以后随着社会的需要和修补仿制工艺的提高，人们便开始进行整体仿制，这便是仿制洛阳唐三彩的肇始。早年，最负盛名的老艺人是高松茂，他不仅仿制唐三彩技艺高超，还掌握了仿制粉彩、五彩及秦、汉、魏、隋诸朝的红胎、白胎、兰胎陶器的技艺，达到了"与古无异，以假乱真"的程度。

据闻，现今洛阳美陶公司仿制的"九都牌"唐三彩是洛阳唐三彩仿制品中的最优秀者。这种仿制品除选用最佳的泥料外，在造型方面注意传神，在釉彩方面把原有的古色和现今的时代色彩结合起来，既古色古香、典雅富丽，又绚烂多彩，深受中外游客的欢迎。

哈氏风筝有传人

不久前,北京哈氏风筝第四代传人哈亦琦应美国风筝协会之邀,赴美传授风筝技艺。在一个中国风筝展览会上,他看到四只罕见的风筝,有莲花葫芦、香炉鼎、钟馗和双鱼。从材料、骨架扎法、画案设计、彩绘手法,竟与他家祖传技艺酷似,细看右下角,有一行小字:"1903年,中国风筝大师哈长英制绘。"

哈氏风筝的第一代应是哈亦琦的曾祖父,叫哈国梁。他原是清末北京的一名泥瓦匠,因冬天活少较有闲暇,又住在当时北京有名的文化街琉璃厂,耳濡目染,便钻研起风筝技艺来。先是买来风筝细细揣摩,继而学扎。由于心灵手巧,具有这方面的天分,制作的风筝小巧玲珑,别有风韵,博得顾客赞许,来购者颇多,因而改行开了风筝铺。到了中年,技术更臻成熟,他的风筝被列为清宫贡品。

哈氏风筝最有成就的是第二代哈长英。他从小酷爱风筝，既有耐性又能钻研，苦苦挖掘传统，又不拘泥于传统。经常流连于颐和园、天坛一带，留心观察亭廊楼榭中的绘画图案，以及自然界飞鸟爬虫的运动姿态，画了大量素描，提高了审美眼光，把一只只普通风筝制作成独具特色的艺术品，既有近看的欣赏美，又具远看的动态美。《琉璃厂小志》曾记："近数十年，以哈记制售之风筝为最著。"

1915年，巴拿马万国博览会在美国开幕。当时政府农商部在北京挑来选去，终于选中哈长英的蝴蝶、蜻蜓、仙鹤、花凤四只软翅风筝去参赛，结果获得银质奖。

银质奖并未给哈长英带来什么欢乐。几个月后，农商部通知他去领奖章。他兴致勃勃，特地换了一身新衣服，以为自己为国争了光，政府会隆重欢迎他，招待他，说不定还会有一笔可观的奖赏。谁知到了那里，达官贵人们对他冷若冰霜。他们拿出一只精致的盒子，慢慢打开，把那枚闪光的银质奖章在他面前晃了晃说："领这东西要交两块大洋的手续费！"哈长英一听惊呆了。他要养活妻子和四个未成年的孩子，平常穷得没米下锅，又到哪里去弄两块大洋呢？一气之下，扭头便退了出来。后在凄风苦雨中死去。

哈氏第三代传人哈魁明继承祖业，造诣亦高，所以才熏陶培养了第四代哈亦琦。哈亦琦在美传授风筝技艺期间，还参加了国际风筝表演比赛，最后获得了这次表演比赛的最高荣誉奖——特别奖。

扇骨雕刻艺术

笔者早年居京时，喜好收藏纸扇，一则夏日炎炎有带来凉爽的实用价值，二则从扇面到扇骨，画上或雕刻上名人书画，兴之所至，欣赏临摹，也是一种艺术享受。

扇，古人又谓立箑。许慎《说文解字》注："箑，扇也。扇从羽，箑从竹。"由此可知，扇或辑羽而成，或绵竹制成。骨，《说文解字》注："肉之核也。"扇骨，实为起固定和支撑作用。

《三国演义》中孔明所用之羽扇，公卿大夫所撑之障扇，宋元所兴圆形之纨扇，皆具扇柄，但不称为扇骨。现称为扇骨者，实为明朝以来流行的折扇之内骨及边骨也。

折扇始于明朝中叶，盛行于明季至清朝中期。这时期的实物所见边骨皆为素状，迄今未发现刻有任何铭文或图案的，说明扇骨在此之前只有一种使用的价值。雕刻扇骨为乾隆后始有之，盛行于清光绪朝至民国。所雕内容极为广泛，文字既有阴文亦有阳文，或阴阳相兼。书体，上起三代之甲骨、钟鼎、石鼓文字，下至秦篆、汉隶、行、草、楷诸书。图案有山水、人物、花卉、竹石、秦砖、汉瓦、十二花神、汉魏碑版、古货币，不一而足。

雕刻扇骨和雕碑石、墓志、法帖等大同小异。刻碑要先书丹上石或摹勒上石，然后再进行雕刻。刻扇骨同样也需先由书家、画家将书法或画作于扇骨之上，再由刻家操刀以成。所以带铭文和图案之扇骨，都为两次艺术加工，也是绘画艺术和雕刻艺术的综合体。刻工要保持原作的风貌，不失其神韵，就应理解书家之用笔风格、间架结构、书画层次画法，出笔入笔，全依原作，不应掺杂半点儿个人意见，率意而为。

刻骨者是以刀代笔，以骨为纸。刻家在狭窄的扇骨上，刻出各种图案，没有特技是不能完成的。尤其名人书画稿本，更须由高手雕刻方能相得益彰。笔者藏有张大千画山水人物，徐操画仕女图，范节厂刻郑孝胥书，金城作《芦雁图》等，刻工精细，层次井然，花卉、树木、人物安排恰当，能体现原作精神，堪称佳品。另有几把扇骨，是由著名篆刻家寿石工先生精心雕刻的书法作品，一是溥雪斋书《桃花源记》，一是潘龄皋书《赤壁赋》，骨窄字小，神韵极佳。现在人去物在，更觉弥足珍贵了。

宝石旱盆景

中国盆景由于取材和制作方法的不同,一般可分为山水盆景与树桩盆景两大类。而以各种宝石制成的北京旱盆景,堪称中国盆景艺术中璀璨的瑰宝。

北京的宝石旱盆景,过去大都系宫闱中的雅玩之物,贵胄之家收藏亦甚多。至于小康家庭,也每每在堂屋的硬木架几案上对称地摆上两盆,以示风雅。当时,凡小康水平以上之家办喜事,娘家送的嫁妆中,也往往有一对宝石盆景。

旱盆景所用的宝石,有白玉、碧玉、翡翠、玛瑙、松石、木变石、芙蓉石、欧伯石(音译,产自澳大利亚)等十余种。其中的翡翠,以苹果绿和菠菜绿为上品;松石,以深蓝而沉重者为上品;芙蓉石,以葡萄红色为上品;欧伯石,以白地带金星、红点、绿点者为上品。

皇家所撰的宝石旱盆景,是由宫中的"造办处"承作的;民间所摆者,皆出自玉石匠之手。制作的工序包括开料、挖脏（去掉宝石上的瑕疵与污垢）、雕琢、打眼、研磨、上光、穿枝过梗以至最后组合成完整的形体。至于所用的瓷盆、珐琅盆、硬木底座几以及硬木框架玻璃罩子等物，则订购于各有关作坊，名曰"过行"。

宝石旱盆景之造型皆为花卉，且都具有一定的象征意义。如牡丹，象征荣华富贵；菊花，象征"涵玉散金"或"黄金满袖"；荷花，象征"并蒂连丝"或"出淤泥而不染"；石榴，象征"多子多孙"；葡萄，象征"满斛珠玑"；梅花，象征"风光先占"或"五福临门"（梅花花瓣五片，象征着寿、富、康宁、攸好德、考终命五种幸福，旧时庭院楹联常有"梅花开五福，竹叶报三多"之句）等。

以宝石穿缀而成的花卉旱盆景，质纯色正，光怪陆离，姝丽的枝叶陪衬着娇羞的花朵，富有迷醉的风致；以红珊瑚或白珊瑚栽成的盆景，虽无一花一叶，而其形如树枝，幽茂而玲珑，赏玩间，每每令人想起唐代诗人韦应物的《咏珊瑚》："绛树（珊瑚的别名）无花叶，非石亦非琼。世人何处得，蓬莱石上生。"

徽派盆景见闻

盆景被人称为"无声的诗，立体的画"。皖南有个小村，原称"梧村"，不知什么时候改名"渔村"。因为村民世世代代以种花为生，所以又称"卖花渔村"。

卖花渔村的花木以梅花居多，其所产的梅，以清丽见长，或以香取胜，深得盆景爱好者的青睐。笔者曾游卖花渔村，不仅被百色纷呈的艳丽景象所吸引，更为花木造型的优美所折服。花农们用"咫尺千里，缩龙成寸，小中见大，虽假犹真"的艺术手法，创作出千姿百态的花木盆景。有的铁干虬枝，古朴苍劲；有的盘根错节，势若蟠龙；有的悬空倒挂，如龙探海；有的亭亭玉立，笔直挺拔。

中国的盆景流派众多，仅南方就有徽州派、扬州派和苏州派之别。卖花渔村的徽梅则为徽州派的代表作。徽梅号称龙桩，与徽墨、歙砚齐名。弯曲结扎做成龙桩，主干由几弯到几十弯不等；侧枝水平对称三弯如龙爪，主要有之字弯，磨盘弯（亦称螺线弯）两种，在两种弯的基础上又有所变化，以古傲、苍老、奇峭见称。

笔者在一家花农门口，见到过一件难得的珍品，它巧妙地用一棵梅桩的主干和三根朝下生长的枝干，塑成走兽的四肢，一根较细的枝干在前肢的交叉处斜向上方，其上绽开朵朵红梅，整个造型，俨然一只脚踏实地、翘首望天的"梅花鹿"。观其形态，想其自然，思其寓意，兴味无穷。更有意思的是，像龙须、石楠、榆树这些本来生长在山野之中被人砍伐的柴薪，年复一年，砍而复生，从没有人想到它们会有什么艺术价值；而卖花渔村的花农却独具慧眼，他们看见小树长成了粗大的柱头，刀砍斧琢的伤痕变成了自然的空漏，便采挖回去，经过艺术加工，竟也成了稀有的盆景树扎，而且妙趣横生。可谓匠心独运矣。

北京人玩雨花石

老北京人好逗鸟、斗蟋蟀、养花,也好玩石头。就以雨花石而论,此物虽产自南京雨花台,但老北京人的家中也多藏有珍品。观赏雨花石,历来被视为高雅之举,其中乐趣,实有言语难传之妙。

雨花石素以质、色、形、纹的精奇巧美著称于世。其优者玉质天章,空灵晶澈;更有佳品,或天然成画景色迷人,或似人若马栩栩传神。难怪历代名士如文学家苏东坡、诗人郝经、书法家米万钟、戏剧家孔尚任以及现代文化名人郭沫若、徐悲鸿等,对五彩斑斓的雨花石均有极大的兴趣。

如此奇特的雨花石,价钱自然非常昂贵。当年北京的遗老遗少以及名医、名优、名作家、名画家,则不惜以重金争购之,并题以雅名,藏之密室,轻易不肯示人。

笔者早年居京时,在友人处见过不少雨花石珍品;亦常见二三藏石之挚友共同展玩,并切磋题名,那"其乐也融融"的情景,至今仍深深地留在记忆中。

每当大家把各自珍藏的奇石展示在紫檀木八仙桌上的时候,一切忧愁烦恼便烟消云散。琳琅满目的雨花石,在古色古香的八仙桌的映衬下,越发显出迷人的色彩和诗一般的意境。石友们当年所藏之奇石,都有一个雅致的名称,如"云锦""秋虫""古鉴沉月""游烟花三月""水墨瓜藤图"等,至今记忆犹新。

在这些不胜枚举的奇石中,"槐阴送子"与"归凤求凰"可谓苍穹独赠,价值连城。前者的天然画面是由乳白、墨绿、杏黄等三色组成;墨绿色的图案恰似一株古拙青郁的槐树,浓阴下两块狭长的杏黄色,一前一后,高矮不等,颇像身着古装的父子路经古陌槐阴下。

"归凤求凰"是著名小说家张恨水先生的传家之宝。此石本体为鲜艳的鹅黄色,而含在其中的猩红色细密花纹,极似两只振羽翱翔的凤凰,那栩栩如生的情态,令人有呼之欲出之感。遗憾的是,这一天然的瑰宝于日本侵华战争时期不慎失落。欲再获如此珍奇之雨花石,只恐踏破铁鞋而无觅处矣!

神态各异话罗汉

"鼻高目突耳垂肩,妍丑庄谐一一传。鬼斧凿来五百态,神州罗汉亘千年。"这四句诗,是广东南华寺内,宋庆历八年(1048),游人观赏木雕罗汉像后所作。

罗汉原是阿罗汉的简称,是佛家声闻乘断尽三界一切见思惑之圣者名,就是断尽一切嗜欲、解脱了烦恼的僧人。古人对此圣者甚是赞赏,他们为了积德纳福,解脱烦恼,就在名山古寺中捐刻佛像。因此,罗汉在中国不少寺院中都有供奉。

罗汉的造像不一,神态不同。先说广东曲江南华寺的木雕罗汉像,最初为五百尊,日久倾圮,有的毁坏,有的散逸,如今这十九尊宋代罗汉,算是仅存的了。它是以柏木雕刻而成,雕工古朴精细,形体颀长,个性而生猛,外貌奇而不俗。云南昆明玉案山下筇竹寺内的五百罗汉,分两殿供奉,每殿六排,每排六层。他们最大的特色不是传统的千人一面,而是以生活中的"众生相"为标本,他们眉目传神，俨如活人，有老有少，有坐有立，衣衫褴褛和帽履整洁的各占一半，雕塑亦极精美可观。浙江杭州南屏山下的净慈寺，相传初塑有泥金罗汉十八尊，北宋毁于大火，高宗时又塑五百罗汉，个个神态毕露，雕工极为精良。而山东泰山北麓的灵岩寺内四十尊泥塑罗汉，更塑造得准确生动，它系宋代作品，透过罗汉的衣饰形象和表情，揭示了它们的内心世界，真是喜、怒、哀、乐、爱、恶、欲俱形于色，富、贵、贫、贱、寒碜相栩栩如生，塑工极富实质感。青筋脉管，头露清晰；肌体骨骼，分明如生。再如北京香山西北角的碧云寺中所列五百罗汉，是明代古物，以檀香木为身，黄金为外饰，个个神态活现。另外四川峨眉山麓报国寺、新都宝光寺、河南洛阳白马寺的十八罗汉，都是罗汉佛像中之杰出雕塑之品。

且说河南省南阳市卧龙岗武侯祠内的十八罗汉，是明代之物。相传它是以前南阳最大寺院"南大寺"供奉之罗汉，原寺院坐落在白河岸边，不知何年白河发水，寺院毁于洪水之中。清朝末年又一次大洪水，把这些罗汉从坍塌的河岸上冲了出来，后经整修，始移至武侯祠内。这十八尊罗汉，是琉璃塑像，以铅硝为助熔剂烧制而成，多数作跏趺之姿，像高一百二十厘米至一百三十厘米，查考在公元1484年烧成，迄今已有多年的历史。这些罗汉由于体形较大，在施釉方面，采用了刷釉方法，罗汉衣饰以绿、赭、黄、橙、黑五种彩釉，塑像的头、脸、手和足部，一般不挂釉,而是利用原底本色,使塑像显得格外清雅醒目。这些罗汉最大的特色,是在造型上仪态各别,有慈眉善目,妙相吉祥的;有横眉瞪眼,面目狰狞的;有伸足屈膝,打坐盘踞的;有赤足的、有登履的、有持珠的、有合十的;有双目微合,闭唇沉思的;有袒胸露腹的,有农履整洁的……真是不一而足。

紫砂与铭刻

对于紫砂壶,笔者素有偏好。细细品玩,除了造型千姿百态,泥色丰润古雅,功能奇异独特之外,还集诗、书、画、印于一壶。因此,每一只壶,都是一件别具气韵的艺术珍品。

中国人爱喝茶、赏壶、品茗、吟诗,风雅之至,流传下来的赏茶诗也不少,其中有宋代欧阳修"喜共紫瓯吟且酌,羡君潇洒有余情"的佳句,还有梅尧臣的"雪贮双砂罂,诗琢无玉瑕"等,但当时还没把这些诗句铭刻于紫砂陶中。直至明清时期,宜兴陶瓷蓬勃兴起,紫砂壶才吸引了众多书画名家来到宜兴,他们或亲自挥笔兼刻,或与艺人合作镌刻,使紫砂壶成为"字随壶传,壶以字贵"的雅玩。有的壶身镌铭曰"一杯清茗,可沁诗脾";也有镌"山中一杯水,可清天地心"的;还有人借铭文抒发胸怀。扬州八怪之一的郑板桥,曾在紫砂壶上刻一诗云:

嘴尖肚大耳偏高，
才免饥寒便自豪，
量小不堪容大物，
两三寸水起波涛。

乾隆帝也曾为紫砂题诗一首：

锦校不藉无孙掷，
练影中堆万簇花。
设与水仙作春波，
天边风月傲清华。

此壶至今还在北京故宫博物院收藏。

清末民初，一代紫砂书面雕刻家沈才田、韩泰、路兰芳、任淦庭等，曾与书画名家于右任、吴昌硕、程十发、唐云等合作，制成"四方古菱壶""汉君壶"等，被陶艺界一时传为佳话。其中陈少亭与蔡元培合做的一只紫砂花盆尤为名贵：盆系树桩型，树皮深褐色，有三个树结，两处脱皮露胎，造型生动逼真；盆的口径十四点四厘米，高十一点五厘米，两侧一面刻的是蔡元培先生的题诗：

不使宝山空手回，
濒行精选赠盆栽。

花神未必增惆怅，
乞得君家衣钵来。

　　　　岳渊主任属
　　　　　蔡元培

另一面刻题记：

　　黄氏植物，芳荣作品，少亭刻。

　　当时，蔡先生将此盆赠给被誉为莳菊名手的《花经》作者黄岳渊。这件紫砂杰作，如今当是稀世之珍了。

德化古青瓷

中国古代的瓷器,唐时已驰誉海外。唐代瓷器,南方以青瓷为主,北方以白瓷为主,因有"南青北白"之说。宋元以后,渐有变化,南方也有烧白瓷的了。福建是南方生产白瓷最多的地方,而德化窑的白釉瓷器,宋元时已大量烧制,至明代,进入新的发展阶段,创造了独具风格的建白瓷。建白亦称乳白、猪油白或象牙白,其形制除日常生活用的各种器皿外,尚有人物、动物雕塑等艺术品。至今海内外珍藏有这种明代德化窑白瓷器的,犹大有其人。

由于福建窑以白瓷著称于世,以致德化的青花瓷器在德化陶瓷发展史上的重要地位反倒被人忽略了。据说,近数年来的文物考古调查表明,德化县境内已发现的一百八十五处古窑址中,青花瓷窑址即在一百处以上。其分布范围之广,产量之多,在德化古代瓷器生产中占很大比例。国内学术界不少人认为,德化瓷的青花瓷业肇始于明代,而全盛于清代。自从青花瓷器盛行,它便逐渐取代了白瓷而成为德化瓷器的主要产品了。

德化青花瓷器的品种甚多，有碗、盘、杯、碟、瓶、炉、觚、樽等，其胎体坚白细腻，釉色或幽清淡雅，或明快浓艳。青花纹饰题材异常丰富，既有山水人物，又有花卉鸟兽、草木鱼虫等。布局得体，构图简洁，运笔自然奔放，无繁缛堆砌之俗气，反映了民间窑业的朴素品质，富有浓郁的生活气息，令人一见而生爱意。各种器物底部都有款识，最常见的是商号名称，如"顺兴""宝兴""瑞兴""万利""胜玉""美玉""珠玉""合吉"等；亦有以画代款识的，如小兔、秋叶、双鱼、火焰等，有的还有年号款识，如"成化年制""康熙二十五年德化县知事鄞县范正格选制"等。

青花瓷器是中国陶瓷工匠一项卓越的创造，远在北宋即已出现，元明后大量烧造，以其清新明快的色调、丰富优美的装饰纹样，普遍为人们所喜爱，成为中国古陶瓷中最富有民族特色的一种。明清时期德化青花瓷器之崛起，固然与福建省内市场的需要有关，但更重要的原因是为适应对外贸易的巨量需求。这从中外有关文献的记载，及历来亚非各国陆续发现的实物可以证实。它对传播中国古代文化与促进中外人民的友好往来，做出了积极的贡献。

目前可确证为古时外销产品之德化青花瓷，大约有以下品类：

青花圈点碗，英国牛津东方艺术博物馆有得自非洲坦噶尼喀出土的藏品。其源盖来自德化县之桐岭、岭兜、石僻子、竹林子、苏田等窑口，造型、纹饰，毫无二致。

吉祥器青花盘、碟，巴基斯坦出土之中国古瓷有此种盘、碟。盘碟中部写有"吉祥"汉字，周边由四层重叠的短直道半寿字纹图案组成。德化的洞上、下玲、石坊、石排格等古窑址发现的产品正是这种盘碟。

花篮纹青花盘。曾远销非洲的这种青花盆，在德化的后所、大垅口、内坂、溪碧、桐岭、窑仔林、林地、水尾、枋山等十数个古窑址均有烧制。坦桑尼亚首都达累斯塞拉姆博物馆得自当地出土的藏品中，有这类吉祥纹瓷器多件可证。

阿拉伯文字纹的青花碗。碗外绘有五个絮边圆圈，每一个圈中间均写有同样的阿拉伯字，同时有作书者长长的署名，如奥玛·奥斯玛。碗底有"成化年制"的款识。印尼雅加达博物馆有此项藏品。从碗上写有阿拉伯文看，当是伊斯兰国家买主的定制品。

此外尚有牵牛纹的青花碟、盘、碗，云龙纹的青花碗和盘，云龙火珠纹的青花碗，城楼纹、佛手纹、寿字纹的青花碗和半寿字的青花盆。这些器皿在中国之西沙群岛先后出土，专家鉴定为德化窑产品。德化县的岭兜、石排格等五十多个古窑址中也都发现有同样的碗盘，这不是偶然的。自古以来，西沙及南海诸岛即为中国版图，为中国与西洋各国交通贸易往来海舶必经之地。大量德化瓷器在西沙群岛发现，或为当地居民日常生活用器，或为德化外销瓷器途经西沙留下的遗物，是不难想见的。

德化县位于福建东部闽江支流大樟溪的上游，虽地属山区，但水运便利。随着福建沿海几个对外贸易港口的先后兴起，瓷器成为外销的热门货，推动着德化瓷器的发展。而德化瓷器业的长足发展又促进了福州、泉州、漳州、厦门这些港口对外贸易的繁荣。明代郑和七下西洋，带回苏麻离青的青料，使瓷器青花的烧制有了很大的进步。同时郑和船队带到亚非各国的青花瓷器为数极多，开拓了中国瓷器广泛的外销门路。海外市场对瓷器的需求量增加，这时素有外销传统的德化瓷业无疑也是一个有力的刺激。亚非各地先后发现之德化青花瓷器，多有"成化年制"的款识，非无因也。

大批自明代中叶始，德化的外销瓷，白釉瓷以乳白釉雕塑艺术为特色，青花瓷则以适应人们日常生活需要的器皿为大宗，二者相辅相成，相得益彰。至清代，德化瓷器便在这一基础上取得进一步的发展，从而进入一个空前繁荣的阶段。

名人砚铭述其志

砚台,作为文房四宝之一,既是实用的工具,也是精美的工艺品。古今不少名人都喜欢在砚台上镂刻各种各样的铭文,使得方寸之地锦上添花,平生了无穷情趣。

这些铭文以记事者为多,文字有长有短。长者如欧阳修在一块南唐歙砚上所作的铭文,洋洋近二百言,不仅详细地记载了砚台的由来及其收藏经过,还记述了南唐造官砚的历史。短者如苏辙的《铜雀砚铭》云:"客有游河朔登铜雀台,得其遗瓦以为砚,甚坚而泽,归以朴。"

有的文人在铭文中结合记事抒发感慨,如明朝学者都元敬在一块铜雀瓦砚上所撰铭文:"昔为瓦,藏歌童,贮舞马。今为砚,承铅椠,伴图史。呜呼!其为瓦也,不知其为砚也。然则千百年后,安知其不复为瓦也!盖豪雄武人不得而有之,子墨客卿固得而有之。吾是以喟然有感于物也。"由铜雀台瓦今昔和明日的演变,借题发挥,感慨历史兴衰,全篇意味隽永,称得上是一篇史论佳作。

也有不少砚铭是表主人志向，明主人心迹的。宋代抗金英雄岳飞有一方砚，背后刻有铭文："坚持守白，不磷不淄。"意思是要保持玉石一般坚硬、洁白的本质，绝不让黑色所玷污，表达了他精忠报国、坚贞不渝的崇高心志。有趣的是，后来这方砚又转到另一位民族英雄文天祥手中，他在上面也刻上一段铭文："砚虽非铁难磨穿，心虽非古如其坚，守之弗失道自全。"充分体现了他要继岳飞遗志，抗敌救国的精神。文天祥另有一砚，其上所刻铭文是："洮河石，碧于血，千年不死苌弘骨。"借用古代苌弘化碧血的典故，同样还是表达他视死如归、一心报国的高远志向。

还有人利用砚铭来申鉴戒，称功德，这多见于赠砚之上。苏轼在送长子苏迈去德兴县做县尉时，曾赠给儿子一方砚台，砚台上刻有这样一段谆谆告诫儿子的铭文："以此进道常若渴，以此求进常若惊，以此进财常思予，以此书狱常思生。"意思是利用这方砚学习修身应当经常如饥似渴，有所警醒；利用这方砚书写理财和断狱一类文书时，要经常考虑老百姓的利益，考虑到让犯人悔过自新以求新生。

近悉，苏州大学钱仲联教授长期主持明清诗文研究所的工作，治学严谨，著作等身，有朋友赠以砚台，砚铭曰："治学明清，解经以理。精研文史，校字如仇。"可谓知人善记，褒扬恰如其分。

且说薛素素脂砚

薛素素脂砚的闻名于世,乃由于《脂砚斋评今石头记》一书的作者"脂砚斋主人",而"脂砚斋主人"又以中国古典文学巨著《红楼梦》而享名。

笔者尝见此砚,砚小盈握,贮于珊瑚色朱红漆盒中,砚盒制作颇为精致。盒背上盖内勒细暗花纹之薛素素像,人物凭栏站立绣帷前,笔极秀雅,引人入胜。右上篆有"红颜素心"四字,左下为"杜陵内史"小方印。系仇十洲之女仇珠所绘者。全盒宽仅一寸九分,高二寸二分许。盒底小楷书款有"万历癸酉姑苏吴万有造盒"字样。

脂砚质地细腻,如肉如脂。砚上微现鱼脑纹与胭脂晕痕。砚宽一寸五分,高一寸九分许。砚之周边镌有"柳枝旧脂犹存"。砚背刻有王百谷稚登行草书五言绝句一首云:

调研浮清影,
咀毫玉露滋。

芳心在一点，

余润指兰芝。

后题"素卿脂砚"及"王稚登题"八字。

按王百谷写于明代万历癸酉，时年仅三十九岁，脂砚下边刻有隶书"脂砚斋所珍之研其永保"十字。由此可以断定"脂砚斋"命名的由来矣。

薛素素脂砚，辛亥前曾为端方所藏。此砚与《红楼梦》佳本及薛素素自画像，同为端方收藏而随身入川者。端氏去世之后，此砚流落于巴蜀藏砚家方某之手。据张大千之表弟晏济元对李克非讲，此砚确系端方所携入川者，落于方君之手后，晏氏也曾在其藏砚楼观赏过此物。而《红楼梦》佳本与薛素素自画像，则不知所终。

另据缪荃孙云，《自在盦随笔》所见匋斋所藏书画约六十余种，内有薛素素自画像绢本，高一尺七寸二分，书栏边石竹钩叶兰自题小楷曰："玉箫堪弄处，人在凤凰楼。"款为"薛氏素君戏笔"，下钤"沈氏薛""第五之名"两白文方印。

薛素素为明代南部名妓，与"冲冠一怒为红颜"的陈圆圆、"血溅桃花扇"之李香君及董小宛合称"金陵四艳"。胡应麟《甲乙剩言》称"京师院东本习诸妓无复佳者，唯史金吾宅后有薛素素，姿度艳雅，言动可爱"。世传《野获编》作者，名士沈德符纳素素为妾。后不终，嫁为商人妇。"五"为院中行次，所以有"第五"之名小印。《玉台画史》记薛又有印曰"五郎"。薛名为素君，或称"素卿"，"素素"实为其字，又有小字名"润娘"。

薛素素脂砚是当代研究《红楼梦》著作的可贵实物资料，它的文物价值引起国内外红学界人士的重视是理所当然的。

名人历来喜端砚

近读梁启超《饮冰室文集》,对其中谈到他喜爱端砚的事颇有感慨。

端砚是中国诸砚之冠,它产于广东古端州(今为肇庆市),端溪水一带。戊戌变法失败后,梁启超被迫出国,所藏的书籍和文稿大都散失,友人唐浏阳所赠、江建霞刻铭的一方菊花端砚亦同时失去,他对此殊为惋惜。他写道:"今赠者、铭者皆已没矣,而此砚也复飞沉尘海,消息杳然,恐今生未有合并时矣。念之凄咽。"

梁启超对端砚有如此特殊的感情,好友黄遵宪获悉,便又送了他一方端砚。这方砚台雕刻精良,黄遵宪并附上拓本《媵一铭》,铭曰:"杀汝亡璧,况此片石。衔石补天,后死之责。还君明珠,为汝泪滴。石到磨穿,花终得宝。"字里行间,道出了黄遵宪对梁启超的期望。而梁启超得此砚后,"狂喜几忘寝餐",便把从"失砚"到"得砚"的心境写入《饮冰室诗话》这一名著里。其中有句云:"今则此砚亦一块宝矣。自是人间有两菊花砚。"

其实名人之喜端砚自古皆然。笔者早年曾见一端砚，乃南宋抗金英雄岳飞所用，背面镌刻有铭文："坚持守白，不磷不淄。"旁边还镌刻有南宋名人谢枋得的题记和另一位民族英雄文天祥的题记。文天祥题记是："岳忠武端州石砚，向为君直（谢枋得字君直）同年所藏，成淳九年十二月十有三日寄赠天祥。铭之曰：砚虽非铁磨难守，心虽非石如其坚，守之弗失道自全。"

关于岳飞之铭文，窃以为，"坚"乃坚实，"磷"即薄也，"白"为洁白纯净，"淄"与缁同义，黑也。这段铭文看来是引自《论语·阳货》："不曰坚乎，磨而不磷；不曰白乎，涅而不缁。"岳飞引此作铭，寄寓自己"精忠报国"志如磐石之坚也。

据著名竹刻家徐孝穆（即柳亚子先生的外甥）云，民族英雄林则徐亦藏有端砚，该砚存于李宇趋先生家中，曾经著名的花鸟画家唐云及徐孝穆先生过目，徐孝穆镌刻题记："砚为清代林文忠公遗物，石为端砚上品，原有铭跋，遭人磨毁，将运出国被阻留而流落羊城，为赵品三先生收藏，辛丑夏赠王世英转赠于北京。壬寅春季，李宇趋记于沪上大石斋。"

歙砚之乡话歙砚

位于黄山南麓的安徽歙县,因自唐代开元年间即开始生产中国四大名砚之一的歙砚,历经一千二百多年而不衰,故被称为"歙砚之乡"。

歙砚的诞生颇有神奇的色彩。据《砚谱》载,当时有一位姓叶的猎人追捕野兽,见龙尾山脚的武溪之上,五色云气缭绕,如锦衾覆盖。两侧有一缕白云婉转浮游,状若行龙,遂以为龙兆吉祥,便信步踏进武溪。猎人见溪水中石,或光洁如玉,或灿若金星,便拣了一方回家,请名工雕琢,制成了第一方歙砚佳品。这方歙砚温润细腻,研墨生辉,几经辗转至歙州令手中,大受赞赏,于是歙砚始有规模地生产并名闻遐迩,成为唐明皇李隆基赐赏功臣的佳品。

到南唐时,歙砚制作工艺得到了进一步发展,歙砚精品层出不穷,这当中要数著名砚工李少微呈给后主李煜的一方"蛟龙喷水"砚为最。但见一片水珠由龙嘴吐出,流入砚池,李后主拍案惊叹曰:"真乃宝砚也!"当即挥笔写下"歙砚甲天下"五个大字,并提升李少微为砚务官,在歙州专管歙砚制造。宋代以后,歙砚深受历代书画名家的青睐,苏东坡爱砚成癖,蓄砚盈室,枕砚而卧,为得一方歙砚佳品,不惜用传家宝剑交换。清朝内府中蓄有一方歙砚,先为明代书法家董其昌所得,后归唐寅所珍藏,最后到了乾隆皇帝手中,三位名人均为此砚作铭文,尤其是乾隆铭曰:"歙之石,龙尾最",给歙砚以很高的评价。

歙砚之珍贵首在质,它天然生有神奇色彩的星晕纹理,主要有金星、金晕、金花、银星、眉子、玉带、水浪、鱼子、紫云、绿晕、左犀、枣心等数十种,其中以金星为上品。其次为雕刻精湛。据史载,宋代米芾得到一方盈尺歙砚,砚前刻有三十六山峰,大小间错,延伸至边;中雕砚池碧水荡漾,横生妙趣。与米芾同时的苏仲恭见之甚爱,竟不惜用自己在镇江北固山前峰的一座豪华宅第去换这方佳砚。

现代砚造型大致可分为五类,即仿古式、自然形式、长方大冠式、长方玉堂式、平板砚式。在歙县城斗山街口,有一个"文盛斋",它的主人叫王祖伟,世传砚雕已历三代。他这里所售的砚品,大部为店主自己雕刻,且刀法不凡,引人注目。王祖伟刻砚,务求石料与工艺两全其美。对石料注重造型、纹理色彩上的素质,而对雕刻技艺,则以中国画为基础,将诗、书、画、印融为一体,并尽力容纳了艺术、哲学、美学等思想内涵。在他的那个赵朴初题写的"文盛斋"内,迎面是一方"曹雪芹作石头记"砚,呈茶几案桌形。大横幅画面上,雕琢着令人着迷的曹雪芹伏案著书的情景。整个画面,格调雅致脱俗,称得上是一幅力作。

北方的名贵笔墨

"文房四宝"中的"湖笔""徽墨",为过去的文人墨客所称道。"湖笔"是指湖州府(今浙江省吴兴县善琏镇)出产的毛笔,"徽墨"是指徽州府(今安徽省歙县、休宁等地)出产的墨。中国土地辽阔,出产笔墨的地方不仅是湖、徽二州,北京、天津以及河北省衡水市等地出产的笔墨,也颇有名气。

首先说毛笔。早年,天津毛笔以"华经魁"的出品最有名。这家老店制作的毛笔,有羊毫、紫毫、兼毫、狼毫等类,以"七紫三羊毫"软硬相济便于日常书写使用,最受欢迎。他们制毛笔要经过七十多道工序,对成品检验又非常认真,只要出厂,绝无次品,所以"华经魁"的毛笔在华北销路很畅。

河北省衡水市侯店的毛笔有"宫廷御笔"之称,是北方各地毛笔之冠。远自明朝宣德、正统年间,侯店毛笔即已出名,当年的黄狼尾毫和香狸尾毫两种特产毛笔,尤为书画家所珍爱。清朝光绪年间，侯店制笔圣手李文魁到北京开店授徒，把侯店制笔技术带到北京，北京制造毛笔从此也有了侯店特色。后来李文魁逝世，还受到光绪皇帝的表封，所以留有"宫廷御笔"之称。最近有消息说，侯店毛笔现在恢复生产，去年仅出口一项就有一百五十多万支。

再说墨。北方出产的好墨，更有"落纸如漆，万载存真"的美誉。早年，天津的"淳秘阁"制造的最负盛名。其墨香经久，胶度适中，落纸不皱，书画皆宜，完全能与"徽墨"媲美。

近数十年来，研墨濡笔的书写方式，已为墨汁和硬笔所取代，一般书写，使用墨汁很方便，遂出现了北京"一得阁"墨汁。这种墨汁香味纯正，书写流畅，写后易干，耐水性强，适于揭表。不只在国内受欢迎，也极受日本书道家的称许。

关于墨汁的产生，还流传一个故事。据说清代同治年间，江南举子谢松岱进京赶考，不幸落第，身边盘缠用尽，流落北京街头，正穷困潦倒，忽然想起考场举子研墨答卷要耗费很多时间，如果研好墨到考场门前售卖，当受举子们的欢迎。他就动手研墨，端到考场去卖，一次大比完毕，他竟弄到许多钱。于是就在北京琉璃厂开了一家墨汁作坊，手工操作，研墨成汁，再行销售。他自书对联为"一艺足供天下用，得法多自古人书"。上镶"一得"二字，传说这就是"一得阁"得名的由来。当然,"一得阁"其后的大规模生产墨汁,已经改进制墨原料和工艺,绝非手工研墨了。

"老周虎臣"如虎添翼

20世纪50年代,在上海与"周虎臣寿记"合并的"杨振华笔庄"和"李鼎和笔庄"这两家也非等闲之辈,笔者略述一二。

杨振华笔庄,创始于1935年。店主杨振华夫妇均系湖州笔工,有一手制笔好技艺,到沪后广泛结识书画名家和社会名流,如张大千、吴湖帆、沈尹默、谢稚柳、徐悲鸿、唐云、周信芳等,请他们试笔,虚心听取意见,进行改进,直至书画家满意为止。同时,吸收国外画笔的经验,经过精心研究,改进工艺,终于在狼毫书画笔方面独树一帜,与当时北京的李福寿画笔齐名,素有"南杨北李"之佳誉。

杨振华狼毫书画笔品种很多,有大、中、小兰竹,豹狼毫,豹狼毫屏笔,联笔,鹿狼毫小对笔等五十余类。书画家们常常命名定制,如张大千定制的"大千选用画笔"、吴湖帆定制的"梅景书屋画笔"、沈尹默定制的"尹默选颖"、任政定制的"兰斋选颖"等,狼毫书画笔具有锋颖锐利,笔锋饱满,弹性适中,刚柔相济,宜书宜画的特点。

杨振华为了增强笔头弹性,在狼毫中加以适量的石獾抢毛。制作笔杆的材料也十分讲究,系采用福建生产的凤眼斑竹和湖南的湘妃斑竹。必在每年立冬后,清明前采制,以保证久藏而不蛀。这种天然花斑竹竿装上了狼毫笔头,还镶上用牛角制成的"笔斗"和"挂头",人们称为"三镶笔杆"。这不仅起到增添美观,加固笔头牢度的作用,而且便于用毕上挂,有利于对画笔的使用和保养。书法名家赵朴初先生喜用兰竹笔,并赋诗赞誉道:"管城今日推兰竹,圆齐挺健收纤束。挥来众妙现毫端,霹雳龙蛇腾尺幅。"

李鼎和笔庄创始于清咸丰元年(1851),专制湖笔,在上海也颇有名气,以"紫毫""兼毫"最为著名。其特点是锋头深浅、样子尖浓、进出修短等方面合乎法度,尖齐圆健不开叉,使用得心应手,在日本、中国香港等地有相当市场。它以"鼎"牌为注册商标,曾于清宣统二年(1910)获农工商部褒奖。当年驻日大清使署黄竹生日本购用"鼎"牌湖笔,使用后赞不绝口,曾题词"制作精纯"寄赠李鼎和笔庄予以赞扬。"鼎"牌湖笔于1929年参加美国、菲律宾马尼拉狂欢节工商博览会获得奖状,1930年获国际博览会奖章。

湖笔兼毫品种有抓笔、提联对笔、长锋羊毫等，使用寿命长久，很多老书画家能使用几十年。名画家吴湖帆也常用李鼎和的笔。"臂隼牵卢纵长猎"是吴先生给"李笔"的赞词。

现在"杨振华笔庄"和"李鼎和笔庄"虽已并入老周虎臣笔厂，但是这两张"虎翼"仍在发威，它们的优良制作工艺和传统，继续在发扬光大。

衡水毛笔与易水古砚

"文房四宝"指笔、墨、纸、砚，其中毛笔和古砚占了二宝。所以在1978年，担任全国人大副委员长的廖承志访问日本，带上了衡水毛笔、易水古砚两件礼物，赠给了日本首相大平正芳。

据文献记载，"秦蒙恬始以兔毫竹管为笔"，开创了毛笔生产和使用历史。因而蒙恬被传颂为中国毛笔制业的"鼻祖"。农历正月初三是蒙恬的诞辰之日，每年此时，河北衡水各制笔厂艺人，鞭炮齐鸣，焚香燃纸，宴请亲朋，以此纪念祖师，祝贺过去一年制笔业的成绩，并祈祷新的一年生意兴隆。相传，衡水毛笔是明朝永乐二年（1404）由山西洪洞移民、再从北京密云迁来之后开始生产的，现已二十多代，五百余年历史了。

易水砚的历史更长，至今已有两千多年。它始于春秋战国时代的燕国下都西南面，即南易水河畔的津水峪。唐朝末年，易州奚超父子继承了松敏烟制墨技术，并在南山发现"易水砚"。它选用太行山区的水成岩，石制细腻，石面光泽，细润如玉，质刚而柔。古人赋诗赞美：

　　南山飘素练，晓望玉嶙峋，遥忆最深处，应多著石人。

　　衡水毛笔艺人李文魁曾在北京设庄，有一爱好书法的太监同他结为兄弟，经常把他制作的笔带进皇宫，奉为"御用"，受到皇帝的赏识。李文魁死后，光绪帝降旨赐他一蟠龙碑，上面镌有"圣旨"二字。衡水毛笔还在外地开设了"魁文堂""万宝堂""德文斋"等店，所制毛笔销往全国各地。史载巴拿马赛会衡水毛笔曾获奖章。这一古老文化用品，大部分生产工艺，至今仍沿用传统的生产方法，材料以竹、木、象牙、兽骨、兽毛为主。一支毛笔从原料到包装出厂，一般要经过七十三道工序，主要有选料、水盆、零活、乾作、刻字、成装六道大工序。就拿笔头料来说，品种繁多，如黄狼尾、香狸尾、香狸毛、马毛、山羊胡、猪鬃、山兔毛、牛耳毛、石獾毛、貉子毛等。再如刻字，用尖刀刻于笔管上，有"特制水月""大白云""大小由之"等。

　　再说易水砚，起初多为圆形、方形，带盖的砚石大的称墨海。近百年来，因材造型，以型定名，一般为龙形、竹节形、古瓶形，雕出的山水、花卉、鱼虫、人物栩栩如生，看后感到静中有动，动中有声，声中有情。其中鱼砚、龟砚、蚕砚、蝉砚、琴砚、棋砚七大高档砚，堪与端砚、歙砚相媲美。

易水砚的雕花图案古雅大方，有龙凤朝阳、双龙戏珠、金龟献寿、五福捧寿、哪吒闹海、天女散花、松梅竹兰等一百二十余种，画面具有民族色彩，刀法精细，形态逼真。

中国书法家、美术家对衡水毛笔、易水古砚都有高度评价。萧劳曾为笔厂写下"妙笔生花"四个大字；陈叔亮赞其笔"力敌千钧"；孙墨佛为易水砚题了"神工鬼斧"；启功写了"易水精舍"的匾额。

"老胡开文"的墨

一位擅长书法的友人请我去他家中鉴赏他新收的上品好墨,打开锦盒,一锭锭精制仿古套墨《西湖图》呈现在眼前,背面有赫然四个金字"老胡开文"。

墨为文房四宝之一,以安徽产的"徽墨"最负盛誉,1915年,曾获得巴拿马"万国博览会"金质奖章。设在北京东琉璃厂的胡开文笔墨店,就是一家专门经营徽墨的老字号,我在北京读书时常去光顾。

老胡开文墨店于清乾隆四十七年(1782)创立于安徽屯溪,当时就被誉为全国四大墨店之一。1911年,胡开文的五世孙胡祥均,在北京开设了胡开文分店,由安徽老厂批货到北京推销。

在那间雅静的店堂里,可以买到各种各样的徽墨。从形状看,方、圆、扁、长俱备;从颜色分,墨、红、蓝、绿齐全(包括色墨)。有的墨上,刻着名人的诗词歌赋。有的墨上,描绘出祖国的山川风光。我曾见过一套集锦墨——《棉花图》，全套共十六锭，每锭约有一寸宽，但是上面却刻着古代从种棉花到纺纱织布的全部过程，图中有人有物，有情有景，可以说是一套精美的艺术品。胡开文徽墨的特点是色泽墨润，历久不褪，捺笔不胶，入纸不晕，香味浓郁，书写自如。有人形容它"湛湛若小儿目睛"，颇有趣味。

那些被当作贡品的徽墨，制作就更为精细了。有一套《御园图》墨共有六十四锭，是清朝嘉庆三年（1798）刻的模板。有雄伟壮丽的楼阁，有山清水秀的园林，每锭墨都有个富有诗意的名称：碧林馆、清辉阁、鉴光楼……都是根据北京圆明园的景物刻制的。圆明园已毁于八国联军的大火，而在这套墨模上却留有真貌，因而弥足珍贵。

胡开文制墨的原料有油烟和松烟两种，按品级又分极品、神品、超贡、漆贡、贡烟等多种。油烟墨色泽光亮，松烟墨乌黑润和。据说，为取得油烟，要点燃几百盏油灯，一股股黑烟从灯头升起，在铁板上聚集为"烟子"；再把这些"烟子"刮下来，经过千杵万锤，制成各种各样的徽墨。"落纸如漆，万载存真"，它为人们留下了光耀千古的墨迹。

文房之宝——一得阁墨汁

每当展纸挥毫时,总想起北京的"一得阁"来。

"一得阁"墨汁厂始建于清朝同治年间,距今已有一百二十多年。相传,那时安徽有个名叫谢松岱的书生进京赶考,屡试不中,甚为伤心。一日,在考场上研墨的情景又浮现在他的眼前。他想,在考场上研墨既费时又费力,能不能使用现成的墨汁呢?后来,为了验证自己的想法,他将自己精心研制出来的几瓶墨汁拿到考场外面兜售,结果深受考生欢迎。从此,这位书生放弃了考试做官的念头,在琉璃厂西街开了一间专营墨汁的店铺,生意异常兴隆。谢松岱得意地写了一副对联:"一艺足供天下用,得法多自古人书。"店名便取了上下联的头一个字即"一得"。加之当时的店铺是一座二层小楼,前有游廊,东西都邻小胡同,不与其他店铺衔接,颇有点阁的意思,所以叫"一得阁"。谢松岱本人是个儒生,写得一手好字,于是他亲笔写下了"一得阁"和"墨汁店"两副匾额,挂在店铺前。

最早制作墨汁的方法是将墨块粉碎，浸泡后再兑水成汁，这种方法效率很低。后来他们又发明用"油烟""松烟"为主要原料制作墨汁的方法。

"油烟"是用豆油、花生油和猪油作原料在封闭的房子里熏制，房内的案子上摆满盛油的小灯，上面复盖着小碗，地下有许多小孔能通入空气。"点火炼油"之后，便可得到乌黑的"烟子"了。"松烟"则以松木为原料，放在壁火中燃烧，从房屋顶上一种特制的多节烟筒里取烟灰。一般烟筒上部的烟灰最好，叫"云烟"。由用墨块而改用墨汁，方便了人们的书写，这在当时不能不算是一种进步。但这种墨汁缺少光泽，容易吸水反潮，不易久存，因此还不能和墨块媲美。

据说，真正使"一得阁"墨汁香飘四海的，还是在20世纪50年代，科技人员用科学方法研究出更加合理的配方。墨汁的原料采用四川自贡的高色素天然炭黑，并加入麝香、冰片、碳酸等，制成的墨汁色泽乌黑，香味浓郁，并能防腐。著名画家李苦禅先生曾提笔试墨，写下了"一得阁墨汁浓度适合，墨度已足，不滞不漆，书画咸宜，可比美昔年之松烟也"的赞语。

铜墨盒和刻铜

我现在还保存着一个白铜墨盒子,三寸见方;一对镇尺,五寸长,一寸阔。墨盒上刻的是一枝山茶花,花枝上立着一只缩颈的鸟,而且是正面的(画家多避免画正面鸟,因为任何鸟的正面,一画就很难看,易成怪状)。边上题着一首诗:

> 压断千层立,山茶一枝栽。
> 自时寒鸟舞,犹向雪中来。

署名"茫父"。

两方镇尺并在一起,是一幅山水轴子:一条渔船,一个渔翁,远远的一角山,近处是一丛江边的芦花,上面蝇头小楷,刻了一首柳宗元的绝句:

> 千山鸟飞绝,万径人踪灭。
> 孤舟蓑笠翁,独钓寒江雪。

款署"寒汀"。

这两样东西看上去不起眼,实际现在是很难得的了。这是地地道道琉璃厂同古堂的,是琉璃厂刻铜世家张樾臣的作品,距今足足有半个世纪以上。

在当年的北京,一个铜墨盒,一对铜镇尺,刻得再好,也不足奇,因为那时这类东西很多。但时过境迁,现在已很难见到。而一眼就能认出张樾臣刻工的人,就更少了。

铜墨盒的历史说起来并不很长。清代科举殿试时,最讲究写墨卷,墨色要黑、要亮、要滑润,用砚台磨墨费时而不易磨好,于是便有人发明了墨盒子:用个铜盒子,盒盖里面有块石片,可以捺笔。盒中放点丝棉,注入一些磨好的墨汁,放进考篮,带进场中,用起来十分方便。据《光绪顺天府志》记载,墨盒最早创始在道光年间,到了同治、光绪之后,才盛行起来。盖上开始时刻字,光绪时最著名的陈寅生,能在盒盖上刻芝麻粒大小的楷书,两三寸见方的盒盖,能刻一篇《兰亭序》。20世纪三四十年代在北京还经常看到这种铜墨盒,现在可能还有人收藏着这种刻满小字的墨盒吧。

继刻字之后,又有人在墨盒盖上刻花卉、翎毛、山水、人物,都是把名家的书稿缩小了刻在盒盖上。这种技术,在光绪前后的五六十年中最为流行。其中张樾臣的作品,是最精美的,不但北京,而且流传到全国各地以及日本、欧美等地。

近人所著《北京繁昌记》云，北京之墨盒，与江西南昌之象眼竹细工，及湖南之刺绣，为中国之三大名物。而最优之墨盒，其价值尚不过五元。及錾刻发达，名人刻者甚多，例如寅生所刻者，至今日之墨盒，遂为北京名物之一。琉璃厂、劝业场等处，墨盒店比比皆是。根据这段记载，可以想见当年北京墨盒的盛行了。

几十年前，学生的作文还必须用毛笔写小楷，因而这种墨盒是每个学生必备的。在20世纪三四十年代，学生考试成绩好，常可得到铜墨盒、铜镇尺等奖品。

《鲁迅日记》中有到琉璃厂同古堂买墨盒、铜尺赠送三弟的记载，同古堂就是刻铜名家张樾臣的铺子。

张樾臣刻铜墨盒、铜镇尺，是在陈寅生的基础上又前进一步。陈只刻阴文小楷，而张则变幻刀法，把刻竹的刀法，运用到刻铜上，仿刻竹中的"沙地留青"刀法，刻出阳文花卉，极为生动古雅。一些著名画家如早期的姚茫父、陈师曾、王梦白、齐白石，后来的吴镜汀、江寒汀、王雪涛等人，都给他画稿，供他刻墨盒、镇尺用。我曾见过他刻的一对特大镇尺，上刻王雪涛先生画的荷花小鸟、柳树鸣蝉，用阴阳两种刀法，极为神似。张樾臣除墨盒而外，图章也刻得好，印有"士一居印存"，其子少丞、幼丞能传其技艺。

代后记
——我所认识的周简段先生

老报人周简段先生,曾是我的同事,因长我十多岁,而且知识渊博、采编经验丰富,所以我一直把他奉若长辈。

周简段先生是个"老北京",青少年时代在北京读书、工作、生活,对北京的名人轶事、名胜古迹、文物珍宝、文史掌故、艺苑趣闻,以及民情风俗都了如指掌。他曾和我谈起早年间与张恨水一起办报的时候,常常逛天桥,游故宫,访名胜;还谈到抗战末期到香港去办《星岛日报》;当闻讯共和国诞生,欣喜若狂,马上回到祖国的怀抱,返回朝夕思念的北京,又干起了轻车熟路的老本行——新闻工作。孰料,1957年反右时他被打成"右派","文化大革命"中,他又蹲了"牛棚"。凭着一个老知识分子的一颗正直、善良、爱国的心,他总是充满信心地说:"祖国将来肯定会繁荣富强的!"

1976年以后，周先生到香港去继承遗产，便在那里定居了。从1980年1月起，他在香港《华侨日报》副刊开辟了"京华感旧录"专栏，每日一篇，千字左右，一直到1992年该报易主改版方罢。一人主持一个专栏能持续十多年不辍，这在中外新闻史上实属罕见。

中间，他经常回北京，每次见面，我们总是畅饮畅聊。他拿出香港报刊对他文章的评介给我看：有的报章称赞他"知识渊博，文笔优美，是写老北京的权威"；有的刊物评介他"以古都北京为经，短小精炼的文字为纬，系统地缕述京华旧日，细说当年，使昔日事像重现读者眼前，又具探源究始之功，兼且披露不少鲜为人知的重要史事，对保存历史文化贡献殊大"；还说，读了周先生的文章，"备觉亲切，似与周氏把臂遨游，细诉从前，令人低徊不已"。

他还拿出不少读者的来信。尤其是三四十年代著名明星夏霞女士在读了他写的《夏霞演〈人之初〉》之后，给他写的一封上千字热情洋溢的信，对文章中提到她结婚四十周年的纪念照非常感动。信中说："由于这段旧闻，把我的思潮又带回四十年前的上海去了。"接着她回顾了20世纪40年代演《赛金花》和《人之初》话剧的详细情况。最后她感慨地写道："人年纪大起来，总喜欢怀旧、回忆，如果能找个对象谈谈往事，温温旧梦，实在是人生一大乐事。"另外，周先生的不少文章，如《宋哲元及其大刀队》《抗战殉国的张自忠将军》等，被马来西亚、新加坡、美国以及中国台湾等国家和地区的报纸转载,在华人中影响很大。

周先生的专栏文章,1986年曾由香港南粤出版社结集出版,书名《京华感旧录》,由溥杰先生题签,梁漱溟先生作序,分《艺文篇》《风土篇》《人情篇》《掌故篇》和《名胜篇》五卷,附历史照片多帧,印刷精美,弥足珍贵。书中文章短小精练,兴味盎然,于茶余饭后,品读一番,实是美不胜收的艺术享受。该书成为当时香港十大畅销书之一,周先生由此一跃成为香港著名的文史作家。

此后,周先生越写思路越宽,逐渐取材已不限于京城一隅,而是遍及神州大地。内容也不再是单纯的感旧,而是忆旧述新,加上一些现实的见闻和感受,使台、港、澳和海外读者更感亲切和感慨。

1992年,北京的华文出版社要将周先生十几年的专栏文章辑录成书,周先生找我来选编。因全部文章有4000篇之多,我只好精选一下,分成六卷出版,定名"神州轶闻录"。请冰心先生写了总序,请萧乾、季羡林、候仁之、胡絜青、于若木诸先生为各分册作序,封面请启功先生题签。

书出版后,社会效益颇佳。《文汇报》《新闻出版报》《人民政协报》《中国艺术报》等竞相转载其中的文章,影响愈大。周先生也接到大量读者来信,有赞扬,有鼓励,更多的是希望周先生笔耕不辍,给读者更多的精神食粮。此后，周先生又先后以周彬、周续端、司马庵等笔名在香港的《大公报》开辟了"神州拾趣"专栏，在《港人日报》开辟了"京华内外"专栏，在台湾的《世界论坛报》开辟了"神州感旧"专栏等。

1997年香港回归，周先生更是精神振奋，壮心不已，笔耕愈勤。先生之作与日俱增，影响愈大。今将其二十多年来之全部著作，重新进行分类精选，按十卷出版，书名分别为《字里乾坤》《朝野遗事》《民俗话旧》《文坛忆往》《大戏台》《画坛旧事》《故都文化趣闻》《美食妙谈》《名胜游记》《武林拾趣》。除保留冰心、萧乾、季羡林、胡絜青、侯仁之和于若木诸先生的序文外，又请了著名作家钱世明、赵云声、昌沧、书画家米景扬、民俗学家成善卿等先生分别为新增书作序。从整体看，比之前的版本更全面地展现了周先生二十多年来文史专栏写作的成绩。从内容看，蕴涵的民族韵味和时代精神更丰富、更有深度。

《神州轶闻录》中的文章，虽然篇幅不长，内容也都是轶闻琐事，看似细碎平淡，然皆韵味悠长。现在引当代哲人季羡林先生在原《文化篇》序言中的一段话作为本文的结尾吧：

"哲学家们常说：于一滴水中见大海，于一粒沙中见宇宙。难道在我们这些小的文章中不能见到大的文化吗？所有这些戏曲、文玩、学府逸事等等，又哪一个与文化无关呢？只不过在这里谈文化，不是峨冠博带，威仪俨然，不是高头讲章,而是涉笔成趣,理路天成,于琐细中见精神,微末处见全面,让你读了以后,如食橄榄,回味无穷,陶冶性灵,增长见识。"

冯大彪
2017年6月修订于北京

图书在版编目（CIP）数据

故都文化趣闻/周简段著．——北京：新星出版社，2017.8

（神州轶闻录）ISBN 978-7-5133-2643-8

Ⅰ.①故… Ⅱ.①周… Ⅲ.①随笔-作品集-中国-当代 Ⅳ.①I267.1

中国版本图书馆CIP数据核字（2017）第129014号

故都文化趣闻

周简段　著

冯大彪　主编

责任编辑：简以宁
责任印制：李珊珊
装帧设计：几木艺创

出版发行：新星出版社
出版人：谢　刚
社　址：北京市西城区车公庄大街丙3号楼　　100044
网　址：www.newstarpress.com
电　话：010-88310888
传　真：010-65270449
法律顾问：北京市大成律师事务所

读者服务：010-88310811　　service@newstarpress.com
邮购地址：北京市西城区车公庄大街丙3号楼　　100044

印　刷：三河市兴达印务有限公司
开　本：787mm×1092mm　1/32
印　张：12.5
字　数：240千字
版　次：2017年7月第一版　2017年7月第一次印刷
书　号：ISBN 978-7-5133-2643-8
定　价：38.00元

版权专有，侵权必究；如有质量问题，请与印刷厂联系调换。